UMA NOVA CHANCE

© 2018 por Jeaney Calabria
© iStock.com/D-Keine

Coordenadora editorial: Tânia Lins
Coordenador de comunicação: Marcio Lipari
Capa e projeto gráfico: Equipe Vida & Consciência
Preparação e revisão: Equipe Vida & Consciência

1ª edição — 1ª impressão
2.000 exemplares — setembro 2018
Tiragem total: 2.000 exemplares

**CIP-BRASIL — CATALOGAÇÃO NA PUBLICAÇÃO
(SINDICATO NACIONAL DOS EDITORES DE LIVROS, RJ)**

B399n
    Benedito (Espírito)
        Uma nova chance / Jeaney Calabria ; inspirado pelo espírito Benedito. - 1. ed. - São Paulo : Vida & Consciência, 2018.
        256 p. ; 23 cm.

        ISBN 978-85-7722-565-1

        1. Romance espírita. 2. Obras psicografadas.
I. Costa, Jeaney. II. Título.

18-51034   CDD: 133.93
                                      CDU: 133.9

Todos os direitos reservados. Nenhuma parte desta edição pode ser utilizada ou reproduzida, por qualquer forma ou meio, seja ele mecânico ou eletrônico, fotocópia, gravação etc., tampouco apropriada ou estocada em sistema de banco de dados, sem a expressa autorização da editora (Lei nº 5.988, de 14/12/1973).

Este livro adota as regras do novo acordo ortográfico (2009).

Vida & Consciência Editora e Distribuidora Ltda.
Rua Agostinho Gomes, 2.312 — São Paulo — SP — Brasil
CEP 04206-001
editora@vidaeconsciencia.com.br
www.vidaeconsciencia.com.br

UMA NOVA CHANCE

JEANEY CALABRIA

Romance inspirado pelo espírito Benedito

PRÓLOGO

Maio de 2008.
Cerca de quinze jovens dormiam sobre caixas de papelão arrumadas embaixo de uma marquise. No silêncio da madrugada, a maioria afastava o frio cobrindo-se com jornais. Encolhidos, os jovens assemelhavam-se a fetos gigantes. Alguns possuíam cobertores rotos, tornando-os alvos da inveja dos demais. Outros compartilhavam um pequeno cachimbo no qual uma pedra de *crack* queimava.

***

Num subúrbio do Rio de Janeiro, uma sala iluminada abrigava uma assembleia silenciosa. Rosário era a dirigente dos trabalhos. Com uma prece, ela invocou a proteção dos amigos espirituais para o acolhimento e auxílio a todos que ali estivessem.

Silvana abriu aleatoriamente uma página do Evangelho e passou o livro a Rosário. Na pequena e humilde casa espírita, a dirigente dos trabalhos leu apenas o trecho que lhe foi intuído por seu mentor:

— "Que nos seja dado o alimento que mantenha as forças de nosso corpo. Mas também o alimento da alma, para o desenvolvimento do nosso espírito."

Ao término da leitura, Rosário pediu a Silvana que fizesse uma reflexão sobre o trecho lido. O espírito Benedito foi o responsável pelos pensamentos externados pela trabalhadora:

— Não estamos aqui reunidos ao acaso. Alguns vêm buscar respostas para indagações íntimas; outros, à procura de alento para a alma. Há sempre, entre nós, os que entendem o espiritismo como uma solução mágica para os problemas diários, para as dores físicas, para os conflitos materiais de toda ordem. É necessário, entretanto, modificar as condições do pensamento, as atitudes e disponibilizar o espírito para as múltiplas aprendizagens ofertadas pela vida.

Após a breve elucidação, auxiliares do centro começaram a conduzir o grupo à sala de passes. Suave música se espalhava pelo ambiente.

Silvana e Rosário, apesar de coordenarem as palestras e os grupos de estudo e evangelização, faziam questão de, igualmente, doarem energia através dos passes magnéticos. Elas realizavam uma prece silenciosa, quando uma senhora, aparentando mais de 70 anos, entrou assustada e parou em frente a Silvana. A mulher tentou falar, mas foi orientada com um gesto para que se mantivesse em silêncio. Benedito conduziu as mãos da médium durante os passes: naquele momento e, em particular com aquela senhora, esta interferência seria mais do que necessária, pois ela encontrava-se completamente desorganizada emocional e energeticamente.

A mulher desatou a chorar, agarrada às mãos da médium, que estranhou aquela reação. Ao término dos passes, Silvana abraçou-a com carinho até conseguir acalmá-la. O choro foi cessando aos poucos e transformou-se em lágrimas sentidas, porém, silenciosas.

Todas as pessoas presentes na reunião saíram de forma respeitosa da sala. O que se via na dimensão espiritual era ímpar: espíritos ainda em sofrimento eram mantidos ao lado de alguns médiuns para receberem a orientação necessária durante o trabalho de desobsessão. No entorno da casa espírita, um grupo mantinha a guarda do local, para que nenhum tipo de energia perniciosa atrapalhasse o trabalho a ser realizado. Também no mundo espiritual, o princípio da oração e da ação era mantido, seguindo a rigorosa ordem que rege o Universo.

Os médiuns restabeleceram as próprias energias na sala de passes e, em seguida, no pequeno auditório, Rosário iniciou uma prece, encerrando o trabalho:

— Jesus, pai e irmão de todas as criaturas humanas, agradecemos, mais uma vez, a oportunidade de aprender. Que todos nós possamos sair fortalecidos deste encontro. Guardemos a consciência de que, para dar, precisamos também nos preparar para receber os presentes diários ofertados pela vida. Somos mediadores do trabalho executado por nossos amigos espirituais e, por isso, devemos ter a certeza de sermos apenas instrumentos da vontade universal. Nossas vidas, como filhos encarnados neste planeta-escola, são o resultado de nossa vontade. Recebemos aquilo que precisamos. Recebemos o que pedimos através de nossas ações e nossos pensamentos. As orações nem sempre refletem a verdadeira essência de um pedido ou de uma necessidade a ser atendida.

Silvana estranhou a forma como Rosário encerrou a sessão de passes. De um modo geral, as orações eram mais simples e voltadas para a vontade divina, sempre soberana e imperativa. Naquela noite, um novo aspecto havia sido abordado ao final do encontro.

Os médiuns beberam a água fluidificada que ficava sobre uma mesa forrada por uma toalha de renda e, em seguida, retornaram à sala, onde outra mesa já se encontrava arrumada para os trabalhos seguintes. Ao descer as escadas que conduziam à sala, a porta entreaberta permitiu que Silvana avistasse a mulher atendida durante os passes. A trabalhadora guardava a nítida imagem da senhora, do choro e de todo o sofrimento daquela alma. A mulher, entretanto, não se conteve apenas com um olhar e chamou por Silvana:

— Moça, posso falar com você? — perguntou descontrolada.

As regras do grupo espírita eram claras: não era permitida nenhuma conversa após a sessão de passes. Silvana procurou esquivar-se, fingindo não ouvir os apelos dirigidos a ela. Surpresa, recebeu a orientação de Benedito lhe estimulando a mente:

— Acene e mande-a esperar! — sussurrou o amigo e mentor.

A médium ainda hesitou um pouco, mas diante da insistente orientação, fez o que lhe fora pedido. Acenou para a senhora e pediu, com um gesto, que a esperasse.

Tereza, diretora do centro, estava ao lado de Silvana e estranhou a aparente quebra das regras da casa.

— Querida, você conhece tão bem quanto eu as normas de nosso grupo! Elas estão no mural, à vista de todos os médiuns, amigos e frequentadores que por aqui passam semanalmente.

Silvana tentou desculpar-se:

— Fui intuída a fazer isso. Aquela senhora precisa de ajuda!

Tereza indignou-se com a resposta. A casa espírita fora fundada por um tio dela, que lhe apresentou ao espiritismo e às regras que julgava serem impostas pela própria doutrina. Frequentemente, ela confundia a casa espírita com a própria casa e a tratava como uma herança a qual deveria zelar.

— Querida, não entendi sua colocação! Como atribuir ao seu guia espiritual um erro desse tipo? Os espíritos seguem as normas, as regras da doutrina. Cuidado para não permitir a interferência de espíritos mistificadores!

— Tenho certeza de que ela necessita de ajuda urgente, dona Tereza.

— A ajuda aqui é sempre espiritual. Não podemos nos julgar suficientemente capazes de prestar auxílio de qualquer ordem. Já temos um momento dedicado a isso, na distribuição mensal de comida e cobertores nas ruas da cidade. O resto fica por conta dos espíritos, dos passes e de nossas orações.

Silvana desistiu dos argumentos. Participava do grupo havia certo tempo, conhecia e acatava as regras que lhe foram apresentadas desde o início. Não sabia exatamente qual motivo a levara ao questionamento de algo que sempre julgou ser correto.

Encaminharam-se para a sala e sentaram-se à mesa para dar início ao trabalho de desobsessão. Silvana sentia o coração pulsar descompassadamente. Cerrou os olhos e clamou pelo amparo de Benedito. Ele, já ao lado da médium com a qual trabalhava, sorriu, voltando os olhos para um companheiro de trabalhos espirituais:

— Se eles soubessem que nem sempre a prece é o meio de comunicação mais eficiente para solicitarem nossa presença...

O mentor de Rosário completou, concordando com o amigo:

— É verdade: atitudes são preces mais eficazes e mais rápidas.

Os espíritos presentes espalmaram as mãos em direção aos médiuns. Foi Benedito o responsável pela comunicação da noite. Com ele, um jovem desencarnado precocemente, num atropelamento.

A revolta e a cegueira do rapaz eram evidentes. Benedito permitiu a expressão dessa dor e revolta através de Silvana:

— Palhaços disfarçados de anjos. Quero que me soltem! Não vou parar! Não adianta: não vou parar! Preciso do pó! Vou ficar ao lado dela! Fingida! Se faz de santa, mas foi por causa dela que estou nesse inferno!

Rosário impostou a voz para iniciar os esclarecimentos necessários ao espírito em sofrimento, como sempre fazia:

— Querido irmão, a luz espera por você! Veja, há amigos sinceros estendendo a mão do socorro em sua direção. Vá com eles. Aceite as orientações que são dadas, procure recuperar-se para ser feliz.

Apesar do autocontrole de Silvana, seus olhos se mantinham vidrados e a rouquidão da voz indicava o sofrimento e a agonia do espírito prestes a ser socorrido por Benedito e pelos outros trabalhadores do centro:

— Não quero luz nenhuma! Aquele carro chegou na hora errada! Eu estava começando a gostar da vida novamente. Eu tinha certeza de que conseguiria usar drogas com menos intensidade. Ela, agora, anda por aí, com esse olhar de boazinha. Me abandonou, quando mais precisei. Sofri muito e quis morrer. Quando tentei recomeçar minha vida, aconteceu aquele acidente horrível. Agora estou aqui! Quero me vingar. Vou me vingar! A droga me aliviava... Ninguém me deu a atenção de que precisava! Eu avisei! Eu avisei! Agora, ficam por aí abraçados com o choro! E ela? Ela é a sonsa da história! Espalha aos quatro cantos que tentou me ajudar. Tentou nada! Covarde! Aquele carro chegou sem avisar... O desgraçado me pegou quase na calçada... Eu queria ter continuado a viver... Só isso! A minha religião! A minha religião me virou as costas como os demais, mas eu queria estar com eles! Aquilo me distraía! Meu padrinho, onde você está? Minha cabeça dói tanto! Tento me lembrar de quando eu cantava lá no centro e não consigo! Que saudade dos atabaques, daquela alegria toda...

Silvana caiu num choro convulsivo, inundando o rosto com lágrimas que não lhe pertenciam, e continuou a falar, embora Tereza tentasse cessar a comunicação do espírito.

— Eu queria tanto ficar ao lado dos meus amigos. Ela entrou na minha vida e me destruiu! Que saudades da minha vida! Que saudades de minha mãe!

À medida que falava, a voz do rapaz perdia o tom agressivo do início. Dois socorristas fizeram-se presentes e induziram-no ao sono. Os médiuns, de mãos dadas, permaneciam em equilíbrio. O rosto de Silvana voltou à aparência natural e os músculos, antes retesados, relaxaram, fazendo com que ela suspirasse profundamente. Tereza posicionou-se para encerrar a sessão, mas Benedito recebeu autorização do mentor do grupo para falar.

— Paz e luz, irmãos! Torna-se necessário vigiar. É preciso abrir as portas de nossos corações à juventude. É preciso, sim, evangelizar. Contudo, a maior necessidade é comprovar, através de nossas próprias vidas, este Evangelho que tantos amam. Se Jesus, o maior de todos os médiuns, passou a vida agindo, por que nós, desencarnados ou encarcerados ainda na experiência da carne, oramos tanto e agimos tão pouco? Permaneçam na luz. Ajam na paz, mas, principalmente, olhem com os olhos do coração para a juventude.

Tereza contraiu a musculatura do rosto. Olhou para todos os médiuns e dirigiu-se a Silvana, num tom de indignação:

— Podemos concluir nossos trabalhos agora?

Rosário e Silvana entreolharam-se. Silvana, sem jeito pela inesperada indagação, respondeu.

— Sim.

Tereza pediu a Rosário que fizesse a prece:

— Rosário, encerre nossos trabalhos.

Rosário proferiu uma prece e encerrou a sessão. Todos se cumprimentaram e seguiram em direção à porta de saída. Foram surpreendidos por Marlene, que ficara do lado de fora esperando pelo grupo.

— Boa noite. Meu nome é Marlene e preciso da ajuda de vocês.

Tereza se antecipou para cumprimentá-la.

— Boa noite, dona Marlene. Meu nome é Tereza e sou diretora do centro. O que podemos fazer para ajudá-la? Nossos trabalhos já foram encerrados por hoje.

Marlene respondeu de forma brusca.

— Eu pago o que for preciso!

Ruborizada diante da inesperada situação, Tereza preparou-se para responder, mas foi interrompida por Silvana.

— Senhora, acalme-se!

A mulher começou a chorar em desespero. O rosto envelhecido demonstrava enorme abatimento. Era clara a interferência de Benedito naquele momento, e Silvana continuou:

— Seu choro lava a alma, mas não diminui sua dor. O menino está no caminho que escolheu para calejar os pés. Ele poderia ter escolhido outras estradas, entretanto, escolheu esta, carregada de espinhos. A culpa ainda é a maior companheira da alma de seu neto. Ele ainda não se deu conta de que a liberdade é uma escolha.

— Mas como posso trazer meu neto de volta? Eu dou o que vocês pedirem. Já andei tanto. Já procurei tantos lugares. Já gastei tanto dinheiro!

Benedito estampou um sorriso no rosto da médium.

— A senhora quer comprar a salvação de seu menino, é isso?

Marlene enrubesceu. Corou diante da pergunta direta feita por Benedito, através de Silvana.

— Não! É que tantas pessoas cobram, pedem trabalhos em que se gasta muito dinheiro.

Todos estavam boquiabertos diante da inusitada situação, e Benedito continuou a comunicação:

— Compreenda. Nem sempre a moeda é o pagamento que afasta o mal e o sofrimento. O dinheiro compra muita coisa, mas não compra tudo. Não compra a paz, o sossego e, no seu caso, não compra seu neto de volta. Ele está na rua agora. Sente frio e fome. Corre riscos. Muitos perigos rondam esse rapaz.

Os processos adivinhatórios não eram práticas comuns para os espíritos trabalhadores das casas espíritas tradicionais. Essa ação, contudo, fora permitida a Benedito pelos dirigentes espirituais do centro. Marlene era descrente. Tivera uma vida difícil e deixou-se endurecer. Materialista, procurava resolver o desaparecimento do neto através de acordos financeiros com manipuladores da ignorância e fé alheias. No caso dela, a prece era apenas um paliativo que não lhe traria benefícios duradouros. Embora não fosse comum comprovar a existência da espiritualidade através de informações exatas, no caso dela, isso se mostrava de extrema importância para que se pudesse prestar o auxílio necessário.

— Que tipo de perigo? — a mulher perguntou ansiosa.

Silvana voltou o olhar para o céu, fixando-o numa estrela. Perguntava-se, intimamente, o motivo daquela interferência de Benedito e recomeçou a falar inspirada por ele. No grupo, imperavam o silêncio e o constrangimento.

— Ele se meteu com gente muito infeliz. Meninos como ele, mas sem as oportunidades que a senhora, como avó, ofereceu. Eles correm riscos porque se envolveram cedo com as correntes da marginalidade, com o caminho errado. Ele sente muita falta dos pais.

A mulher fechou os olhos e respondeu:

— Mas eu sempre dei o melhor a ele! Os melhores colégios, cursos, dinheiro, as melhores roupas, tudo!

— Novamente a moeda, não é? Você deu a moeda, mas faltou o pulso firme, o não na hora certa. O sim dito muitas vezes funciona como falta de amor. Agora ele está lá, procurando na vida os "nãos" que ele não encontrou com seu convívio. Vamos, irmã, ânimo e fé! Qual é mesmo seu nome?

— Marlene — respondeu a mulher. Meu nome é Marlene. Ajude meu neto! O nome dele é Luiz Cláudio.

— Nós só orientamos. Somos trabalhadores de Nosso Senhor. Somos escravos, ainda, de nossas imperfeições. Precisamos do trabalho para corrigi-las. Fé em Cristo, Marlene. Fé em Nossa Senhora, a grande mãe e o grande escudo de nosso planeta. Vamos rogar para que a divina luz nos ampare!

O mentor de Silvana organizou uma rápida reunião no espaço astral do centro espírita. Todos os trabalhadores daquela seara estavam presentes e ouviram com atenção o que Benedito falava.

— Amigos, paz e luz! O trabalho é urgente e precisaremos manter o equilíbrio necessário para desenvolvê-lo. A interferência neste momento é necessária. Nosso trabalho é levar a todos o ensinamento de que é o próprio espírito encarnado o responsável pelas lutas e consequentes vitórias ou derrotas em sua vida. Será dessa forma que trabalharemos. Na hora certa, no momento adequado para cada um, todos irão enxergar a bandeira da pátria espiritual da mesma forma. Vamos trabalhar conforme a hora nos exige!

No plano espiritual, o que se via era surpreendente: os guardiões da casa espírita deslocaram-se para a Praça Tiradentes, onde dormiam, sob a proteção de uma marquise, alguns jovens desvalidos. O neto de Marlene estava entre eles. Luiz Cláudio estava enrolado em um jornal. Dois de seus companheiros fumavam um cachimbo de *crack*. Enlouquecidos, começaram a perseguir uma jovem que acabara de sair de uma lanchonete. Policiais que faziam uma ronda pelo local observaram o movimento estranho e o desespero da menina. Os homens, quatro ao todo, pararam o carro e saltaram com as armas em punho. Miraram no primeiro menino e atiraram. O jovem tombou de imediato. Outros, que dormiam espalhados, acordaram assustados com o barulho dos tiros e começaram a correr. Os policiais apontaram suas armas para o grupo. Os guardiões, com a autorização dos mentores da casa a que serviam, iniciaram o trabalho determinado por Benedito. Rodearam os policiais para tentar, energicamente, impedir uma tragédia maior. Os guardas se desorganizaram fisicamente e não conseguiram levar a ação adiante. Um deles encostou-se no poste e começou a vomitar. Isso deu tempo suficiente para que os outros meninos fugissem em disparada. Com a fuga dos jovens, os policiais começaram a serem libertados, aos poucos, da teia magnética tecida pelos guardiões. Sem entender o que havia acontecido, o espírito do jovem morto tentava em vão aproximar-se do cachimbo no qual ainda queimava a pedra de *crack*. Seu sofrimento era evidente. Um dos trabalhadores do astral, Fábio, compadeceu-se do estado lamentável do menino, que aparentava uns 14 anos de idade.

    Olhou para o céu e recebeu uma espécie de autorização para o que desejava fazer. Silenciosamente, aproximou-se do jovem e o abraçou, induzindo-o ao sono. Ao lado esquerdo de Fábio estavam Igor e Maria Figueira, também trabalhadores. À frente, iluminando a noite, um foco de intensa luz. Dele saíram duas entidades que aparentavam serem médicos e mais outro soldado, muito claro, olhos profundamente azuis, que se aproximou do espírito recém-desencarnado e, a pedido de Fábio, desfez os últimos laços que o prendiam à matéria inanimada.

    Fábio interrogou os médicos que examinavam o perispírito do menino: pulmões arruinados por inúmeras substâncias tóxicas, cérebro com neurônios totalmente danificados; baço e fígado contaminados. No pescoço, a marca do tiro fatal ainda deixava escorrer a substância viscosa e avermelhada. Os médicos passaram suas impressões a Fábio, e ele determinou o destino temporário do jovem.

— Levem-no para o grupo de recuperação. Ele deverá permanecer adormecido por algum tempo para se restabelecer. Depois disso, nossos orientadores decidirão o que fazer.

Assim foi feito. Fábio sorriu.

— Se todos reconhecessem o trabalho realizado pelos soldados do astral, ninguém nos confundiria com o mal.

— O pior — disse Maria Figueira — é que além de nos relacionarem às trevas, travam uma grande guerra movida pelo preconceito. Os religiosos cada vez mais afastam o homem da verdade e da luz. Aliás, nunca vi nada mais preconceituoso e limitador que a religião. Nós que vivemos fora da carne somos considerados por muitos como emissários de forças malignas. Muitas pessoas recorrem aos poderes atribuídos aos guardiões para atingir metas duvidosas e com intenções claras de causar prejuízo ao próximo. A procura pela derrota de desafetos é muito grande entre os encarnados. Em todas as religiões, em qualquer reunião promovida pelas crenças humanas, encontramos pessoas se julgando prejudicadas por alguém. Revidar o aparente mal causado com o próprio mal é mais habitual do que se imagina. Desde eras remotas a humanidade age assim. Católicos ajoelham-se diante das imagens dos santos e fazem promessas; evangélicos gritam "aleluia" e entoam cânticos; diferentes denominações espíritas conclamam o auxílio pela prece e fixam-se em pensamentos de vingança. Estes são comportamentos mais comuns do que se imagina. Todas as preces, independente da crença religiosa, são ouvidas pelo Universo. O que a maioria das pessoas desconhece é que o comportamento, as atitudes diante da vida, o pensamento vicioso são as únicas orações realmente captadas. Os que clamam por vingança têm as próprias vidas estacionadas e veem os problemas de toda ordem se avolumarem. É o efeito bola de borracha: o mal desejado é o mal recebido. Terminam por culpar a própria religião, a sorte, os dirigentes de cultos pelo sofrimento experimentado. Atribuem isso ao carma, ao destino e a Deus. E Deus é o que menos tem a ver com isso tudo...

Fábio concordou com a observação feita pela companheira do trabalho constante realizado na dimensão espiritual e chamou-os para o retorno.

— Vamos! Nossa tarefa por aqui já terminou.

Os três, em questão de segundos, retornaram para a guarda da casa espírita. Permaneciam de sentinela na dimensão espiritual do centro para impedir que espíritos perturbadores invadissem o local e prejudicassem o bom andamento dos trabalhos. Muitos arruaceiros ficavam de plantão nas imediações, com claras intenções de se fazerem passar por mentores e guias e atrapalharem a missão dos benfeitores espirituais. A luta era grande, já que os próprios médiuns se encarregavam de facilitar a entrada dessas energias no ambiente material e espiritual do centro.

***

Dada a inesperada situação, Rosário resolveu cessar a conversa, receando uma retaliação de Tereza contra Silvana. Queria sair logo dali e levar a amiga.

— Volte outro dia, senhora. Venha mais cedo. Procure-nos na parte da tarde, na próxima quarta-feira. Faremos uma ficha e encaminharemos a senhora para um tratamento espiritual.

Novamente ávida por obter um resultado mais imediato, Marlene perguntou para Rosário quanto custava o atendimento. Uma médium do centro respondeu mal-humorada:

— Aqui não se cobra! Aqui se trabalha! Volte para conversar com dona Rosário.

Marlene pensou: "Que gente estranha! Eu só queria pagar pelo trabalho. Bom, melhor assim! Eu não sei se vai dar certo mesmo!".

Benedito ouviu, entristecido, aqueles pensamentos. A tarefa seria difícil em todos os sentidos!

Tereza voltou-se para Silvana:

— Você está vendo? Por isso não podemos passar por cima das regras! E essa comunicação? O que foi isso, Silvana? Uma médium experiente abrindo canal para comunicações desse tipo? Conversaremos em nosso próximo encontro. Reflita bem sobre o que aconteceu. Você está à mercê de zombeteiros!

Tereza despediu-se dos demais e entrou no carro. Rosário puxou Silvana pelo braço e abraçou-a. Convivia com ela havia anos e sabia da dedicação e seriedade com que conduzia a vida espiritual. Conhecia também a intolerância de Tereza em relação a alguns assuntos e a rigidez usada para dirigir o centro. Procurou estabelecer uma conversação branda para amenizar o episódio.

— Quem vai dar carona a quem? Já é tarde e tenho medo de ir sozinha! Silvana, você se habilita ou não quer que eu descubra a sua falta de jeito ao volante?

Silvana riu. Os outros médiuns começaram a se dividir nos veículos estacionados. Rosário entrou no carro de Silvana, e as duas ficaram olhando para dentro do centro. Marlene ainda estava lá, e o responsável pelas chaves da casa aguardava pacientemente a saída da mulher. A mulher tratou com descaso a espera do homem. Antes de sair, olhou ao seu redor e avistou uma pequena caixa onde estava escrita a palavra DOAÇÕES. Marlene abriu a bolsa, retirou uma nota de cinquenta reais e colocou na caixa.

"Pelo que fizeram, está bem pago! Aposto que correm para abrir a caixa quando todos saem. Vou procurar outro lugar, mas, pelo menos, Deus está vendo que tenho um coração generoso. Serei recompensada", pensou.

Benedito olhou para Marlene e foi consolado pelo mentor de Rosário:

— Meu amigo, meu bom amigo de jornada, ela voltará em breve! Fomos avisados de que o menino está se encaminhando para casa. Ela precisará de apoio.

— Eu sei — respondeu Benedito. Mas tudo poderia ser bem mais fácil se ela não fosse tão endurecida. Há um pedido especial para amparar os dois. A avó de dona Marlene sofreu todo tipo de perseguição para difundir o início da umbanda nessas terras. Atendia a todos os necessitados no porão de sua residência: rezava, receitava ervas, doutrinava obsessores de toda ordem. Chegou a ser presa pela prática do curandeirismo, mas acabava prestando atendimento espiritual na própria cadeia. Numa dessas vezes, orientada por seu mentor, curou, a distância, a esposa do chefe de polícia acometida por fortes hemorragias. Agradecido, o delegado passou de perseguidor a seguidor, oferecendo-lhe proteção para a realização das reuniões. A servidora fiel da espiritualidade, que ainda estava sendo alinhavada no plano material do Brasil, desencarnou no ano de 1920, vítima de tuberculose, e deixou dois filhos em tenra idade. Foi conduzida ao astral pelo seu guardião. Recuperada do transe entre a carne e o espírito, optou por ficar no espaço astral do Brasil, auxiliando, como enfermeira dedicada, as almas recém-desligadas do corpo.

Benedito continuou:

— É por ela, dona Maria Antônia, que os coordenadores de nossa colônia pediram atenção especial para o caso. O neto é médium e deverá, se conseguirmos resgatá-lo do caminho das trevas, seguir os passos da antecessora, superando toda sorte de dificuldades, incluindo o uso das drogas. Esse é o compromisso natural de Luiz Cláudio: trabalhar com a espiritualidade.

— Eu sei, meu irmão! E sei também da sua grande bondade e disposição para resolver os problemas dessa pobre gente. Mas...

— Tudo tem a sua hora — interrompeu Benedito. É que apesar de acharem que nós, espíritos, sempre somos o retrato da paciência e da compreensão, eu sou assim: quero logo resolver os problemas. A dor de meus irmãos encarnados ainda dói em meu espírito. Vai doer sempre. Compreendo os motivos de cada ferida aberta na alma de todos, mas sinto, ainda, a dor dessas feridas.

Benedito se apresentava como um negro de avançada idade porque muito aprendeu como escravo no século XVII. Conduzia-se de maneira peculiar para auxiliar na resolução dos problemas que lhe eram apresentados: "Chibata pior é a alma mimada!" — repetia sempre. Escolhera o nome e a aparência que mais lhe fizeram aprender: a dos tempos da escravidão. "Chega de espírito com nome pomposo rondando por aí. Eu prefiro mesmo é esse nome simples e brasileiro" — costumava repetir. Era, por essência, um transgressor das normas disciplinares impostas em alguns centros espíritas.

Silvana acompanhou com os olhos Marlene entrando em um táxi e o centro sendo fechado. Somente depois disso, saiu com o carro. Preferiu manter silêncio, e Rosário respeitou.

17

CAPÍTULO 1

Benedito voltou à atenção para "sua menina", a médium por meio da qual incorporava. Era dessa forma que ele a tratava. Silvana tinha cerca de 40 anos, era médica e muito dedicada ao centro espírita. Quem a observava daquele jeito não tinha ideia dos problemas que ela enfrentava na vida pessoal. Era ágil, solícita e sorridente. Quando, por acaso, alguns frequentadores se referiam à melhora de uma ou outra situação através do trabalho dela, Silvana sempre respondia da mesma forma: "Isso é entre eles e Jesus! Eu sou apenas o bisturi dessa cirurgia!".

Benedito sorria orgulhoso.

"Melhor assim", pensava o mentor. "É muito difícil trabalhar com pessoas vaidosas, que julgam ser mais do que realmente são. Vaidade demais faz crescer a barriga!".

Silvana parou à porta da casa de Rosário e despediu-se:

— Rosário, obrigada por sua amizade.

Rosário convidou-a para entrar:

— Vamos tomar um café?

Silvana agradeceu e justificou:

— Tenho que ir. Amanhã cedo é meu plantão, e ainda tenho de tomar algumas providências em relação ao Rafael.

— E como ele está, minha filha?

— O coração está estabilizado. Desde a última corrente no centro, ele vem apresentando melhoras. Mas temos que enfrentar a cirurgia ainda.

Rosário acariciou a cabeça de Silvana, encorajando-a:
— Não perca a fé, filha. Tudo se resolverá da melhor forma possível. Seus guias vivem de plantão como você! Que Deus te abençoe!

***

Silvana chegou em casa, estacionou o carro na garagem e foi direto para o quarto do pequeno Rafael, que dormia tranquilo no berço. O marido estava numa cama ao lado do menino e abriu os olhos reclamando:
— Já deu uma olhada na hora? O garoto chorou o tempo todo! Será que esse inferno de macumba é mais importante que a sua família? Aonde você pensa que vai chegar com essa ignorância? Você é médica! Como é que pode lidar com tantas superstições?

Silvana nada respondeu. Já estava acostumada às reações do marido à religião que abraçara e pela qual fora abraçada. Nenhuma das reações dele constituía novidade para a médica. Saiu do quarto e seguiu em direção ao banheiro: precisava de um bom banho para conseguir descansar.

O relógio já marcava três horas da manhã, quando ela finalmente conseguiu pegar no sono. Por volta de sete horas, já estava de pé cuidando de Rafael para, depois, enfrentar novo plantão. O menino havia nascido com lábio leporino e uma fenda profunda no palato, exigindo cuidados constantes. Para isso, Silvana contava com a ajuda da mãe, Sílvia. A luta que enfrentava diariamente para conciliar a maternidade, a profissão e a religião era grande. Ela buscava no espiritismo as explicações que a medicina e a ciência não conseguiam oferecer para a própria vida e para a vida dos tantos pacientes que atendia.

CAPÍTULO 2

  Luiz Cláudio perambulava pelas ruas. Estava com as roupas rasgadas e sujas. Após o susto da noite anterior, o menino começou a ter visões: o amigo morto não lhe saía do pensamento. Mas não era a visão de Macuco que o assombrava. Uma infinidade de jovens desencarnados andava atrás dele, gritando por socorro. Eram muitos: alguns, entorpecidos pelas drogas, outros mostrando marcas de facadas, tiros, ferimentos de toda ordem. Luiz Cláudio atribuía aquela visão ao uso constante do *crack*. Achava que era uma ressaca provocada pela droga. Parou em frente a uma lanchonete na Central do Brasil e logo foi expulso por um guarda. Sentia fome e muita sede. Abandonara o lar havia alguns meses e o contato com as drogas fez com que ele se acostumasse àquele mundo paralelo. Quando perdeu os pais, passou a viver sob a tutela da avó materna. Tudo lhe fora oferecido: presentes caros, vida estabilizada, bons colégios, mimos, enfim, tudo que Marlene julgava ser necessário para suprir a ausência de Cláudia e Amaro, mortos em um acidente de carro, quando o menino contava ainda três anos de idade. A palavra "não" praticamente jamais fora ouvida por Luiz Cláudio, e ele cresceu acreditando ser dono da vida e do mundo.

  Luiz Cláudio começou a sentir tontura e a suar frio. Tentou em vão entrar num ônibus: o motorista fechou as portas do coletivo assim que percebeu o estado do rapaz. Ele, enfraquecido, rodopiou e desmaiou à beira da calçada, batendo fortemente a cabeça no chão. O sangue escorreu rapidamente, e algumas pessoas logo se aproximaram, tecendo diversos comentários. Uma senhora humilde, que catava latinhas de alumínio pelas ruas, chegou com uma garrafinha de água para lavar a cabeça do menino numa tentativa de reanimá-lo. Um homem de terno começou a ironizar a situação:

— Deixa pra lá, minha senhora! Isso aí tem mais é que morrer mesmo! Se levantar, é capaz de roubar até suas latinhas...

A mulher permaneceu impassível diante do comentário e continuou a jogar água delicadamente na cabeça do jovem.

Três guardas municipais se aproximaram e dispersaram a pequena multidão.

— Afastem-se! Não há o que fazer aqui! — gritou o mais alto de todos.

— Vamos! Saiam! — ordenou um segundo.

Outro guarda, mais franzino, chegou perto da velha catadora de latas e de Luiz Cláudio.

— O que houve, senhora?

A mulher mostrou a boca desdentada e tentou dar-se um ar mais digno, ajeitando os cabelos desgrenhados. Intimidada, falou gaguejando.

— O rapazinho, pobrezinho... caiu... bateu com a cabeça... estou jogando água pra tentar fazer ele acordar.

Temerosa, recolheu rapidamente a garrafinha de água e ia se afastar quando se surpreendeu com Luiz Cláudio apertando sua mão enrugada pelo duro trabalho e pela idade. Percebendo o movimento do jovem, os guardas chegaram mais perto.

— Como você está, pivete? Calma que a ambulância tá chegando!

A mulher que o socorrera afastou-se, inicialmente, com medo dos guardas. Depois, decidiu seguir com o menino na ambulância. Deixou seu saco de latinhas encostado num poste e disse resoluta:

— Eu vou com ele... ele pode precisá, meu senhor! Deixa eu ir, vai, por favor...

A paramédica que acompanhava o caso acenou para os outros soldados do Corpo de Bombeiros, e eles permitiram que a mulher entrasse na ambulância. O destino do jovem seria um hospital público no centro, mas, mesmo sendo curto o caminho, Luiz Cláudio acabou vomitando. Recobrando a consciência aos poucos, pôs-se a olhar para a velha, que segurava seu braço com energia e compaixão.

"Quem seria ela?", perguntou-se antes de tornar a desfalecer.

No pronto-socorro, o cenário era aterrorizante, mais parecia um hospital de campanha, desses improvisados durante as guerras. O número de doentes era superior ao número de profissionais trabalhando. Crianças febris, idosos jogados em macas frias; sangue e dor pelos corredores. Luiz Cláudio foi posto em uma cadeira de rodas, e um enfermeiro colocou-o no soro. Arminda permanecia ao lado dele e viu um plantonista jovem se aproximar.

— O que houve? Alguma briga por conta de drogas? — perguntou o médico à mulher.

Arminda passou a narrar os acontecimentos com dificuldade e com os olhos voltados para o chão. Sentia-se inferior ao médico e a todos que a rodeavam. Luiz Cláudio ouviu o burburinho à sua volta e abriu os olhos com dificuldade. Esforçando-se ao máximo, tirou do bolso da bermuda surrada um papel e o entregou à velha catadora de latas. Ela, analfabeta, passou para o médico o papel: era uma carteirinha desbotada com o emblema de uma escola particular, na qual constavam nome completo, data de nascimento, endereço e telefone.

O médico concluiu o exame que fazia no paciente e determinou:

— A senhora pode ir agora! Pelo que vejo, nem sequer o conhece! Entregarei o documento à assistente social. O jovem parece ser usuário de drogas e, se tem família, vamos ter de localizá-la.

Arminda franziu a testa. Não deixaria aquela pobre criatura sozinha. Sabia bem o que poderia acontecer a ele. Neste momento, dois policiais entraram acompanhando um homem ensanguentado, vítima de uma bala perdida. Do lado de fora, uma multidão desesperada protestava. Homens e mulheres gritavam histéricos. Soldados da Polícia Militar tentavam conter os ânimos do grupo. O médico que atendia Luiz Cláudio saiu em direção ao ferido, ordenando ao maqueiro que o levasse para o centro cirúrgico. A perna direita do homem estava estraçalhada, provavelmente atingida por um projétil de calibre pesado. Na pressa, o doutor largou a carteirinha sobre o colo do rapaz e Arminda apanhou de volta o documento. Empurrou com dificuldade a cadeira de rodas para um canto do corredor e pediu à acompanhante de um idoso que tomasse conta do jovem por alguns instantes. Ela precisava ligar para o número que estava na caderneta. Conhecia bem os números, apesar de não saber ler. Nunca era enganada na venda das latinhas. Procurou por um telefone público dentro do próprio hospital e pediu auxílio a um segurança, que passava, para ligar a cobrar.

O telefone deu sinal de ocupado e ela, seguindo as primeiras instruções do segurança, ligou novamente. Dessa vez, a ligação foi completada e, após três toques, uma mulher atendeu a chamada.

— Alô!

Arminda ficou muda por alguns instantes, mas diante da insistência da voz do outro lado da linha, ela desatou a falar.

— Alô, senhora... quem tá falando aqui é Arminda e queria dizer...

Marlene a interrompeu grosseiramente.

— Se é para pedir qualquer coisa, desista. Eu...

Arminda não permitiu que Marlene continuasse.

— Não tô pedindo nada não! Tem um menino aqui no hospitar comigo. Encontrei ele na rua desmaiado. Tinha esse papelzinho no bolso. Tá machucado. Colocaram ele naquele negócio de soro. A senhora conhece ele? Ele é ...

Marlene não deixou a mulher continuar. Começou a gritar no telefone, pedindo o nome do hospital.

— Anda! Me diga logo, mulher, em que hospital ele está?

— No hospitar aqui do centro. Aquele bem grande.

***

Marlene chegou ao hospital e dirigiu-se à recepção. Uma funcionária sonolenta e mal-humorada pegou um caderno e começou a folheá-lo.

— Não! Não deu entrada aqui nenhum Luiz Cláudio!

— Tem certeza? Uma mulher me ligou e disse que meu neto estava aqui. Não pode ser trote!

— Bom, senhora, isso aqui está uma praça de guerra hoje. Já entrou muita gente baleada. Tem briga no morro aqui perto e o dia está quente! Pode ser que ele tenha entrado e não tenha dado tempo para fazer a ficha.

— Por favor — sussurrou, puxando da bolsa a carteira — ajude-me...

A atendente, ao verificar a disposição de Marlene em gratificá-la, chamou um segurança e pediu para que ele verificasse a existência de algum jovem com as características descritas pela mulher. Marlene puxou algumas notas da carteira e entregou-as discretamente à funcionária. Alguns minutos depois, o segurança retornou com Arminda.

Marlene, ao verificar o estado de pobreza da mulher, sentiu uma repulsa imediata.

— O que a senhora fez a meu neto?

Arminda se limitou a olhá-la, entregando-lhe a carteirinha do menino. A avó de Luiz Cláudio começou a chorar compulsivamente.

— É ele mesmo! Onde ele está? Como ele está?

Arminda nada respondeu. Apontou apenas a direção em que estava o menino e caminhou para a porta.

— Ei, mulher, espere! Tome aqui — disse estendendo as mãos para entregar-lhe dinheiro.

A velha mulher esboçou um sorriso desdentado, alinhou a coluna e ajeitou os cabelos.

— Num quero dinheiro não, dona. Num fiz nada por dinheiro não! Vá ver seu neto. Ele precisa da senhora.

Marlene ficou desconcertada, mas deu de ombros e apressou-se em seguir o segurança para encontrar Luiz Cláudio. Quando deparou com o neto, ficou assustada: estava magro, sujo, com as roupas rasgadas. Uma enfermeira que passava pelo local perguntou se ela era alguma voluntária que desejava auxiliar no tratamento dos doentes. A mulher tratou de se apresentar.

— Sou Marlene Alcântara, avó de Luiz Cláudio. Vim buscá-lo.

A enfermeira lançou um olhar de dúvida e pediu que ela esperasse ali, perto da maca onde ele havia sido colocado, saindo em seguida e retornando com uma médica, que logo se apresentou:

— Boa tarde, meu nome é Silvana e vou examinar o menino. Aparentemente, ele está bem, mas precisamos conversar. A senhora diz que é avó dele, mas ele se encontra em um estado lamentável. Chegou aqui, ao que me parece, amparado por uma moradora de rua. Recebi, há pouco, o resultado dos exames de sangue, e o laboratório verificou indícios de substâncias tóxicas no organismo de seu neto, além de uma infecção.

Marlene olhou a médica de alto a baixo: "Não pode ser, meu Deus! É ela! A médica é a tal que trabalha naquele centro. Aqui se faz de médica, lá fora é macumbeira!" — pensou.

Com um olhar de desdém, explicou:

— Olha, doutora, Luiz Cláudio fugiu de casa há algum tempo. Tenho procurado por ele, desde então. Hoje recebi a ligação de uma pobre coitada me perguntando se eu conhecia um jovem com as características de meu neto. Vim para cá correndo e o encontrei neste estado. Devia estar sendo explorado ou coisa pior. Mas vou levá-lo para casa e...

— A senhora vai ter de esperar mais um pouco. Tenho que lhe pedir para trazer a documentação de seu neto. Caso contrário, ele não poderá sair.

Marlene retrucou com veemência e em voz alta.

— Isso é implicância sua! Só porque não gostei do centro onde a senhora trabalha ou finge trabalhar, sei lá!

A médica empalideceu. Já encontrara muitos frequentadores do centro em sua vida cotidiana, mas nunca havia encontrado alguém tão grosseiro como aquela mulher. Buscava sempre se desvencilhar das imagens relativas ao trabalho espiritual realizado, mas estivera com ela na noite anterior, e a fisionomia e o sofrimento de Marlene estavam muito marcados na mente de Silvana. Procurou manter a calma e ser firme.

— Qual é mesmo o seu nome? — perguntou.

— Marlene.

— Dona Marlene, para segurança de seu neto, a senhora deverá fazer uma ficha no setor responsável. E...

— Pois bem! — respondeu Marlene. Vou agora mesmo para casa providenciar a documentação, já que minha palavra não basta!

Dizendo isso, virou-se e foi em direção à portaria do hospital, sinalizando para um táxi. Entrou no veículo, deu o endereço e pediu pressa ao motorista.

***

Em menos de uma hora, Marlene estava de volta, apresentando a certidão de nascimento de Luiz Cláudio, sua identidade e a certidão de tutela do neto, que lhe fora concedida após o falecimento da filha e do genro. Apresentou-os à funcionária, que saiu lentamente, arrastando as velhas sandálias, para procurar a médica responsável pela ala em que estava o jovem. Em poucos minutos, Silvana pediu que chamassem Marlene. A mulher se aproximou com o rosto ruborizado de raiva.

— Olhe só! Deixe-me levar meu neto!

A médica suspirou profundamente. Tivera vagas recordações do trabalho mediúnico do dia anterior. Guardava a sensação de que Benedito lhe avivara os sentidos para que ela pudesse interceder positivamente no caso.

— Está certo, vou liberá-lo. Ele já está consciente, os exames necessários foram realizados, mas o menino vai precisar de ajuda especializada. Se a senhora quiser, podemos indicar um local...

Marlene interrompeu Silvana de forma brusca.

— Quem decide o que fazer com meu neto sou eu.

A enfermeira vinha trazendo Luiz Cláudio, amparando-o pelo braço. Na cabeça, um curativo para cobrir os pontos que levara em função da queda na rua. O rapaz ainda estava zonzo, mas se emocionou ao avistar a avó.

— Vó, me ajuda! Me perdoa, por favor!

Marlene, que sempre apresentava os músculos do rosto tensos e um olhar duro, enterneceu-se. Lágrimas e sorrisos se misturavam sem constrangimento. Os dois se abraçaram. Silvana captou a felicidade de seu companheiro dos trabalhos espirituais e emoldurou o rosto com um sorriso.

Benedito solicitou a ajuda de Fábio e Igor para que eles acompanhassem a avó e o neto até a casa e lá permanecessem para facilitar a recuperação do rapaz. Não seria conveniente nenhum tipo de perturbação naquele momento, e os guardiões saberiam proteger e evitar que espíritos arruaceiros os importunassem com energias de baixa frequência.

Silvana, após liberar Luiz Cláudio, lembrou-se do filho. Como ele estaria? Decidiu ir até a lanchonete do hospital para poder falar melhor com a mãe. O menino passara a noite com febre, e ela se sentia culpada por não acompanhar o crescimento dele como deveria.

As palavras do marido ainda doíam em seu coração. Trabalhava por ser necessário. Formara-se para ter uma vida mais plena, mas, desde o nascimento de Rafael, seus dilemas haviam se transformado em martírios: o marido, que não aceitava a deformidade congênita do filho, rejeitando-o claramente, e a convivência obrigatória com a maldade disfarçada de pena de pessoas movidas por uma curiosidade cruel.

Até a realização da primeira cirurgia plástica, o sofrimento de Rafael havia sido intenso. Silvana tirava o leite com uma bomba e o servia numa colherzinha emborrachada. Em função da fissura nos lábios e no palato, o bebê não conseguia sugar o leite e era alimentado a todo o momento para não sentir fome. O problema cardíaco fora descoberto depois, quando Rafael teve uma crise de choro e ficou cianótico. Silvana estava sozinha com o filho, colocou-o no colo e dirigiu dessa forma até o hospital mais próximo. Os primeiros testes afastaram a possibilidade de uma cirurgia imediata, mas indicaram que Rafael precisaria de atenção especial durante toda a vida.

Ao primeiro toque do telefone, Sílvia atendeu.

— Mas você já está ligando? Não confia mais em sua mãe?

— Claro que confio, mamãe! Como ele está? E a febre?

Sílvia riu. Já estava acostumada às perguntas da filha em relação a Rafael. Sabia que eram movidas pela preocupação excessiva e não pela falta de confiança. Rafael, naquele momento, sorria. Já andava com desenvoltura e, vez por outra, era apanhado olhando ou apontando em determinada direção e sorrindo. Benedito já havia orientado Silvana de que a maioria das crianças apresenta uma vidência aguçada e que a resignação e a alegria seriam companhias frequentes do menino. Rafael bateu com a mão direita na boca, imitando um índio e riu bastante. Sílvia arrepiou-se:

— Cruzes, menino! Que susto!

Uma entidade que se apresentava com uma roupagem fluídica indígena, mentor e guia espiritual de Rafael, riu. O pequeno lhe fora entregue como protegido. Eram muito amigos e o seriam pela eternidade. Nesta encarnação tinham um trabalho a realizar juntos. A entidade resolveu plasmar uma rosa branca e entregá-la ao menino. Como Sílvia cultivava rosas no jardim, ela não estranharia se visse o menino com uma flor. Rafael chamou pela avó.

— Vovó, ó...
Sílvia, rindo, perguntou ao menino:
— Você foi lá fora, rapazinho?
Rafael novamente imitou um índio, e a avó se aproximou com receio de que houvesse alguém no quintal. Quando chegou perto de Rafael e observou a rosa em suas pequenas mãozinhas, estranhou.
— Mas que rosa é esta, meu Deus? É tão perfeita, tão branca, tão aveludada que parece caída do céu...
A rosa realmente era de um tipo especial, cultivada pelos que amam a natureza e vivem no astral. Na colônia espiritual de Aruanda, a natureza era de uma beleza rara, impossível de ser imaginada pelos olhos humanos. Seus coordenadores e cooperadores procuravam exaltar as belezas naturais do Brasil. Animais, flores e espíritos conviviam em harmonia. Algumas espécies da flora e da fauna brasileira, que se extinguiram pela ação devastadora do homem, eram ali encontradas. O mentor de Rafael ficou satisfeito com o presente que dera ao menino. Se pudesse, ficaria ali por mais tempo, mas precisava retornar à colônia: havia muito trabalho a fazer. Rafael acenou para o amigo, e Sílvia respondeu ao gesto que julgara ter sido direcionado a ela. O menino e seu guia sorriram. Ainda eram poucos os que possuíam "olhos para ver".

CAPÍTULO 3

Marlene fez sinal para um táxi e entrou com o neto. Luiz Cláudio estava bastante machucado, o que provocou um estranhamento no motorista. O jovem recostou a cabeça no ombro da avó e respirou fundo. Há quanto tempo não sentia cheiros bons! Respirou e sentiu o próprio odor a incomodá-lo. Pensava em como havia se metido na sujeira e na marginalidade. Tinha tudo! Não tinha os pais, mas a avó jamais lhe negara algo.

O carro chegou à porta da casa de Marlene e parou. A mulher pagou a corrida e saiu com o menino sem esperar o troco. Luiz Cláudio estava ainda meio tonto e custou a subir os degraus que levavam à entrada da varanda. Um dos guardiões, encarregado de proteger a avó e o neto de energias mais pesadas, plasmou uma espécie de segunda casa no entorno da residência de Marlene. Essa casa vibratória evitaria ataques de energias negativas produzidas pela mente e pelos corações humanos, além de eventuais ataques de espíritos trevosos. Após terminarem o trabalho, que não durou mais que alguns segundos, Igor comentou:

— Veja, se não sou rápido em seguir as instruções de Benedito, os dois já estariam em maus lençóis. Olha a cara dessa gente! Todos loucos por fofoca. Ninguém aqui tem preocupação real com o estado do jovem. Querem é falar! Vampiros!

Fábio gargalhou. Igor tinha razão. Havia uma pequena assembleia disfarçada, de forma infantil, na calçada. Algumas mulheres, amigas de Marlene, fingiam de maneira descarada varrerem suas portas. De suas mentes, energias escuras iam tomando forma e indo de encontro à casa da amiga, mas eram desintegradas quando se chocavam com a "casa magnética".

— É, meu amigo! Parece-me que essas senhoras estão dispostas a pagar qualquer preço para saber o que se passa lá dentro! — falou Fábio.

Igor concordou indignado:

— Bando de fofoqueiras! Perdem tempo útil para falar da vida alheia e, no lugar de ajudarem, atrapalham e muito!

Fábio riu da indignação do amigo, mas conseguiu enxergar com certo humor o cenário. Eles próprios, quando encarnados, por várias vezes, entregaram-se de forma catastrófica às paixões humanas. O pensamento era o pior inimigo do homem, e a mente humana vive produzindo e acumulando lixo mental. Era uma questão de aprendizado, e aprender leva tempo. Para alguns, muitas encarnações.

Marlene acomodou Luiz Cláudio em uma poltrona e o observou. "Onde havia errado?", perguntava-se.

Foi até o quarto do jovem, que mantivera intacto, e separou roupas limpas e uma toalha, colocando as peças no banheiro. Voltou à sala e chamou pelo neto.

— Luizinho, venha! Vamos tomar um banho e jogar todas essas roupas fora.

O rapaz prontamente obedeceu. Queria mesmo livrar-se daquele cheiro fétido. Não pensava em nada. Apenas seguia a avó pelos cômodos confortáveis da casa. Tomou um banho demorado. Uma água preta e malcheirosa escorreu pelos azulejos do banheiro. Marlene já o esperava com um prato de sopa, pão e uma jarra com suco de laranja. O menino recostou-se na cabeceira da cama e alimentou-se como há muito não fazia. Quando terminou, beijou o rosto da avó, entregou-lhe a bandeja e deitou-se. O calor estava muito grande, e Marlene ligou o ar-refrigerado, fechou as cortinas, a porta e saiu. Logo Luiz Cláudio adormeceu.

Marlene deixou tudo sobre a pia. Também precisava de um banho. O hospital em que fora buscar o neto estava sujo, e ela guardava a sensação de ter sido infectada. Já embaixo do chuveiro, ouviu a campainha tocar insistentemente. Saiu enraivecida, vestiu-se e foi atender a porta.

— Marlene! Encontrou seu neto? Que bom!

— Fale mais baixo, Marcia! O menino está dormindo! Não tenho tempo agora para conversar. Mais tarde nos falaremos.

Fábio e Igor apenas observaram a saída da mulher, que sentiu um aperto na nuca.

— Nossa, essa casa é muito carregada. Vou orar pelos dois. Só de chegar ao portão, saio assim, pesada. Cruzes! — cochichava Marcia.

Fábio voltou a gargalhar.

— Você é um bom arquiteto mesmo! Veja só o estrago que está causando na vizinhança!

Olharam em volta e viram, em algumas casas da pequena rua, formas escuras pairando sobre os telhados. Eram os pensamentos direcionados à residência de Marlene e que, repelidos pela proteção magnética dos guardiões, retornavam como cães adestrados para seus donos.

— Se nossos amigos encarnados soubessem a força que o pensamento exerce sobre suas vidas e sobre a vida de seus semelhantes, seriam, certamente, mais cuidadosos.

Marlene resolveu se deitar no quarto do neto. Temia que, alimentado e descansado, o rapaz fugisse novamente. Precisava descansar para tomar algumas providências em relação a ele. Recostou-se numa poltrona e dormiu. Fábio preparou-a para que ela fizesse sua primeira viagem astral.

Após receber fluidos magnéticos, para facilitar seu deslocamento, Marlene foi recebida por um homem negro, vestindo roupas brancas e de pés descalços. O homem aparentava ter uns 60 anos de idade e foi interpelado por Marlene de forma arrogante:

— O que faço aqui? Quem é você? O jardineiro do local? Onde está o dono?

Benedito sorriu benevolente, respondendo-lhe:

— Sim, acho que sou mesmo jardineiro e vivo em busca de sementinhas que possam crescer e florir para enfeitar os jardins dos "donos" disso tudo.

— E o que seus patrões querem de mim? Preciso cuidar de meu neto!

— Posso falar em nome de meus patrões, dona Marlene. Queremos que converse com Luiz Cláudio. É preciso que ele se trate, se cuide. Mas isso só depende da senhora. Ele também precisa de fé, organização, ordem e determinação. Assustada, Marlene quis sair, mas não conseguiu. As mãos de uma mulher seguraram-na pelo braço com firmeza.

— Espere, querida. Veja, você me reconhece? Você era menina ainda e sonhava comigo, lembra? Sou sua bisavó, Maria Antônia. Benedito me chamou, e eu vim. Recebi permissão para estar em outra colônia, mas prefiro trabalhar para o progresso de nossa gente. Minha gratidão por esse povo é muito grande! Auxilio no que posso...

Benedito fez sinal para Maria Antônia. Ela entendeu e calou-se. Ele não queria assustá-la. Queria apenas que Marlene se lembrasse do sonho como um aviso. Algo que a obrigasse a tomar alguma decisão contrária ao próprio comportamento. Decisão favorável a todos.

Para ser reconduzida ao corpo, Marlene precisou da ajuda de Benedito. Ele ficou ainda alguns minutos na casa. Foi até a porta e cumprimentou os dois guardiões que desenvolviam seu trabalho muito bem.

— Parabéns, irmãos! Parabéns! Acho que ninguém faria um trabalho melhor.

Igor sorriu. Gostava de elogios.

Benedito retornou ao quarto de Luiz Cláudio e percebeu a agitação de Marlene. Ela, em espírito, estava encostada no teto do quarto, olhando para o próprio corpo, aterrorizada. Benedito volitou até o espírito de Marlene, deu-lhe um passe e conduziu-a ao corpo, energizando-a e estimulando-a, para que guardasse, ao menos, as orientações recebidas no encontro.

Marlene dormiu por mais meia hora. Quando acordou, sentia-se diferente. Tentou lembrar o que havia sonhado, mas não conseguiu. Tinha apenas a certeza de que precisava cuidar do neto.

Pegou a agenda de telefones e procurou o nome do pediatra que tratava do menino desde o seu nascimento: Doutor Arthur Moreira. Com o telefone na mão, digitou os números sem titubear. Do outro lado da linha, a secretária atendeu:

— Consultório médico, boa tarde!

Marlene pediu para falar com o médico, e a secretária transferiu a ligação:

— Doutor Arthur, é Marlene Alcântara, avó de Luiz Cláudio. Lembra-se de mim?

O médico demorou um pouco para responder, mas logo lhe veio à mente a imagem franzina de Luiz Cláudio, carregando um imenso pirulito a lambuzar-lhe o rosto e mexendo em tudo dentro do consultório diante da passividade da avó, que assistia a tudo sem chamar a atenção do neto.

— Olá, dona Marlene! Como vai o menino? Algum problema? Aliás, ele já deve ser um rapaz.

Ela relatou tudo que havia acontecido, apenas omitindo a fuga de Luiz Cláudio. Deu uma desculpa esfarrapada, dizendo que o neto se perdera na rua. Como a agenda do médico estava cheia, ela suplicou para que o atendimento fosse feito à noite, em sua casa.

"Não vou expor meu neto a olhares curiosos. Aqui ele está mais bem protegido!" — pensou, enquanto aguardava pela resposta do médico.

Igor e Fábio riram bastante.

— A arrogância dela ajuda muito! É melhor mesmo que eles não saiam daqui. Será difícil manter a proteção dos dois fora de casa, pelo menos por enquanto! — exclamou Igor.

Fábio, sempre bem-humorado, sentenciou:

— Com o comportamento que ela apresenta e com os pensamentos que ela alimenta, é uma verdadeira "esponja". Por onde passar, vai arrastar negatividade.

— E o que é pior... Ela já carrega na alma perseguidores de outras épocas! Só não estão por aqui por conta de nossa guarda — completou Igor.

— Contando com os do menino... O rapaz assassinado foi socorrido através de nossa intervenção, mas a mente de Luiz Cláudio está atraindo-o de volta. Por enquanto, conseguirão segurá-lo no posto de socorro, mas não sei por quanto tempo. Sem contar com os vampiros-astrais, viciados em drogas, que o incentivaram à fuga e ao consumo de substâncias tóxicas — alertou Fábio, concordando com Igor.

A mulher conseguiu convencer o médico de que Luiz Cláudio não poderia sair de casa, e ele terminou agendando uma consulta domiciliar. Marcou para as vinte horas daquele mesmo dia.

Quando o médico chegou, os guardiões logo o identificaram. Ao lado de Arthur estava um homem de aparência oriental, trajando uma bata larga. Logo, ele estava à porta da casa apresentando-se aos dois.

— Paz, meus irmãos! Sou Lucio, mentor espiritual de Arthur. Enquanto ele cuida da matéria, eu cuido da alma.

— Salve, irmão! Somos os guardiões temporários do lugar: Fábio e Igor. Seja bem-vindo.

Enquanto Arthur arrumava suas coisas na maleta e vestia o jaleco branco, Lucio recomeçou a falar.

— Fui informado de que o assunto exigia minha presença. Parece que o menino, além de sofrer de transtornos da alma, é viciado.

— Sim, é isso mesmo — responderam juntos.

— Recebi um comunicado em minha colônia, ou melhor, na colônia em que sirvo, pedindo minha participação nesta empreitada, já que trabalho com Arthur há longos anos. Que belo trabalho vocês fazem por aqui! Sou de uma colônia que abriga muitos orientais. E o meu patrão aí é budista. Ele trabalha com o princípio da "oração e ação". É um grande cara!

Arthur já estava chegando à porta. Fábio e Igor pediram licença a Lucio para que o médico passasse por uma limpeza fluídica. O mentor do médico permitiu. Sabia ser necessário. Algumas formas-pensamento já se fixavam na mente do médico. O cansaço e o dia repleto de trabalho tornavam-no presa fácil para as energias densas.

Fábio espalmou as mãos e direcionou-a às partes específicas do corpo do médico. Nos chacras frontal e coronariano encontrou formas ameboides que, materializadas, assemelhavam-se a feras primitivas. Igor, igualmente, espalmou as mãos. Centralizou-as nos chacras infestados e aspirou as formas ameboides que foram destruídas fora do corpo material e espiritual do médico.

Lucio, após o processo de limpeza na aura do médico, energizou-o através de passes.

O médico nem sequer percebeu o que ocorrera no plano astral. Apenas atribuiu sua melhora e seu bem-estar ao amor pela profissão. Lucio piscou o olho para os novos amigos e comentou:

— Os seres encarnados não sabem da missa a metade. Ainda dizem que os espíritos são primitivos!

Igor, com sua habitual seriedade, completou:

— Triste mesmo é jamais sermos lembrados como seres que trabalham pela luz. Preconceitos à parte, um vidente que professe religiões opostas à prática espiritualista, quando nos enxergam, julgam estar à frente de seres trevosos. Eles nos veem conforme a visão limitada que têm.

Fábio, para variar, descontraiu o semblante do amigo.

— E eu, que já levei banho de água-benta, óleo santo, surra de crucifixo e outras barbaridades...

Os três riram e Lucio completou:

— Como se todos nós não fôssemos soldados do Universo!

O médico tocou a campainha da casa, e Marlene veio atender.

— Doutor Arthur! Que bom que o senhor atendeu ao meu pedido! Entre, vamos! Sente-se, por favor!

Lucio acompanhou o médico e, enquanto este se recostava numa poltrona e ouvia a avó de Luiz Cláudio, ele observava todo o ambiente: paredes, móveis, tapetes. Tudo estava limpo espiritualmente graças ao magnífico trabalho realizado por Fábio, Igor e Benedito. Contudo, as infestações espirituais nos ambientes deixam marcas invisíveis aos limitados olhos humanos, algo como profundas cicatrizes para quem se encontra no espaço além da matéria. As paredes da casa apresentavam marcas mais parecidas com chicotadas, provenientes da raiva e do rancor ali vividos. No teto, a desintegração de sistemas moleculares produzida por maus pensamentos, deixava-o com o aspecto de suspiro em farelos; nos tapetes e no resto do piso as pegadas profundas e muitos furos indicavam a presença anterior de energias funestas. Num porta-retratos sobre uma mesinha de canto, a foto de Amaro, Claudia e Luiz Cláudio, ainda bebê. Foi essa a cena que mais impressionou Lucio: Claudia parecia adquirir vida e de seus olhos brotavam lágrimas abundantes e um pedido de súplica.

Marlene levou o médico até o quarto do neto. Lá o cenário era mais medonho. Todos os móveis e paredes traziam uma espécie de tatuagem em forma de caixão. Neste momento, Benedito materializou-se ao lado de Lucio, cumprimentou-o com seu olhar bondoso e começou a explicar:

— Meu jovem irmão, essas marcas só sairão daqui com a cura do menino e da avó. Aos três anos, ele perdeu os pais de forma trágica e foi obrigado por Marlene a acompanhar o cortejo de Amaro e Claudia até a sepultura. O pavor e a dor do momento fizeram-no fixar essas imagens em todos os cantos do quarto.

Quando ele sentia saudades, ela vinha acompanhada pelo medo. A imagem que chegava à mente do pequeno era a dos caixões sendo empurrados pelas quadras frias do cemitério. A avó ainda o fez beijar o rosto sem vida da mãe e do pai.

Quando Benedito terminou de falar, Lucio demonstrou-se mais uma vez surpreso. Arthur já examinava Luiz Cláudio, que acabara de acordar. Verificou a pressão arterial, fez um rápido teste de glicemia, colheu sangue, auscultou pulmões e coração. Fez novo curativo na cabeça do rapaz e constatou que ele estava com piolhos.

O clínico pediu para ficar a sós com Luiz Cláudio. Precisava perguntar ao rapaz algumas coisas bem pessoais. Lucio examinava ao mesmo tempo o perispírito do paciente, procurando por doenças que ainda poderiam surgir. Foi quando o doutor Arthur demorou-se no exame de uma pequena ferida nas costas do menino. Quando Marlene saiu, ele procurou ser direto:

— O que houve com você, rapaz?

O rapaz começou a chorar. Aos poucos, colocou para fora todos os seus medos e suas angústias.

— Saí de casa faz tempo. Não sei quanto tempo. Não tinha mais o que fazer aqui. Minha avó descobriu que eu estava sem ir à escola durante meses. Comecei a mentir, dizendo que o material ficava no armário da escola. Ela acreditava. Mas, depois, o diretor ligou, e ela descobriu. Neste dia, eu havia encontrado dois amigos e fumei dois baseados na beira da praia. Quando cheguei a casa, uniformizado como sempre, ela começou a me encher de perguntas. Como eu não respondi nada e ainda fiquei rindo, ela pegou um cabo de vassoura e começou a me bater. Eu a empurrei contra a parede e tornei a sair. Fui até a subida do morro e fiquei esperando por um "avião". O moleque chegou e perguntou o que eu queria. Me ofereceu droga de tudo quanto é tipo. Eu tinha bastante dinheiro na carteira, um relógio e meus tênis. Dei o dinheiro, o relógio e o par de tênis. Coloquei nos bolsos uma pedra de *crack*, um envelope de cocaína e alguns cigarros de maconha. Acendi logo os cigarros. Fumei um atrás do outro. Lembrava-me da minha mãe no caixão, do meu pai sendo atormentado pela minha avó, dos dois saindo de carro, do meu pai gritando, dizendo que não voltaria, do telefone tocando, da minha avó chorando, dos caixões, do cheiro das flores...

O rapaz continuou seu desabafo:

— Eu estava descalço e, quando vi, havia parado numa rua escura, repleta de mendigos. Um deles me agarrou pelo braço. Consegui escapar, mas outros me perseguiram. Quando mostrei o *crack* e a cocaína, pararam e pediram para usar a droga. Me senti respeitado e fiquei com o grupo durante um tempo. Até que mataram um dos moleques, o Macuco. Corri feito um louco. Fugi. Hoje estou de volta não sei nem como.

O menino respirou fundo. Contara tudo de uma única vez. Doutor Arthur o interrompeu.

— Acalme-se! Vou passar alguns remédios para que você descanse melhor.

Benedito utilizou-se da energia contida em algumas ervas para reequilibrar o jovem. Olhou para o alto com as mãos em concha e espalhou esta energia no quarto de Luiz Cláudio. Imediatamente, partículas coloridas começaram a se espalhar no ambiente. Ele adormeceu imediatamente, enquanto as invisíveis partículas penetravam-lhe o corpo, causando microscópicas explosões. Lucio admirou-se com o que via. Benedito apenas sorriu. Ele somente devolvia ao corpo do jovem os compostos orgânicos próprios da natureza humana.

Arthur chamou por Marlene. Prescreveu remédios. Não sabia ainda qual era o nível de dependência de Luiz Cláudio. Teria que esperar. Lucio inspirou-o a pedir o teste de HIV, e assim ele fez. Certamente, Marlene não iria notar o pedido.

Quando Marlene chegou ao quarto, perguntou grosseiramente ao médico:

— Que cheiro de ervas é esse? O senhor usou algum unguento no Luizinho?

O médico enrubesceu.

— Esses remédios nem são mais fabricados! Temos medicamentos mais eficientes hoje em dia!

Benedito riu e Lucio também. Ele fizera aquilo de propósito, para que Marlene se lembrasse do centro e dele. Foi isso que aconteceu. A mulher, de imediato, lembrou-se dia em que esteve no centro espírita.

— Cruz-credo! O que aquela gente deve fazer para que eu sinta esse cheiro! Com certeza maldade, porque é para isso que serve essa gentinha!

Benedito riu novamente. Uma risada entrecortada de arrependimento.

— Meu Pai, eu ainda tenho muito a aprender, muito que trabalhar para evoluir... Não pude deixar de fazer isso!

CAPÍTULO 4

Silvana saiu exausta do plantão. Trabalhava na pediatria e, para sua tristeza, atendeu a dois casos de vítimas da violência urbana: uma jovem de 16 anos e um bebê de 2 anos, atingidos por balas perdidas, num confronto entre traficantes e policiais, numa favela da cidade. Quando as duas vítimas deram entrada no hospital, Silvana passava pelo corredor e observou a luta para sobreviver do bebê e o desespero da mãe. A médica iniciou o atendimento ainda com a maca em movimento. A pulsação da criança caía e a perda de sangue era muito grande. Ela, em visível desespero, empurrou a maca para o centro cirúrgico pediátrico e pediu que chamassem a equipe de cirurgiões de plantão. Começou a limpar o local do ferimento com o auxílio de uma enfermeira e colocou no pequenino uma máscara de oxigênio, pedindo a interferência dos médicos do astral. Foi quando se surpreendeu com uma cena que jamais imaginara presenciar: os cirurgiões do hospital entraram no centro cirúrgico e, simultaneamente, uma equipe que contava com dois homens e três mulheres se materializou diante de seus olhos incrédulos. Uma das mulheres aproximou-se do bebê e aplicou-lhe passes no chacra cardíaco. Silvana logo notou a melhora na pulsação do pequeno paciente. A outra, cujo nome ouvira muito bem — doutora Mariane —, aproximou-se e, espalmando as mãos sobre a fronte do menino, fez com que o espírito dele se afastasse do pequeno corpo. A entidade amparou o menino no colo, acalmando-o. Os cirurgiões da equipe de Silvana aproximaram-se e foram acompanhados, cada um, por um dos espíritos presentes, à exceção de Mariane, que mantinha o menino aconchegado em seu colo. Os espíritos médicos traziam equipamentos sofisticados, materializados aos olhos de Silvana como feixes de luz. A hemorragia provocada pelo projétil encravado na perna direita do bebê foi estancada por um dos médicos espirituais. Um jato de luz violeta cicatrizou aos poucos as veias rompidas, de dentro para fora. O cirurgião da Terra sorriu.

— Nossa! A hemorragia cessou! Agora será mais fácil a retirada da bala!

Assim foi feito. Um cirurgião ortopédico acompanhou o procedimento para colocar uma prótese onde a tíbia da criança havia sido esfacelada. O projétil foi retirado com sucesso, e a equipe espiritual recomeçou o trabalho, reequilibrando as células ósseas que se autorrestauravam. Silvana assistia à reorganização de cada minúscula célula como se as avistasse através de um potente microscópico. Encerrado o processo de restauração orgânica do pequeno paciente, os médicos espirituais mantiveram-se no ambiente apenas para amparar energeticamente o menino. A equipe de cirurgiões do hospital também encerrara o trabalho. A prótese temporária fora colocada com êxito e outras cirurgias seriam necessárias em função do crescimento ósseo do paciente. Foi com os olhos carregados de emoção que Silvana presenciou Mariane acariciar a fronte do pequenino e reconduzi-lo ao próprio corpo. Uma pequena alteração na pulsação foi observada pelo anestesista. Apenas Silvana sabia realmente o porquê daquela alteração. O menino estava com todas as suas funções estabilizadas e ficaria no CTI por precaução. Mariane caminhou em direção a Silvana e, telepaticamente, agradeceu as orações sinceras da médica, que tornaram possível a presença dela e dos outros espíritos durante a cirurgia. Silvana tentou falar, mas ouviu nitidamente a voz de Benedito dizendo-lhe que apenas usasse o pensamento. Foi o que a médica fez. Em pensamento, agradeceu a intervenção da doutora Mariane e dos outros médicos, emocionou-se, chorou, agradeceu a Deus. Uma equipe de enfermeiros chegou para transferir o pequeno Lucas para o CTI pediátrico. Os médicos do astral despediram-se de Silvana e rodearam a maca onde estava o menino. De mãos dadas, olhavam para o alto, e do teto do hospital começaram a cair centelhas de diferentes cores sobre o leito do menino. Lágrimas abundantes escorreram pelo rosto de Silvana, que rogava para que o filho pudesse ter a mesma assistência no porvir.

A médica saiu da sala de cirurgia em êxtase: jamais imaginara que presenciaria uma cena daquelas. Sabia ser vidente, mas não se julgava capaz de assumir a vidência daquela forma. Fé ela possuía, mas sempre surgia a dúvida de como o mundo espiritual poderia interferir na vida dos encarnados. A experiência para ela seria inesquecível.

No plano espiritual, a equipe de médicos, cujo patrono era o doutor Bezerra de Menezes, congratulava-se e confirmava a máxima do Cristo: "Não cai uma folha de uma árvore sem que o Pai permita!".

Lucas, o bebê ferido no confronto urbano, deveria cumprir uma trajetória longa como encarnado neste planeta e havia sido instrumento não da fatalidade, mas das energias permissivas que rondam as grandes cidades brasileiras. Daí a possibilidade de intervenção e cura do pequeno. A outra menor, que também havia sido atingida, foi, igualmente, socorrida por outra abnegada equipe, mas existia para ela um ajuste preestabelecido no astral antes de sua atual encarnação. Ela havia optado por lutar pela paz e pela perseverança dos jovens. Fora, então, atingida e ficaria paraplégica a fim de demonstrar, através da própria vida, a superação.

CAPÍTULO 5

Após a saída de Arthur, Luiz Cláudio entrou em um sono profundo. Sentiu, nos primeiros momentos, certa dormência e tentou levantar-se. Assustado, observou a paralisia completa de seu corpo. Fora do corpo físico, olhava com espanto os detalhes de sua própria figura e de seu quarto: a roupa que usava, a cama... A sensação era boa. Sentia-se leve e livre. Voava pelo quarto como um super-herói de histórias infantis. Ouviu com nitidez uma voz masculina a lhe dizer firmemente:

— Venha, vamos até lá fora!

Luiz Cláudio olhou para o lado e viu um homem envolto em grande luminosidade a estender-lhe a mão. O rapaz cedeu, alcançou a mão do homem e, surpreso, percebeu que estava atravessando a parede. Chegaram ao quarto de Marlene. Ela assistia a um programa de televisão. Foi o espírito amparador de Luiz Cláudio que falou:

— Está vendo? Ela não nos vê! Guarde a consciência desse momento. Será importante para você!

— Para onde vamos? Estou drogado? — perguntou o rapaz.

— Não, você não está drogado! Vamos!

Os dois atravessaram a porta da sala, e Luiz Cláudio ficou mais impressionado ainda. Fábio e Igor, um de cada lado da porta, pareciam guardas ingleses em prontidão permanente. Quando avistaram o menino, sorriram e cumprimentaram-no.

— Olá! Tudo bem? — perguntaram os dois ao mesmo tempo.

Luiz Cláudio, sem saber o que dizer, apenas sorriu.

Igor tratou de ajudar Luiz Cláudio e seu amparador na empreitada. Como o rapaz iria se aventurar fora do corpo pela primeira vez, o mago e cientista tratou de produzir, através do pensamento, material ectoplasmático semelhante ao aço, transformando-o num veículo para o qual ele apontava com orgulho. Fábio riu bastante:

— Depois dizem que ficção científica é coisa do cinema humano!

O rapaz, aturdido, dirigiu-se jovialmente a Igor:

— Maneiro, aí... O cara é sinistro! Coisa de Harry Potter!

Luiz Cláudio e seu acompanhante entraram no carro, e mais uma surpresa para o rapaz: não havia condutor no veículo, que, em fração de segundos, já se movimentava com rapidez.

O rapazinho olhou maravilhado o céu infinitamente azul do Rio de Janeiro, salpicado por estrelas. À maneira de um guia de turismo, o espírito amparador apontou para o mar, que refletia a luz de uma lua imensamente cheia. Luiz Cláudio estava extasiado.

Num abrir e fechar de olhos, o carro parou numa planície gramada. O espírito que acompanhava o rapaz apontou para as portas do carro e elas se abriram. Instintivamente, Luiz Cláudio saltou do veículo. Estava descalço e sentiu uma energia muito boa aumentar-lhe as forças. Respirava com mais facilidade e, ao longe, ouvia o barulho do mar. Quis perguntar o que estava acontecendo, mas teve receio de que tudo aquilo desaparecesse como mágica. O espírito amigo segurou-o pelas mãos e o fez volitar. O rapaz começou a sentir uma brisa fresca no rosto, que logo identificou como vinda do mar.

— Aí, meu camarada, tamo indo pra praia?

Não foi preciso que seu companheiro de viagem respondesse. Abaixo e à frente dos dois, uma extensão de areia cor de pérola banhada por águas calmas e límpidas. Uma pequena multidão formava filas na beira da praia. O espírito que acompanhava Luiz Cláudio resolveu quebrar o gelo e apresentar-se.

— Você não teve ainda a curiosidade de saber meu nome...

O rapaz olhou de modo interrogativo para o outro. Pela primeira vez, notou os olhos de alguém, e os de seu companheiro de viagem eram profundos e expressivos, emoldurando uma fisionomia tranquila, que transmitia paz e confiança. Em sua avaliação, julgou ter seu super-herói menos de 20 anos. Ele era jovem, bastante jovem.

— Desculpa, cara... Mas é tudo tão incrível... Qual é seu nome? Se é que você é real!

— Pode me chamar de Felipe. E, como você mesmo observou, tenho pouca idade, ou melhor, me apresento com pouca idade, pois, como você, sou um espírito muito velho.

— Ei, cara, você lê meus pensamentos? Mas o que fazemos aqui?

— Digamos que você tenha sido trazido até aqui para tomar um belo banho de mar! Venha, vamos descer!

Luiz Cláudio e Felipe, em segundos, estavam à beira da praia. O menino ria sentindo a areia fria em seus pés. Olhou em volta, com curiosidade juvenil, e observou uma grande fila: pessoas amparadas por outros homens e mulheres semelhantes em comportamento a Felipe. Pareciam doentes enfileirados e silenciosos em direção ao mar. Luiz Cláudio quis perguntar o que estava acontecendo, mas Felipe sinalizou para que ele permanecesse em silêncio. Luiz Cláudio ouvia o barulho do mar e um canto diferente, harmonioso, que se misturava ao bater das ondas. Muitos saíam da fila e mantinham-se sentados na areia. Havia uma multidão naquela praia.

A fila andou, e Luiz Cláudio e Felipe chegaram à beira do mar. Refluxos de ondas molhavam os pés do menino. À sua frente, o rapaz teve a visão que jamais esqueceria em sua vida: o espírito de uma linda jovem, enfeitada de conchas e estrelas e carregando uma rede prateada e iluminada pelos reflexos da lua, abriu-lhe os braços e o envolveu com uma luz suave. Ele sentiu um impacto em seu corpo, como se tudo se reorganizasse de imediato.

A força daquela energia recebida fez com que a mente de Luiz Cláudio retomasse a lucidez perdida em sua caminhada presente na Terra. Olhou para Felipe e, em pensamento, perguntou o que estava acontecendo ali e quem era aquela jovem. Felipe, amorosamente, respondeu-lhe de forma clara:

— Observe, Luiz Cláudio. Há outras energias como essa trabalhando da mesma forma e com os mesmos objetivos. O mar é um grande hospital para os seres humanos. Essas jovens são trabalhadoras do Universo que se utilizam dos benefícios do mar para reenergizarem os seres humanos em situações parecidas com a sua — com o corpo e a mente doentes — e os desencarnados que necessitam deste tipo de intervenção. Esta, que está à sua frente e emitiu-lhe raios com significativa carga de energia, manipula as águas salgadas. O nome é o que menos importa. Você está se sentindo melhor?

Luiz Cláudio não teve condições de responder. Sua mente havia clareado de tal forma que parecia não ser mais o mesmo: a alma, antes atormentada e confusa, parecia liberta do passado; o corpo, mais leve, parecia livre do vício e do autoflagelo a que havia se submetido. Apenas uma pergunta lhe martelava a mente: se aquilo tudo era realmente verdade, será que seus pais estariam também vivos?

Do alto de uma pedreira, amparada por Benedito e por Maria Antônia, Claudia, a mãe do rapaz, agradecia pelo socorro prestado ao filho.

Felipe, percebendo o início das interrogações de Luiz Cláudio, tomou a decisão de adormecê-lo para iniciar os procedimentos de volta. Não queria que ele retomasse antigos sentimentos de perda. Olhou para as ondas do mar e agradeceu o auxílio. A entidade, em prece constante através do canto, apenas sorriu para Felipe, que, em seguida, deslocou-se em uma fração de segundos com o rapaz em direção à casa de Luiz Cláudio, dispensando o veículo plasmado por Igor, que logo foi desintegrado. No astral, tudo aquilo que não é utilizado é eliminado, evitando acúmulo de objetos e energias desnecessárias.

O garoto foi conduzido ao corpo por Felipe, e teve um sono tranquilo. Felipe saiu em seguida para cumprimentar os guardiões e relatar os acontecimentos. A casa permanecia limpa de energias negativas, e o espírito pôde contar a aventura necessária aos novos amigos. A satisfação era evidente entre os três. Afinal, Luiz Cláudio merecia oportunidades como todos os seres da Terra. Auxiliar jovens na tarefa do autoconhecimento e da autorrecuperação era o trabalho que lhes cabia por afinidade naquele momento, e eles gostavam disso.

Felipe, que até então não havia se apresentado formalmente aos guardiões, começou a falar sobre a necessidade do trabalho com a juventude. Na Terra, tivera uma família bem estruturada: pai, mãe, duas irmãs, avós carinhosos e noções da espiritualidade.

Havia desencarnado muito jovem, em plena adolescência. Manchas emaciadas começaram a surgir do nada. Em pouco tempo, a médica, a internação e a sentença: deixaria a vida no corpo material. Essa plena consciência de que iria desencarnar fez com que ele entrasse em contato muito rapidamente com o mundo espiritual. A princípio, não compreendia muito bem o porquê de tudo aquilo, de todo o sofrimento. Já em coma profundo e afastado do corpo físico, se deu conta não só do sofrimento e da dor da família, que o abrigava naquela encarnação, mas também da fortaleza espiritual e emocional de seus pais. Essa força, vinda daqueles que o haviam recebido como filho amado, fez com que ele encontrasse razões para seguir em frente. Passou algum tempo em um hospital para a recuperação de seu perispírito e, quando se sentiu disposto, solicitou ao administrador da colônia em que se encontrava para trabalhar com jovens como ele, de modo especial com os que necessitassem do apoio na luta contra a marginalidade e as drogas. Ligava-se, naquele momento, aos trabalhadores da seara umbandista em homenagem à própria família ainda encarnada, ligada à religião brasileira, mesmo após o desencarne precoce do filho amado.

Fábio e Igor o ouviram atentamente. Era muito bom ouvir relatos como aquele. Sabiam o quanto era difícil socorrer desencarnados em consequência das drogas e da violência cultuada no país. Conhecer jovens que optaram no astral por trabalhar com essa causa era muito gratificante.

— É, meu jovem soldado, você já sabe da importância do seu trabalho neste momento. Luiz Cláudio tem muitos inimigos no submundo do astral. Há espíritos trevosos dispostos a atrapalhar a caminhada do rapaz. A própria avó funciona como um obstáculo: é descrente, materialista e possessiva — falou Igor.

— Deixe de mau humor, irmão! Marlene acabará se dobrando ao trabalho executado pela própria vida. Uma alma em desequilíbrio não anda na corda bamba pela eternidade. Ela vai buscar a terra firme — interferiu Fábio.

— Não sou mal-humorado, sou realista. Espero realmente que ela se torne mais sensata mesmo. Pelo bem do menino... E dela também...

Os três concordaram fazendo um gesto afirmativo com a cabeça. Felipe recebeu autorização para ficar na casa e ajudar no trabalho. Um largo sorriso iluminou o rosto do jovem.

— Chegará o dia em que todas as religiões se renderão ao amor ao próximo, sem o preconceito que impõe dogmas, retóricas e outras tantas outras algemas ao homem. A humanidade caminha nesta direção: a de reconhecer que a vida de todos nós pertence ao Universo e todos, sem exceção, somos merecedores de uma jornada livre de tantas bobagens. Basta nos libertarmos da culpa, do preconceito e de todo tipo de lixo que acumulamos durante as diversas existências.

CAPÍTULO 6

A manhã chegou com um sol escaldante: o calor fora de época anunciava chuva para o entardecer. Marlene acordou cedo e logo tratou de ligar para Sônia, uma antiga e fiel empregada que ela havia dispensado num acesso de fúria. Precisaria dela agora, já que a moça havia ajudado bastante quando Luiz Cláudio era menor. Sônia atendeu ao telefone e surpreendeu-se com o pedido da ex-patroa. Fora praticamente escorraçada da casa e acusada de roubo por Marlene. Na época, Luiz Cláudio começou a furtar pequenos valores da avó para comprar drogas. Hesitou diante da proposta de retorno, mas estava desempregada e precisava pagar as contas que não paravam de chegar. Aceitou conversar com Marlene e marcou o encontro para a parte da tarde. A avó de Luiz Cláudio desligou o telefone resmungando e foi para a cozinha preparar o café.

O rapaz despertou com uma sensação estranha. Tentava se lembrar do sonho que tivera, mas não conseguia. Lembrava-se apenas do mar. Estava revigorado e bem-disposto. Logo sentiu o cheiro de café. Levantou-se, lavou o rosto, trocou de roupa e foi para a cozinha. Quando chegou, percebeu a avó falando baixinho, como se conversasse com alguém e estranhou:

— Que é isso, vó? Tá falando com quem?

Marlene ficou vermelha, torcendo para que Luiz Cláudio não tivesse escutado as reclamações a que se acostumara.

— Nada, meu filho, nada! Estou pensando alto...

Venha, sente-se para tomar seu café. Doutor Arthur recomendou que você se alimentasse bem. Como está se sentindo? Está bem, meu netinho?

— Estou, vó. Estou com muita fome também! Que cheiro bom!

Marlene sorriu. Chegou a ficar sem graça, mas sorriu. Estava desacostumada à felicidade. Não sabia mais o que era isso.

— Vó — chamou Luiz Cláudio — sonhei com o mar. Cheguei a sentir o cheiro do mar...

— Sua mãe gostava muito do mar. Ela deve estar feliz com seu retorno.

— Você acredita que ela continua viva, junto com meu pai?

— Não sei, meu filho, não sei! Não paro para pensar nessas coisas. Isso é problema de Deus. É Ele que julga todos nós!

— Pois eu acredito. Não sei bem por que, mas acredito que haja vida depois da morte. Em algum lugar, eles estão. Não sei bem onde... Mas eles estão vivos, assim como eu e a senhora.

Marlene lembrou-se das histórias contadas por sua mãe a respeito das práticas religiosas da bisavó Maria Antônia. Lembrou-se também dos sonhos que tinha com ela, mesmo sem tê-la conhecido. "Até onde ela deveria acreditar nessas loucuras?", indagou-se em silêncio.

O dia transcorreu sem grandes alterações. Luiz Cláudio assistiu à televisão até a hora do almoço, e Marlene arrumou a casa e cozinhou com satisfação para o neto. Assim que terminou de lavar a louça, ouviu a campainha tocar. Havia marcado com Sônia apenas ao entardecer. Não acreditava que pudesse ser ela. Luiz Cláudio se ofereceu para abrir a porta, mas ela não deixou: queria evitar que o neto tivesse contato com pessoas inoportunas. Afastou a cortina para ver quem estava no portão. Uma velha maltrapilha, carregando um carrinho, escancarou um sorriso quando percebeu Marlene escondida por trás das cortinas. Acenou e chamou:

— Dona, ei, dona! Tem alguma coisa de comer para me dar? Um pão que seja!

Marlene reclamou gritando:

— Não acha que é muito cedo para me incomodar? Não tenho nada não! Siga seu caminho!

Luiz Cláudio ouviu os gritos da avó e veio correndo.

— Quem é, vó? Por que está gritando?

— Ninguém, meu filho. Gente que não tem o que fazer e vive de pedir. Tratei de despachar logo.

Luiz Cláudio, decidido, abriu a porta. Olhou para a mulher indo embora, cabisbaixa, e reconheceu na pobre criatura algo familiar. Chamou-a insistentemente. Ela parou e voltou seu olhar para a casa. Num lampejo de memória, Luiz Cláudio a reconheceu. Era ela! A mulher que o ajudou na rua e o levou para o hospital! O menino sentiu uma imensa alegria. Uma alegria inexplicável, misturada com gratidão, carinho e respeito. De imediato, saiu em disparada sem ouvir os apelos da avó. Arminda ficou parada, esperando a aproximação do garoto.

— Filho, parece que a sua mãe não quer ser incomodada. Pode deixar. Já, já arrumo o que comer. Vou vender minhas latinhas e arrumo o que comer. Vá, filho, vá!

Luiz Cláudio ficou comovido com a humildade de Arminda.

— Ela é minha avó. Espere, por favor. Vou trazer alguma coisa! Espera aí.

Retornou para casa e fingiu não ouvir o que a avó falava sobre o perigo de "acostumar" as pessoas com a caridade e outras tantas coisas. Apanhou um prato e preparou dois sanduíches de presunto e queijo, separou algumas frutas e uma caneca com café com leite. Arrumou tudo em uma sacola e voltou para a rua. Entregou o saco plástico e a caneca para Arminda e recebeu de volta o seu largo sorriso desdentado. A mulher sentou-se na calçada, colocou o carrinho de lado e abriu a sacola.

— Não precisava de se incomodar, menino. Agradecida, agradecida. Muito agradecida. Deus abençoe você, meu menino...

Marlene chamava pelo neto inutilmente: ele permanecia ao lado da mulher, ignorando os apelos da avó. Recordava-se com clareza da ajuda tão espontânea que recebera. As cenas daquele dia passavam em sua mente com extrema nitidez.

Quando ela terminou de comer, limpou as mãos no vestido roto, agradeceu e levantou-se, apanhando o carrinho para ir embora.

— Vá, menino! Ela está nervosa chamando você! Vá! Muito agradecida. Eu tava com fome mesmo... brigada.

Luiz Cláudio segurou ternamente a mulher pelo braço e beijou-lhe o rosto.

— A senhora não se lembra de mim?

— Não! Não alembro não.

— A senhora me socorreu e me levou para o hospital. Foi comigo na ambulância, lembra? Eu estava muito machucado e com fome também. Desmaiei, bati com a cabeça. Olha, tem a marca aqui ainda, veja!

Arminda tornou a limpar as mãos na roupa e acariciou a cabeça de Luiz Cláudio.

— É você, meu filho? Como tá diferente... Aquela casa bonita é sua? Aquela é sua avó, não é? Ela quis me pagar aquele dia. Num aceitei não. Fiz por gosto. Fiquei com dó de você. Tão novinho... Que bom que encontrou seu caminho de volta. Que bom! Não volte pra rua não, meu filho. Você tem família, casa e comida. Tem amor também. A rua é pra pessoas invisíveis como eu. Gente sem apego a nada e que não regou o amor direitinho...

Luiz Cláudio ia começar a falar, mas Arminda interrompeu, fazendo-lhe outro afago na cabeça.

Marlene saiu pelo portão esbravejando e gritando pelo neto.

— Luiz Cláudio, já chega! Venha agora!

Arminda sorriu novamente para o rapaz, virou as costas e saiu caminhando com a dignidade de sempre. O garoto ainda ficou por alguns minutos olhando e admirando aquele ser tão diferente. Ele caminhou com lentidão os poucos metros que o mantinham afastado de casa e olhou para a avó.

— Foi ela que me socorreu e me levou para o hospital, vó. Não lembra?

Marlene nada respondeu. No íntimo, achava todos os moradores de rua e pedintes bastante parecidos. Preferiu calar-se a brigar com o neto. Tentou em vão que o menino tomasse outro banho. Achava que ele estava sujo pelo contato com a mulher. Luiz Cláudio pressentiu os pensamentos da avó e respondeu de forma brusca:

— Vó, ela nem estava suja e nem me sujou. Vamos almoçar.

Felipe, que se mantinha ao lado do rapaz, sorriu feliz. Luiz Cláudio tinha mesmo uma alma marcada pela bondade!

Os dois, avó e neto, almoçaram juntos, sem trocar nenhuma palavra. Marlene perdera o hábito da conversação. Apesar da volta do neto, sentia-se oprimida, o coração sempre aos pulos, como se uma nova tragédia fosse ocorrer a qualquer instante. Após a visita a um clínico, passara a ingerir tranquilizantes diariamente. Com o tempo, os remédios deixaram de fazer efeito. Acostumara-se ao sofrimento e às lamentações de tal forma que, mesmo em situação de aparente equilíbrio externo, não conseguia aquietar o espírito. Sua alma vivia em completa agonia e total descontrole.

Luiz Cláudio percebeu o estado da avó.

— O que foi, vó? Parece preocupada, nervosa... Fiz algo de errado?

Marlene se surpreendeu com a pergunta. Não queria que o neto percebesse seu constante nervosismo. Desconversou.

— Nada, filho. Não tenho nada. Estou pensando na Sônia. Lembra-se dela? Trabalhou conosco antes de você...

— Quando eu comecei a furtar os objetos da casa para vender e a senhora achou que era ela a culpada?

— Você não teve culpa nisso. Ela era desatenta, e eu a despedi. Só isso!

— A história não foi bem essa, vó... Não foi bem essa! A senhora sabe muito bem. E aí, ela vai voltar a trabalhar aqui?

— Marquei com ela hoje à tarde. Preciso mesmo de ajuda. Estou ficando velha e não dou conta do serviço.

— Que bom! Assim passo mais tempo com a senhora e retomo minha vida. Quero voltar à escola, fazer uns cursos, fazer alguma coisa, sei lá...

Marlene enrubesceu totalmente e evidenciou descontrole imediato. Temia que o neto buscasse novamente más companhias, e o pesadelo recomeçasse.

— Nada disso, Luizinho! Nada disso! Você ficará em casa por enquanto. Já estamos quase no meio do ano. Não tem sentido retornar agora. Você ficará em casa e só sairá comigo! É assim que vai ser!

O rapaz experimentou grande desconforto. Não gostava nada do tom autoritário da avó e tampouco da ideia de ficar enclausurado. Entristeceu-se.

"Havia errado sim, mas será que não merecia tentar seguir a vida de forma simples? Não era bicho para ficar enjaulado. Tudo bem por uns dias, precisava mesmo descansar e repensar sua vida. Precisava se fortalecer fisicamente. Sentia-se ainda muito cansado, mas até quando aguentaria viver entre o quarto e a entrada da casa?" — interrogava-se.

Tirou a louça da mesa e colocou sobre a pia. Fez um gesto com a cabeça para a avó e foi para o quarto. Olhou a cama arrumada, a tevê, o computador e, sobre a cabeceira, o retrato dos pais segurando-o no colo, ainda bebê. A saudade lhe inundou o coração. Deitou-se em posição fetal e deixou as lágrimas rolarem por seu rosto. A saudade doía muito. Preferia dormir e não mais acordar.

À porta da casa, Fábio, Igor e Felipe perceberam Luiz Cláudio atraindo uma onda de negatividade. Felipe olhou para os soldados — era assim que os chamava — e sinalizou que iria para o quarto do rapaz. Assim fez: em segundos, colocou-se ao lado da cama do menino e se pôs a orar.

— Pai, permita-me, em minha pequena condição de espírito que sonha em ajudar os irmãos encarnados, solicitar auxílio para meu novo amigo.

Benedito e Lucio materializaram-se ao lado de Felipe. Junto aos dois estava Maria Antônia. Uniram-se pelo reequilíbrio de Luiz Cláudio, olhando-o comovidos. O ambiente, antes escurecido pela atmosfera do sofrimento e da dor, reequilibrava-se com a intercessão do grupo. Aos poucos, o garoto sentiu o corpo relaxado e saiu da posição em que se encontrava. As lágrimas cessaram, e ele esboçou um leve sorriso antes de adormecer. Maria Antônia solicitou a Benedito e a Felipe um encontro com o neto. As duas entidades permitiram, com a ressalva de que isso fosse feito sem a necessidade da projeção prolongada do corpo do jovem no astral. Que o encontro se realizasse naquele ambiente mesmo.

Maria Antônia concordou, e Benedito iniciou a manipulação energética de Luiz Cláudio. O espírito do rapaz saiu do corpo e ficou volitando pelo quarto. Benedito e Felipe não se permitiram ser vistos. Queriam apenas o encontro de Maria Antônia com o menino.

A entidade aproximou-se de Luiz Cláudio e tocou-lhe o braço. Ele voltou seu olhar para ela e ficou emocionado.

— Maria Antônia! — exclamou surpreso.

— Sou eu mesma, Luiz.

A bela senhora transmutou a vestimenta habitual — um vestido simples, enfeitado por miúdas flores — por uma roupa sofisticada e antiga, de cetim brocado, bordado com detalhes dourados. Os cabelos sempre brancos tornaram-se anelados e muito pretos. A pele marcada pelo tempo transformou-se em uma cútis clara, sem manchas ou rugas, dando-lhe a aparência de uns 20 anos. Luiz Cláudio olhava enternecido.

— Minha irmã querida! Que saudades! Você continua tão linda...

— Luiz, veja, continuamos juntos...

— Mas... eu não entendo... Meu corpo está ali, exatamente ali naquela cama. Esse agora é o meu quarto! Não vivemos mais naquele palacete do Largo da Glória. E você — eu me lembro bem — morreu por causa do ópio, droga em que também me viciei em tenra idade. Nossa mãe sofreu tanto! Morreu de tristeza logo depois de você. E eu, jovem ainda e viciado nos prazeres da vida opulenta que levávamos, não hesitei em acabar com tudo nas mesas de jogo que animavam a corte. Vendi casa, joias e tudo mais que pude. Os amigos, que nos introduziram na jogatina e nas orgias regadas à bebida e ópio, em especial Claudia e Amaro, me deram abrigo por algum tempo. Quando comecei a roubá-los, expulsaram-me da casa e fiquei vagabundeando por ruelas imundas. Com ódio dos dois, resolvi tramar uma vingança: mataria Amaro e, pretextando consolar Claudia, começaria a cortejá-la.

— Isso já passou, Luiz!

— Deixe-me falar! Eu levei meu plano até o final. Sonhava com nossa mãe toda maltrapilha, incentivando-me à vingança. E foi isso que fiz. Atraí Amaro para uma rua com a desculpa de pedir algum dinheiro e o assassinei friamente. Ninguém descobriu. Aproximei-me de Claudia e tornei-me seu companheiro inseparável. Bebíamos, usávamos a droga maldita todos os dias e, num delírio pela mistura de substâncias alucinógenas, Claudia pôs fogo na casa em que residíamos. Consegui me salvar, pulando por uma janela e fiquei na calçada ouvindo-lhe os gritos de socorro. Afastei-me, quando guardas da corte se aproximaram. Comecei a andar sem rumo durante dias seguidos e acho que só parei na hora em que meu espírito decidiu libertar-se de tanta loucura. Desencarnei perto da Rua da Vala, quando caí e bati a cabeça no chão. Fiquei atordoado quando vi meu corpo sem vida, jogado num lugar imundo. Alguns negros, que passavam pelo local, apanharam meu corpo e enterraram atrás de uma igreja. Eu, entretanto, fiquei vagando durante intermináveis anos. Aproximava-me de viciados para saciar-me com bebida e narcóticos. Meu espírito se acostumou com os roedores, com a sujeira. Cada vez que eu conseguia atrair alguém para o consumo de drogas, exultava. Aquilo era uma espécie de vitória para mim. Assim fiquei até que uma senhora com o seu nome me ofereceu ajuda e eu, cansado e desorientado, aceitei. Ela colocou minha cabeça em seu colo e me fez adormecer. A partir daquele momento, não consigo me recordar de mais nada.

Ele virou para olhar seu corpo sobre a cama e, quando ia falar novamente, encontrou Maria Antônia com a aparência modificada: o vestido simples com flores miúdas, o rosto marcado por rugas, o cabelo branco como a neve, a aparência digna, o olhar infinitamente azul e repleto de bondade. Maria Antônia repetiu o gesto que havia libertado aquele espírito no passado e colocou a cabeça de Luiz Cláudio em seu colo, fazendo-o adormecer.

Benedito reconduziu o espírito do rapaz para o corpo. Não seria conveniente que ele tomasse consciência ainda de seu passado. Queria apenas que passasse a ter confiança em Maria Antônia e estabelecesse com a tataravó, a irmã amada do pretérito, um vínculo de afetividade e afinidade.

Maria Antônia abaixou os olhos e suspirou profundamente.

— Ainda me doem os erros do passado. Consegui a oportunidade para me libertar desses desatinos quando reencarnei. O contato com a espiritualidade fez com que eu reorganizasse meus planos para me libertar das experiências com a marginalidade e o vício. Involuntariamente, aos 14 anos, comecei a sofrer com a influência dos espíritos. Minha mãe era católica fervorosa. Meu pai trabalhava no porto e fez amizade com alguns marinheiros franceses, que apresentaram a ele os estudos de Allan Kardec. Ele se interessou e começou a estudar. Foi praticamente alfabetizado pelo contato com a obra que codificou a doutrina espírita. Para desespero de minha mãe, ele passava horas falando sobre mediunidade. Quando completei 18 anos, ele desencarnou, e me vi sozinha. Tive minha primeira incorporação logo depois. Casei-me e logo fiquei viúva, com duas filhas para criar. Trabalhava como doméstica na casa de uma família que acompanhava os primeiros passos do jovem Zélio Fernandino do Amaral. Quando minha filha mais velha adoeceu, a mãe de Marlene, eles me levaram ao encontro do Caboclo das Sete Encruzilhadas. Naquele dia, incorporei pela primeira vez um espírito ligado à seara umbandista. Passei a trabalhar durante o dia para sustentar minha família e, à noite, atendia aos que buscavam auxílio espiritual. Foi dessa forma que consegui me livrar da culpa pelos delitos cometidos contra mim mesma e contra outros, na encarnação anterior. Confesso que fui mais auxiliada do que todas as pessoas que, em meus guias, buscavam socorro. As lições deixadas por cada um deles eram todas absorvidas por minha consciência ainda embotada.

Maria Antônia encerrou a narrativa de sua trajetória com um sorriso emoldurando o rosto carregado de dignidade.

***

Luiz Cláudio, reconduzido ao corpo, sonhou com o mar. Felipe julgou essa interferência necessária para reequilibrá-lo.

Felipe se pôs a pensar como o passado ainda exerce influência sobre os encarnados, como o ato de perdoar a si mesmo era imprescindível para a libertação da consciência humana. A culpa era a doença mais difícil de ser curada.

Benedito parou ao lado de Felipe e sorriu complacente. Concordava com o amigo. Havia aprendido a duras penas que, no espírito ou encarcerados pela matéria, somos nossos próprios e únicos algozes. Deus, tenha Ele o nome que tiver nas religiões e crenças humanas, não é um juiz perverso, inquiridor, inquisidor. A nada ou a ninguém castiga.

— Meu jovem amigo — falou Benedito — todos amadurecemos diariamente. A vida na dimensão espiritual em nada é diferente da vida na matéria. Saímos daqui pela morte do corpo físico e chegamos do outro lado com a bagagem acumulada. Continuamos da mesma forma. Se nos sentimos culpados, decepcionados com nossa trajetória, com histórias mal escritas, arrependidos, despertamos da transição imposta pela morte com os mesmos sentimentos: nada muda e em nada mudamos apenas por morrermos. A mudança só chega realmente quando nos damos conta de nossa responsabilidade sobre nossas vidas. Aprendemos, ensinamos, socorremos e somos socorridos em todos os momentos. Trabalhamos com os companheiros atraídos pela afinidade de nossas intenções e nossos sentimentos. Por essa razão, estou junto de você. Por esse motivo, estamos junto de Luiz Cláudio e Marlene. Apenas isso.

Felipe concordou com um piscar de olhos. Ele, mais do que qualquer outro, sabia disso.

Os dois ficaram ainda alguns instantes observando o assistido. O rapaz tinha possibilidades de se libertar da culpa e do passado para viver plenamente. Era uma questão de escolha. E caberia apenas a ele escolher.

***

Sônia desceu do ônibus e olhou o local: algumas casas haviam sido modificadas, um ou outro estabelecimento comercial havia sido ampliado. O calor era intenso, e ela atravessou a rua em busca da sombra de algumas árvores. Sentiu falta de uma em especial, onde costumava sentar-se com Luiz Cláudio para vê-lo brincar. Sabia, no íntimo, que enfrentaria a arrogância de Marlene, mas mantinha a esperança de que, com o sofrimento imposto pelo desaparecimento do neto, a mulher tivesse modificado, pelo menos, alguns hábitos e comportamentos. Respirou fundo, posicionou a pequena mala com roupas e objetos pessoais no antebraço e seguiu em frente. Parou à porta da casa de Marlene, pensou nas contas em atraso e no quanto gostava de Luiz Cláudio. Resoluta, tocou a campainha. Marlene estremeceu ao ouvir o som agudo.

"Os calmantes não me fazem mais efeito!", pensou.

Afastou a cortina da janela da sala e viu Sônia. Seus pensamentos já eram automáticos. Nem ela se dava conta disso.

— Sabia que ela viria! Precisa mesmo do dinheiro! — murmurou entredentes com profunda satisfação.

Abriu a porta da sala e, da varanda, dirigiu um sorriso forçado a Sônia. Cumprimentou-a descendo as escadas:

— Como vai, Sônia? Estou satisfeita por você ter vindo! — disse rodando lentamente a chave do portão da rua. Vamos, entre! Está muito calor aqui fora.

Sônia entrou e observou o rosto de Marlene. Ela estava abatida, envelhecida, porém, conservava o velho ar de desconfiança e superioridade de antes. Pensou em desistir e novamente lembrou-se da luta pela sobrevivência e de Luiz Cláudio: motivos suficientes para aceitar qualquer proposta da ex-patroa.

— Oi, dona Marlene! Como a senhora está passando? E o Luizinho, como vai?

— Estamos bem. Entre, vamos! Está calor hoje.

Sônia entrou. Marlene chamou-a para a cozinha e ofereceu-lhe água. Sônia aceitou e bebeu a goles grandes a água gelada. Levantou-se, lavou o copo e colocou-o separado dos demais. Ela sabia que Marlene separava toda a louça e os talheres usados por outras pessoas. Sônia tomou a iniciativa e começou a falar:

— Dona Marlene, já trouxe minhas coisas. Quando posso começar?

Marlene tentou ser branda:

— Quando você quiser, Sônia. Já pode ficar aqui a partir de hoje. E sua filha, como está? Melissa deve estar uma moça...

— Está mesmo. Fez 17 anos mês passado. É mais velha que Luiz Cláudio um ano apenas. Está terminando os estudos. Quer estudar para ser advogada. E Luizinho? Onde está ele?

— Descansando. Está dormindo um pouco. Anda meio adoentado, anêmico. Mas está bem. E como ficará Melissa? Você sabe que não há espaço por aqui para ela. Não é por nada não, é que...

Sônia não permitiu que Marlene continuasse.

— Fique tranquila. Melissa sabe se cuidar muito bem. Trabalha durante o dia e estuda à noite. Ela ficará bem sozinha. Só precisarei dos domingos para descansar um pouco e organizar a casa. Fico com a senhora de segunda até sábado. Domingo pela manhã vou embora e retorno na segunda bem cedo.

— Você sabe que só posso pagar o salário mínimo. Tenho muitas despesas. Mas assinarei sua carteira e lhe darei todas as garantias possíveis. Sou muito correta. Você sabe disso.

Sônia balançou a cabeça afirmativamente.

— Posso colocar minhas coisas no quartinho e começar meu serviço?

— Pode sim, querida. Pode sim. Vá. Você já sabe onde ficam as coisas. Só não faça muito barulho. Luizinho precisa descansar.

Sônia saiu e dirigiu-se ao quartinho, que ficava nos fundos da casa. Precisaria colocar ordem naquilo tudo. Todo tipo de entulho estava guardado no quarto. Marlene chegou e entregou-lhe um ventilador. Sônia ficou surpresa:

"Será que ela havia mudado?", perguntou-se. Apanhou o ventilador, acomodou-o no chão e agradeceu.

— Obrigada, dona Marlene. Vou arrumar este quarto, depois parto para o quintal e depois vou fazer a janta.

Marlene saiu pensativa. Precisava agradar Sônia. Ela seria de muita ajuda: Luiz Cláudio gostava dela. Os dois se davam muito bem. E não se sentia mais em condições de fazer tudo sozinha.

Sônia começou a arrumar o quarto. Gostava de suas coisas bem arrumadas. Cresceu ouvindo que pobreza nada tinha a ver com sujeira e desorganização. Aprendeu dessa forma e, assim, educou a filha, que também era muito organizada. Terminado o quarto, foi para o quintal. As plantas estavam secas, sem vida, o chão cheio de limo. Remexeu a terra, arrancou folhas esturricadas, esfregou o chão. No quarto, Luiz Cláudio acordou com o barulho da água batendo nas plantas. Sentiu um cheiro de terra molhada invadir o quarto refrigerado. Abriu lentamente os olhos, espreguiçou-se e lembrou-se do comentário da avó sobre recontratar Sônia. Era ela quem estava cuidando do quintal e das plantas. Deu um salto da cama e correu para a cozinha. Em silêncio, andando na ponta dos pés como uma criança, ficou observando-a por alguns minutos. Sentiu uma alegria grande dentro do peito. Com o coração aos saltos, aproximou-se, puxou a mangueira e começou a se molhar e a molhar Sônia. Os dois abraçaram-se e começaram a pular dando vazão à alegria. A avó do rapaz ouviu as gargalhadas e correu para o quintal. Por algum tempo, ficou olhando a felicidade dos dois. Chegou a sentir inveja. Nunca havia conseguido ser assim. Logo, resolveu pôr fim à brincadeira. Não seria bom tanta intimidade.

— Parem com isso! Vamos, parem!

Luiz Cláudio não pestanejou: voltou a mangueira na direção da avó e encharcou-a de água.

— Venha, vó! Está calor, venha!

Sônia tomou a mangueira das mãos do rapaz e pediu que ele parasse. Conhecia bem a patroa. Sabia que ela não admitia brincadeiras de nenhum tipo.

— Pare, Luizinho! Não faça isso! Vamos! Já para dentro trocar de roupa. Você pode ficar resfriado.

Luiz Cláudio não desanimou:
— Só paro se você fizer bolo de chocolate para o lanche! — gritou.
— Você continua faminto, menino! Pare que eu faço sim!
Luiz Cláudio beijou-lhe as bochechas e devolveu-lhe a mangueira. Entrou e abraçou a avó toda molhada também. Marlene ficou sem graça, contrariada, mas disfarçou como pôde. Entrou na casa junto com o neto, entregou-lhe uma toalha e uma bermuda e apontou para o banheiro. Luiz Cláudio entrou para trocar de roupa. Quando abaixou-se para secar os pés, teve uma tontura. Agarrou-se na porta e esperou o mal-estar passar. Vestiu-se com cautela. Quando pensou em sair, outra forte tontura o levou ao desmaio. Marlene ouviu o estrondo contra a porta e gritou pela empregada:
— Sônia, Sônia! Me socorra! O Luizinho caiu no banheiro!
Sônia largou o que estava fazendo e saiu correndo para acudir o menino.
— Saia, dona Marlene! Fique calma! Vou tentar abrir a porta. Acho que não está trancada.
Empurrou a porta do banheiro com cuidado e viu Luiz Cláudio caído entre a porta e a bancada do lavatório. Conseguiu entrar com muito custo, segurou a cabeça do rapaz cautelosamente e o puxou para o colo. Abriu a porta e pediu que Marlene pegasse um pano e um pouco de álcool. Marlene entregou-lhe o pano umedecido com as mãos trêmulas. Sônia levantou a cabeça do garoto e encostou o pano umedecido levemente nas narinas do jovem.
— Luizinho, reaja, vamos... Acorde, meu filho...
Olhou para Marlene e falou de maneira firme.
— Pare de tremer, dona Marlene, e chame um médico, uma ambulância, sei lá! Chame alguém! Nós precisamos de ajuda! Vá logo!
Marlene saiu em busca do telefone. Tremia dos pés a cabeça. Procurou na agenda o telefone do doutor Arthur. Apertou as teclas de forma desesperada. A secretária atendeu.
— Menina, passe para o doutor. É uma emergência! Ande logo!
A secretária não titubeou. Transferiu a ligação de imediato. O médico atendeu, deu algumas instruções a ela, pediu para que a secretária desmarcasse as consultas seguintes e saiu. Em menos

de meia hora, doutor Arthur estava à porta de Marlene, com o resultado dos exames do rapaz nas mãos. A senhora o levou até o banheiro. Luiz Cláudio já havia recobrado a consciência, mas continuava apoiado no colo de Sônia. O médico verificou-lhe a pressão, os batimentos cardíacos e ajudou-o a se levantar. Levaram-no para o quarto, acomodando-o na cama. Com os exames na mão, Arthur começou a conversar com Luiz Cláudio e com Marlene.

— Tenho aqui o resultado dos exames que solicitei. Você vai precisar de muita ajuda, Luiz. Ajuda e força de vontade. Os resultados indicam uma infecção, anemia e vocês dois — a senhora, dona Marlene, e você, Luiz Cláudio — devem saber que esses problemas orgânicos são resultado da vida que você vem levando, Luiz. As drogas não abandonam ninguém de uma hora para outra. As pessoas é que precisam abandoná-las definitivamente e com o auxílio de profissionais especializados. Você me contou que usou cocaína, *crack* e maconha, não é isso?

Luiz Cláudio abaixou a cabeça e confirmou.

— Sim senhor...

— Quantas vezes você usou *crack*? — perguntou o médico.

— Não sei... Fiquei muito perdido. Fumei algumas pedras de *crack*, mas não sei quantas vezes. Maconha eu usei mais. Cocaína poucas vezes, porque é mais cara. Só no início, quando eu ainda tinha como arranjar dinheiro. O *crack* é barato. Todo mundo consegue com facilidade. Um roubo de uma carteira ou de um celular, e a gente consegue a quantidade que quiser.

Marlene ficou pálida com a declaração do neto na frente do médico e da empregada.

— Pare, Luizinho! Doutor, ele não sabe o que está dizendo. Deve ser do tombo. Pare com isso, Luiz! O que o doutor Arthur e a Sônia vão pensar de você?

— Vão pensar a verdade: que sou um viciado e ladrãozinho barato! — gritou Luiz Cláudio. Pare com isso a senhora! Pare de querer enganar os outros e se enganar! Eles estão aqui para ajudar!

Marlene ficou estática, abismada com a exposição a que o neto se submetia. Não admitia que sua vida fosse invadida daquela forma. Tentou remediar a situação, mas o médico não permitiu. Luiz Cláudio precisaria de muito auxílio para vencer o vício.

— Dona Marlene, estou com o resultado dos exames em mãos. Luiz Cláudio está sendo corajoso, e esse é o primeiro passo para a recuperação dele e, talvez, de sua família também.

Marlene começou a chorar e a se lamentar:

— Mas eu rezo tanto! Já fiz tantas promessas...

O médico manteve-se firme.

— Neste caso e em muitas outras situações da vida, só rezar não significa muita coisa. É preciso orar, sim. Mas é necessário agir. Oração e ação são remédios que devem ser tomados juntos. Um completa o outro. Deem a ele algo para se alimentar. Crises de hipoglicemia são comuns nestes casos. Isso pode justificar o desmaio. Enquanto isso, farei alguns contatos. Luiz precisará de especialistas.

Sônia saiu junto com o médico do quarto de Luiz Cláudio e foi para a cozinha preparar um suco para o rapaz. Arthur dirigiu-se para a sala e ficou pensativo por alguns minutos. Não sabia bem por onde começar. Abriu sua agenda e começou a procurar alguns nomes. Parou no nome de Silvana. Não sabia o motivo, mas sua intuição lhe dizia que a brilhante ex-aluna poderia apontar um caminho. Torceu para que o número permanecesse o mesmo. Hesitou um pouco e ligou. Do outro lado da linha, Sílvia, mãe de Silvana, atendeu.

— Pronto.

— Boa tarde. A doutora Silvana se encontra?

— Boa tarde. Quem está falando, por gentileza? — perguntou a senhora.

— Meu nome é Arthur Moreira. Fui professor da doutora Silvana. Como posso falar com ela?

— Silvana se casou, mas, se o senhor deixar seu número, entrego para ela sem problemas.

O médico ditou o número do celular e se despediu, encerrando a ligação. Ele ainda ficou pensativo por alguns instantes. Silvana fora extremamente brilhante na universidade. Destacava-se dos demais alunos pelo senso de humanidade com o qual tratava os pacientes durante a residência médica. Investigativa, não ficava satisfeita apenas com dados e resultados clínicos. Buscava ir além, conhecer hábitos, sentimentos, crenças. Outros alunos criticavam-na pelo excesso de "curiosidade". O médico, entretanto, comprovava a recuperação mais rápida dos pacientes atendidos por ela.

Marlene entrou na sala chamando pelo médico. Queria saber o tipo de tratamento a que o neto seria submetido.

— Doutor Arthur, o senhor acompanha meu neto há muitos anos. Tudo isso pode ser resolvido de uma maneira mais branda, não pode? Sem tanta exposição.

Arthur foi seco.

— Não, não pode. Seu neto precisa ser tratado de forma adequada. Se a senhora continuar pensando nas aparências, vamos perdê-lo. E nem eu e nem a senhora queremos isso, não é?

Sônia entrou na sala e completou:

— Eu também não quero, doutor. Vou fazer o possível e o impossível para recuperar o Luizinho.

— A droga é uma maldição. Perdi muitos meninos da idade dele por causa dessa peste. Já vi muitas mães chorarem, muitas famílias acabarem. Isso não vai acontecer com o garoto não!

Arthur prescreveu alguns medicamentos específicos para Luiz Cláudio. Ele não poderia ficar ansioso. Entregou as receitas para Marlene e pediu que ela os providenciasse imediatamente. Sônia foi para a rua comprar os remédios. Marlene ainda tentou impedir que ela os comprasse na farmácia do bairro, e Sônia dirigiu à mulher um olhar de reprovação. Poucos minutos depois, Sônia voltava com uma sacola de plástico, entregando-a ao médico. O médico ministrou os medicamentos e esperou até que começassem a produzir o efeito desejado. Logo Luiz Cláudio adormeceu.

Na dimensão espiritual, Felipe colocou-se ao lado de seu protegido: queria, igualmente, salvá-lo. Benedito se fez presente no quarto do rapaz e cumprimentou Felipe.

— Paz e luz, jovem irmão. Sei que o momento é bastante delicado e que sua ânsia em ajudar é grande. Mas não esqueça que nem sempre podemos interferir nos caminhos de nossos amigos encarnados. O livre-arbítrio é uma lei universal e não podemos ferir ou ultrajar o código organizado pelo Universo. Todas as intervenções possíveis já foram realizadas. Nosso papel agora é entregar a vida de Luiz Cláudio ao próprio Luiz Cláudio, e a de Marlene à própria Marlene.

— Mas isso não seria equivalente a entregá-los à própria sorte? — indagou Felipe.

— Não. Certamente que não. Não existe sorte ou azar na vida. Cada ser deve lutar pelo seu próprio aperfeiçoamento. A vontade de vencer deve ser despertada na alma de Luiz Cláudio. O contato com alucinógenos caminha com este jovem há muito tempo. Ele, através do esforço pessoal, é quem deve vencer esta luta. Da mesma forma, Marlene deverá reconhecer que máscaras sociais não escondem a realidade da alma. Mais cedo ou mais tarde, ela vai entender que não pode controlar tudo e todos. Vamos deixá-los. Quando se fizer necessária, nossa intervenção chegará na hora certa.

    Benedito saiu com Felipe e chamou Fábio e Igor. Os quatro deixaram a casa e foram se incumbir de outras tarefas na espiritualidade. Luiz Cláudio e Marlene contariam com a ajuda de Sônia, Arthur e Silvana.

CAPÍTULO 7

Arthur chegou em casa bastante cansado. Tomou um banho e foi cuidar de um casal de canários, seus únicos companheiros no vasto apartamento, na zona sul carioca. Perdera a esposa havia quatro anos e, desde então, questionava seu papel como médico. O único filho morava na Espanha, e vinha ao Brasil esporadicamente. Apesar de viver sozinho, o médico não se sentia solitário. Repetia inúmeras vezes aos amigos que tentavam, sem êxito, conseguir-lhe companhia: "Gosto de mim. Gosto de minha profissão. Gosto das pessoas e não me sinto só. Sou minha melhor companhia."

Os amigos riam e acabavam aceitando a aparente solidão do amigo. O médico serviu-se de uma dose de uísque. Não tinha o hábito de beber, mas, vez por outra, saboreava um bom vinho ou uma dose da bebida destilada. Sentado, observando o mar de verão, ouviu o celular tocar. Sem interesse, caminhou a passos lentos para apanhar o aparelho na sala. Não reconheceu o número, mas atendeu a ligação mesmo assim.

— Professor Arthur? É Silvana.

— Doutora Silvana, que bom que me retornou! Como vai?

— Estou bem. Minha mãe me passou seu número. Desculpe-me se estou ligando em um horário impróprio.

Arthur ficou em silêncio por alguns segundos. Lembrava-se bem da voz e da fisionomia de Silvana. O silêncio foi percebido pela médica.

— Professor, o senhor está me ouvindo?

Arthur despertou de seus pensamentos e reagiu.

— Claro que sim. Perdoe-me, mas voltei ao tempo em que fui seu professor...

Silvana riu.

— Meu grande e inesquecível mestre, também voltei ao passado hoje, quando recebi seu recado. Posso ser útil em alguma coisa? Estão organizando algum encontro entre os residentes daquela época?

— Acho que sim, doutora. Não sei quais são seus compromissos profissionais atuais, mas preciso de sua ajuda ou orientação.

Silvana ficou surpresa. "De que forma poderia auxiliar o competente médico e professor?", pensou.

— De que forma posso ajudá-lo? Porque orientação eu jamais poderei dar. Fui sua aluna, lembra?

Silvana riu e descontraiu o médico. Arthur apresentou o motivo da ligação.

— Doutora, estou com um caso que transcende minha atuação como pediatra. Há um rapaz que foi meu paciente anos atrás. Atendia o menino regularmente, mesmo depois que ele entrou na adolescência. Reencontrei-o há poucos dias, num quadro lamentável, tanto clínico quanto psicológico. Tornou-se usuário de drogas, passou um tempo nas ruas e agora foi reencontrado pela avó.

Silvana reagiu à narrativa de Arthur.

— Meu Deus, isso é muito doloroso. Mas como poderei ajudá-lo? Tornei-me cirurgiã e atuo na emergência cirúrgica de um hospital público. Posso tentar encontrar especialistas.

O médico a interrompeu imediatamente.

— Doutora, sei que ele precisa de especialistas, mas, no momento, gostaria de uma avaliação sua. Lembro-me muito bem de sua atuação como médica-residente e sei que seu olhar é diferenciado dos demais colegas de profissão.

Silvana enrubesceu com o elogio do professor.

— O senhor é bondoso demais. Vou tentar ajudar sim. Nada me custará conhecer o rapaz. Tenho um filho agora, professor. Ele está com três aninhos. Chama-se Rafael.

Sem saber o porquê, Arthur sentiu o peito oprimido. "Então ela havia casado.", pensou. Sacudiu a cabeça, tomou um gole do uísque, que restava no copo, e tratou de encerrar a conversa.

— Doutora, a senhora pode ir até meu consultório amanhã, por volta das dez horas?

— O senhor continua no mesmo endereço?

— Sim.

— Amanhã é minha folga. Deixarei Rafael com minha mãe e vou encontrá-lo. Depois marcaremos um dia para que o senhor conheça meu filho. Está bem assim?

Arthur animou-se. No íntimo, sabia que a ajuda de Silvana seria valiosa no tratamento de Luiz Cláudio e também gostaria de rever a ex-aluna.

— Está bem. Muito obrigado por atender ao meu pedido. Até amanhã, então.

— Até amanhã, professor.

Arthur desligou o telefone e retornou para a varanda. Certa contrariedade o atingira quando soube do casamento de Silvana. Sentiu-se ridículo. Começou a pensar que os amigos poderiam estar corretos sobre a maneira como vivia. Olhando as pessoas caminhando pela praia, experimentou, pela primeira vez, a solidão real. Estava com 57 anos, tinha uma vida estável, criou o único filho com a esposa amada, construiu um patrimônio e um nome profissional. A mulher havia falecido sem que ele, como médico, pudesse impedir: um infarto levou-lhe a vida durante o sono, e ele, ao acordar e beijá-la como fazia diariamente para desejar um bom-dia, deparou-se com a fronte fria da morte. Sua vida tornou-se um pouco mecânica a partir daquele dia. Trabalho, um uísque com os amigos, o apartamento, a vista para o mar. Nada além disso. Encontrava emoção apenas na vida de seus pacientes. Na dele, a emoção não existia. Terminou por adormecer na espreguiçadeira da varanda. Sonhou com Silvana. Acordou no meio da madrugada, encaminhou-se para o quarto, sentindo-se pateticamente velho.

No dia seguinte, Arthur levantou-se à hora habitual. Tomou um banho demorado, fez a barba, vestiu-se com bom gosto. Apanhou um jaleco no armário, colocou seu melhor perfume, penteou-se e saiu. Na garagem do prédio, uma vizinha cumprimentou-o com os olhos brilhando. Apenas ele próprio não percebia o quanto era atraente. Ele retribuiu o cumprimento com um sorriso formal. Entrou no carro, colocou uma música para tocar e saiu com entusiasmo para o consultório: a agenda estava cheia, e ele precisaria, ainda, adequar um horário para conversar com Silvana.

O médico chegou à hora de sempre. Cumprimentou o porteiro e dirigiu-se ao elevador. A secretária já o esperava no amplo e bem decorado consultório.

— Bom dia, doutor Arthur!

— Bom dia. Preciso rever minha agenda para hoje. Acho que precisarei desmarcar algumas consultas. Vou receber uma amiga às dez horas.

— Não será preciso, doutor. Por conta do feriado de amanhã, três mães desmarcaram as consultas de rotina para os filhos. Serão três horários seguidos, a partir das dez horas. Eu pensei em antecipar alguns horários.

— Não será preciso. Necessito desses horários vagos. Qual é o primeiro paciente de hoje?

— João Pedro.

O médico sorriu.

— Qual deles? Estamos vivendo a "geração do João". Quase todos os meninos nascidos nos últimos cinco anos recebem o nome João. Os complementos também não mudam muito: Victor, Pedro, Paulo. Já tive aqui a "geração de Daniel, Gabriel, Rafael" e por aí vai.

Dona Mirtes também riu. Trabalhava com o médico havia muito tempo e, como ele, também conhecia todos os modismos de nomes.

— João Pedro de Magalhães, três aninhos, filho de Isa Magalhães, alérgico, moreninho e muito lindo e levado.

— Todos são muito lindos — ele completou sorrindo. — Já sei quem é.

Mirtes ficou olhando o patrão enquanto colocava as fichas sobre a mesa dele e ligava o computador. O médico conhecia muito bem todos os seus pequenos pacientes, mas, diariamente, fazia as mesmas indagações.

Arthur encaminhou-se para sua sala e começou a examinar as fichas que estavam sobre a mesa. Olhou para o computador e resolveu acessar uma rede social. O primeiro paciente estava marcado apenas para as oito e meia. Ao acessar seu perfil, começou a ler postagens diversas, muitas baseadas na espiritualidade, autoestima, sucesso, bem-estar. Sentia-se bem ao ler aquelas mensagens. Por mais que as considerasse tolas e óbvias, davam-lhe novo ânimo. Divertiu-se um pouco com postagens engraçadas, piadas inteligentes, fotos e outras coisas mais. O celular tocou. Quando pegou o aparelho para atender, identificou o número de Silvana. Seu coração disparou. Respirou fundo e atendeu.

— Doutora Silvana, bom dia! Não me diga que irá desmarcar nossa conversa?

— Creio que sim, doutor Arthur. Rafael está febril e como ele nasceu com alguns problemas de saúde, não posso esperar muito. E, o pior, não consigo pensar como médica nesses momentos.

Arthur respirou aliviado.

— A doutora está esquecendo de que esse velho professor é médico e que vamos conversar em meu consultório?

Silvana desculpou-se. Ficava tão atordoada com os problemas de Rafael que não conseguia pensar.

— Professor, desculpe-me.

Não se desculpe, venha até aqui com seu filho. Acho que ainda sou um bom médico. Espero você, Silvana. Até mais tarde.

Silvana não teve tempo para recusar a gentileza de Arthur. Despediu-se e ligou para a pediatra de Rafael, desmarcando a consulta. Ficou pensativa, olhando o filho pequeno, que apesar de todo o sofrimento, era muito alegre e carinhoso. Nem a febre deixava-o abatido. Admitiu que uma opinião de seu ex-professor seria extremamente importante. Ele sempre fora muito conceituado, conhecia muita gente, muitos profissionais da área, poderia, sim, ajudá-la com Rafael. Ficou brincando com o menino até a hora de sair. Levaria a mãe para cuidar de Rafael enquanto estivesse conversando com Arthur.

Silvana ligou para a mãe e avisou que passaria pela casa dela por volta das nove e meia. O consultório do médico localizava-se próximo ao bairro em que a mãe morava. Quando desligou o telefone, ouviu o toque de seu celular. Olhou desanimada para o visor, ao identificar o número do marido. Não queria discussões, e ele só ligava para discutir, brigar, reclamar.

— Oi, Carlos. Rafael está febril. Vou levá-lo ao médico.

Silvana sentiu a contrariedade do marido.

— Sabe o que é isso? Você larga nosso filho com qualquer pessoa para trabalhar e fazer macumba!

Silvana suspirou. Não aguentava tanta grosseria.

— Não quero discutir. E não deixo meu filho com qualquer pessoa. Deixo com minha mãe. Até mais tarde, Carlos — cortou a ligação bruscamente. Retirou da tomada o telefone residencial e desligou o celular. Não queria problemas. Não mais dos que já tinha.

Arrumou-se e arrumou o pequeno Rafael, quando ouviu a voz da mãe chamando pelo neto. Silvana surpreendeu-se.

— Mãe, eu não avisei que passaria para pegar a senhora?

Sílvia sorriu para a filha.

— Você não sabe que sou apressada e acordo cedo. Peguei um táxi e pronto: já estou aqui!

Rafael ouviu a voz da avó e fez força para sair do colo de Silvana. Ela colocou-o no chão e ficou observando como ele e a mãe tinham afinidade. Sílvia pegou Rafael no colo e disse para a filha:

— Que cara desanimada é essa? Pare com isso! É só uma febre. Coisa de criança. Nem parece médica, Silvana! Vamos, pelo que você me falou, consultaremos Rafael com seu ex-professor.

— Sim, mãe. É isso mesmo. Ele ontem me pediu um favor. Disse que precisa conversar comigo sobre um paciente. Hoje, quando liguei para desmarcar o encontro e falei da febre de Rafael, ele se prontificou a atendê-lo. Achei engraçado porque foi quase uma imposição.

— Então vamos. Rafael já está até sem febre, mas quem sabe...

— Quem sabe o quê?

— Nada, só um devaneio. Vamos.

As duas entraram no carro com Rafael e o colocaram em sua cadeirinha de segurança. Sílvia foi atrás com o menino e passou a observar as ruas arborizadas e calmas da Urca. "Tudo seria tão mais simples com a participação de Carlos", pensou. Mas o genro era grosseiro e materialista. Após o nascimento de Rafael, tornara-se pior, e Silvana submetia-se aos conflitos diários, aparentemente, sem reclamar. Rafael distraía-se com um ursinho de borracha, e Sílvia olhou para o neto com ternura.

Chegaram ao prédio onde ficava o consultório de Arthur, e Silvana pediu para que a mãe descesse do carro com o menino, enquanto ela procurava uma vaga para estacionar. O porteiro do prédio indicou um local para Silvana, afirmando que o médico mantinha vagas para seus pacientes. A médica estacionou o carro e saiu para encontrar a mãe no *hall*.

As duas entraram no consultório de Arthur com Sílvia carregando Rafael no colo. O menino usava uma chupeta especial para esconder a cicatriz do lábio e de parte da narina direita.

Mirtes cumprimentou as duas e brincou com Rafael.

— Bom dia. Bom dia para você também, meu querido. Qual das duas é a doutora Silvana? Doutor Arthur já perguntou algumas vezes por vocês.

— Estamos atrasadas? Ele marcou comigo às dez horas. São nove e quarenta ainda.

Mirtes piscou o olho para Silvana.

— Não, a senhora não está atrasada. Ele é ansioso — respondeu levando o dedo indicador aos lábios e pedindo segredo.

A secretária pegou o interfone e avisou da chegada de Silvana:

— Doutor Arthur, doutora Silvana já está aqui aguardando.

O médico deu ordem para que elas entrassem.

Foi com surpresa que Silvana reencontrou o ex-professor: ele parecia mais jovem e mais bonito. Arthur também se surpreendeu ao ver Silvana. Lembrava-se dela com o rosto de uma menina, e ela havia se transformado numa linda mulher.

Cumprimentaram-se sorrindo.

— Bom dia, professor! Que bom vê-lo novamente.

Arthur estendeu a mão sorrindo:

— O prazer é todo meu, doutora! Quer dizer que este rapazinho é seu filho? — perguntou, dirigindo-se a Rafael.

O menino largou a mão da avó e pulou nos braços do médico, cumprimentando-o com alegria.

— Oi, tio! — falou com a dificuldade habitual.

Arthur pegou Rafael e lhe afagou a cabeça. Voltando-se para Silvana, perguntou:

— Você me disse que Rafael estava febril. Posso examiná-lo, doutora?

Ela consentiu com a cabeça.

Arthur colocou Rafael sobre a maca e o auscultou. Percebeu batimentos descompassados, mas preferiu silenciar. Brincou com o menino, tirou-lhe a chupeta e examinou superficialmente a fenda do lábio e do palato. Foi Silvana quem quebrou o gelo do momento.

— A segunda cirurgia dele está marcada para o próximo mês. O cardiologista precisa liberá-lo em função do período prolongado de anestesia. O que o senhor acha?

Arthur ficou pensativo, buscando, mentalmente, avaliar as condições clínicas do menino.

— Quem fará a cirurgia dele?

— Uma equipe liderada por uma ortodontista. Ela é bem conhecida pelo trabalho que desenvolve com pacientes portadores de fenda labial e de palato. Ele usa esta prótese desde que nasceu. Foi moldada e colocada ainda na maternidade. A médica faz um trabalho muito bonito. Oferece a possibilidade de uma reconstrução que não é apenas estética ou orgânica: é emocional também. Pena que é muito pouco divulgado ainda. Os resultados são fantásticos! A primeira cirurgia corretiva foi feita pela equipe dela também.

O médico foi direto.

— Gostaria de acompanhar a cirurgia...

— Claro, professor! — ficarei ainda mais confiante.

Arthur sorriu.

— Tudo será resolvido, tenho certeza. E hoje o rapazinho não tem nada não. Nem febre. Está muito bem.

Sílvia interferiu, sorrindo também:

— Doutor, Silvana não me ouve. Ontem eu disse que ele estava febril. Coisas de criança. Ela faz logo uma tempestade num copo d'água.

— Coisas de mãe médica! — completou Arthur.

Os três riram, e o pequeno Rafael ficou sentado na maca olhando. Deu uma gostosa gargalhada e ergueu os braços na direção da avó. Sílvia saiu com o neto e ficou na antessala do consultório conversando com Mirtes e observando Rafael brincar.

Arthur e Silvana ficaram em silêncio por alguns segundos. Foi Silvana quem reiniciou a conversa.

Ontem o senhor mencionou a necessidade de meu auxílio com um de seus pacientes. O rapaz é viciado, não é isso?

— Sim, doutora. Perdeu a mãe e o pai muito criança ainda. Foi criado pela avó. Conheço-o desde a época em que os pais faleceram num acidente de carro. Entrou na adolescência e começou a usar drogas. Fugiu de casa, foi morar na rua. A avó o reencontrou há pouco tempo. Mas confesso que não sei por onde começar. Luiz Cláudio é diferente...

Quando Arthur pronunciou o nome do rapaz, Silvana gelou. "Seria a mesma pessoa? Se fosse, como poderia prestar atendimento ao rapaz? A avó iria reconhecê-la e, certamente, não permitiria. Ainda havia a história do centro espírita. Como o ex-professor encararia sua escolha religiosa?", pensou.

Ficou calada por um bom tempo. Arthur estava ansioso pela resposta, mas percebeu a mudança na fisionomia de Silvana.

— O que houve, doutora? Sua expressão está contraída, tensa.

Silvana resolveu contar a verdade. Não tinha condições de mentir ou inventar desculpas. Precisava, também, saber de fato se o rapaz era quem ela estava pensando.

— Professor, preciso conversar melhor sobre este caso. Há tempo para isso ou o senhor tem pacientes marcados?

—Temos todo o tempo do mundo, doutora. Fale e pergunte o que quiser.

Silvana respirou fundo e começou.

— Bem, em primeiro lugar, gostaria de falar sobre minha crença.

Arthur ficou surpreso. Por que ela precisaria falar em crença ou religião? Por que isso seria necessário? Deixou, contudo, que Silvana prosseguisse. Ouviu-a com atenção e, ao fim do relato, concluiu:

— Acho que coincidências não existem. Pelo que ouvi, meu paciente é o mesmo rapaz que você atendeu no hospital. A avó dele chama-se Marlene. E as características que você apontou são as dela: arrogante, autoritária, opressora. Pode ser que eu esteja enganado, mas acho difícil. E quanto à sua escolha religiosa, o que há de mal nisso? Eu sou budista e costumo respeitar toda e qualquer crença. A fé é muito importante em nossa profissão. Sem ela, sem a crença de que a vida continua de uma ou de outra forma, seríamos "mecânicos de seres humanos" e não médicos. Consertaríamos bonecos no lugar de curar pessoas. Sinceramente, não sei em que ponto isso pode prejudicar sua interferência no caso.

Muito pelo contrário, acho sinceramente que suas experiências religiosas possam ajudar e muito.

A médica suspirou aliviada. Muitas vezes, enfrentava o preconceito dos colegas de profissão pela religião que abraçara. Piadas de mau gosto, críticas, censuras de toda ordem eram sempre a pauta do dia, caso ela mencionasse algo em defesa da espiritualidade e, em particular, do espiritismo.

— Professor Arthur, que alívio! Fiquei com receio de que também o senhor me julgasse ignorante.

— Eu? Logo eu, doutora? Também enfrento problemas porque "rezo em japonês", como dizem meus amigos. Então? Aceita tentar ajudar Luiz Cláudio?

— Claro que sim. Muito obrigada pela confiança, professor.

— Bom, então já que vamos trabalhar juntos, que tal parar de me chamar de professor e de senhor e passar a me chamar pelo nome?

— Apenas se o meu nome também for liberado do doutora antes.

— Claro, Silvana! Está bem assim?

— Agora sim, Arthur! Bem melhor.

Os dois ainda conversaram por mais um tempo. Silvana falou do centro espírita e das muitas dúvidas que ainda tinha sobre a espiritualidade, do trabalho como médica, das angústias com relação à saúde de Rafael, da mãe. O médico só estranhou o fato de ela não mencionar por nenhum momento o nome do marido. Embora a curiosidade fosse muito grande, optou por respeitar o silêncio de Silvana sobre esse fato. Despediram-se marcando para a tarde seguinte uma visita à casa de Luiz Cláudio.

Arthur ficou olhando a ex-aluna afastar-se:

— Como é linda! — balbuciou.

***

No dia seguinte, à hora marcada, Silvana parou o carro em frente ao prédio onde ficava o consultório de Arthur, que já a esperava na calçada. Arthur pediu que ela estacionasse o carro na garagem do prédio e apontou para o próprio veículo.

— Vamos no meu?

— Vamos! — respondeu Silvana.

Arthur abriu a porta para que ela saísse do carro e pediu-lhe as chaves do veículo, entregando-a ao garagista. Olhou para Silvana e arriscou um elogio:

— Nossa! Como você está bonita! Aliás, você sempre foi muito bonita.

Ao terminar a frase, Arthur enrubesceu de vergonha, mas ela se sentiu lisonjeada. Há muito tempo, ele não fazia elogios a uma mulher. Há muito tempo, Silvana não os recebia. O clássico "são seus olhos" foi a resposta da médica.

Arthur tentou brincar.

— Mas a senhora é antiga, doutora! Há muitos anos não ouço uma resposta desse tipo. Acho que minha avó deve ter dado essa mesma resposta ao meu avô!

Os dois riram e seguiram até a casa de Marlene e Luiz Cláudio.

O calor era intenso. Os termômetros das ruas marcavam as altas temperaturas, o que foi experimentado pelos dois ao deixarem o carro com ar-condicionado. Encaminharam-se para a casa de Marlene, e Arthur tocou a campainha. Ouviu o grito da mulher chamando pela empregada.

— Sônia, vá ver quem é! Não acredito que vou receber visitas a essa hora! Aliás, detesto que venham à minha casa sem avisar!

Sônia abriu a porta da sala e, sem graça, avisou à patroa:

— É o doutor Arthur, dona Marlene!

A serviçal desceu as escadas e abriu o portão de entrada para o médico. Arthur entrou e apresentou Silvana a Sônia.

— Boa tarde, Sônia! Esta é a doutora Silvana. Acho que ela pode nos ajudar com Luiz Cláudio.

— Boa tarde, doutor! Boa tarde, doutora! Entrem, está calor demais aqui fora.

Conduziu os dois até a sala e ligou o ar-refrigerado. Foi até a cozinha e avisou à patroa sobre a presença dos médicos na sala, preparou uma bandeja com dois copos de água e saiu para servi-los. Ainda ouviu a patroa reclamar entredentes.

— Como é que vem sem avisar? Luizinho precisa de tratamento, mas também não é assim!

Marlene caminhou a passos lentos até a sala. Quando olhou para Silvana, seus olhos soltaram faíscas de ódio. Ela mal conseguiu disfarçar. Silvana também a reconheceu de imediato. Dirigiu um olhar a Arthur afirmando a coincidência. O médico percebeu a raiva contida de Marlene e o constrangimento de Silvana. Resolveu fingir não saber de nada. Apresentou-as de maneira formal, e a médica procurou amenizar a situação.

— Muito prazer, dona Marlene. Estou aqui a pedido do professor Arthur. Ele foi e ainda é meu grande mestre. Podemos conversar com seu neto? Gostaria de examiná-lo.

— Mas doutor Arthur já fez isso anteontem. Ele já está tomando os remédios. Não vejo necessidade. Daqui a pouco ele vai começar a achar que está realmente doente.

— Mas ele está, dona Marlene! Seu neto está doente, e é bom que a senhora admita isso e nos deixe tentar ajudá-lo! — interrompeu Arthur com firmeza.

Ela ficou vermelha de raiva. Não estava acostumada a ser contrariada, ainda mais dentro de sua própria casa. Tentou ainda argumentar, mas foi em vão. Luiz Cláudio reconheceu a voz do médico e chegou à porta da sala sorridente.

— Tudo bem, doutor? Esta é sua mulher? — perguntou, examinando Silvana atentamente.

Marlene repreendeu-o.

— Luizinho, doutor Arthur é viúvo! Esta é uma médica amiga dele. Já falei que você está bem! Pode voltar para seu quarto!

Luiz Cláudio abraçou Arthur e Silvana.

— Que é isso, vó? Eles só querem me ajudar! Vocês querem ir para o meu quarto?

Arthur e Silvana se levantaram e seguiram Luiz Cláudio. Marlene foi atrás. O garoto puxou a cadeira do computador para Arthur e uma poltrona para Silvana. Sentou-se na cama e pediu para a avó sair.

— Vó, me deixa conversar um pouco com eles sozinho, vai... por favor.

Marlene saiu do quarto do neto contrariada. Luiz Cláudio sorriu para os dois e fez um sinal para que não ligassem para a avó.

— Ela é assim mesmo! Liga não... Vocês vão me ajudar?

— Claro. Mas você é o mais importante nessa história: você é o seu próprio médico, Luiz Cláudio — respondeu Silvana.

Arthur completou:

— Sua força de vontade é o seu principal remédio. Sem ela, nada poderemos fazer. Nem nós e nem ninguém.

Luiz Cláudio ficou calado e Silvana pôs-se a observá-lo. O menino parecia mesmo disposto a lutar contra o vício. Entretanto, como médica e espírita, ela sabia o quanto seria grande a luta. A cura da matéria deveria obrigatoriamente caminhar junto à cura espiritual. Ficou perdida em interrogações, buscando traçar um caminho para começar a trilhar, quando Arthur tocou-lhe o braço.

— Doutora, quer dar uma olhada nos exames de Luiz Cláudio?

Silvana apenas olhou os papéis sem muito interesse.

— Doutor, prefiro que o próprio Luiz fale sobre seu contato com as drogas. Mesmo atuando na cirurgia, atendo sempre casos parecidos com o dele. Um hospital de emergência nos apresenta ao mundo! Os exames clínicos nos dão uma boa visão do quadro, contudo, nem sempre são suficientes. A relação com a droga é também emocional. A avaliação de um profissional da área ajudaria muito.

— E você pode indicar algum? — indagou Arthur.

Luiz Cláudio ajoelhou-se como criança diante de Silvana.

— Por favor, doutora Silvana, por favor... A senhora não pode ser a minha psicóloga? Gostei da senhora e gosto do doutor Arthur também. Gostei mesmo da senhora e gosto mesmo dele.

Silvana e Arthur ficaram surpresos com a atitude do rapaz. O rapaz era inteligente e continuou a argumentar, fazendo cara de criança.

— A senhora mesmo falou que a história é emocional. Minha emoção pede a senhora! — exclamou, piscando um dos olhos para Arthur.

Silvana achou engraçada a atitude do jovem. Segurou-lhe as mãos, levantando-o do chão. Luiz Cláudio deu um abraço apertado na médica e disparou para o doutor Arthur.

— Aí, doutor, fica tranquilo... Fica com ciúmes não!

Os dois ficaram vermelhos com o comentário do rapaz. Arthur tentou remediar dizendo que era viúvo e Silvana casada. A emenda do médico fez com que o rapaz continuasse a brincadeira.

— E daí, doutor? O senhor é viúvo, e casamento termina! Vocês dois bem que combinam.

Eles acabaram rindo das brincadeiras do jovem.

77

— Luiz Cláudio, doutor Arthur foi meu professor na universidade. Somos colegas de profissão e acho que, por sua causa, nos tornaremos muito amigos.

— Ainda bem que sirvo para alguma coisa! Fala isso pra minha avó, doutora!

— Falarei sim, Luiz. Pode deixar. Agora, me conte sobre seu contato com as drogas. O que você já usou? O que você já fez para conseguir se drogar? Quais as drogas que lhe dão mais prazer?

— Nossa, doutora, uma pergunta de cada vez! — exclamou Luiz Cláudio. Já entendi o que a senhora quer saber. Vou resumir, valeu?

O rapaz começou o relato que já havia feito para Arthur, só que, dessa vez, acrescentando algumas informações.

Silvana pegou sua agenda na bolsa, uma caneta e passou a anotar todos os detalhes da narrativa de Luiz Cláudio. Surpreendeu-se com a memória preservada apresentada pelo paciente. As drogas eram inimigas terríveis do discernimento e da memória, que não haviam sido afetados aparentemente no caso do jovem. Em um dado momento, Silvana e Arthur depararam-se com a voz de Luiz, entrecortada pela emoção. Lágrimas abundantes escorriam por seu rosto anguloso. Arthur e Silvana silenciaram, buscando respeitar aquele momento. Silvana colocou a agenda e a caneta sobre a poltrona em que estava acomodada, levantou-se e ajoelhou-se diante dele. Molhou o dedo indicador em uma lágrima e levou-o, primeiro, aos próprios olhos e, em seguida, aos olhos de Arthur. Luiz Cláudio entendeu o generoso gesto e abraçou-os. Os três mantiveram a mesma posição durante um bom tempo. Foi o jovem quem os liberou do abraço e resolveu finalizar a conversa.

— É o *crack* a pior delas! Com as pedras na cabeça, não tenho emoções, não sofro, não penso, não tiro conclusões sobre nada ou ninguém. Não tenho passado, não temo o presente, não penso no futuro! Esqueço quem eu sou. Esqueço as pessoas. Esqueço meus pais, minha avó, esta casa. Não diferencio um ambiente imundo de um limpo. O *crack* é a pior, porque nos esquecemos de que a vida existe e nos faz sofrer. Pronto, doutora: este é o resumo de tudo. Só isso. Mais nada!

Silvana arriscou uma pergunta.

— Você tem medo da morte?

— Não! Gostaria de ter sido atingido por aquela bala no lugar de Macuco. Seria melhor pra mim. Ele, pelo menos, não precisa mais se drogar. Eu preciso.

Arthur interferiu na hora:

— Luizinho — você não é chamado assim por sua avó? — Você não vai mais se drogar! Está tomando os remédios de maneira correta?

— Estou sim, doutor. Sônia não falha nunca!

— E, além de não falhar nunca, que outras qualidades ela tem? — perguntou Silvana.

O jovem mostrou os dentes amarelados num sorriso.

— É um bom cão de guarda e faz um ótimo bolo de chocolate!

Arthur replicou com alegria:

— Estamos sem opção, doutora! Precisamos deste bolo de chocolate agora, ou serei eu a ter uma crise de abstinência daquelas.

— Crise de quê? Dá para explicar melhor, doutor?

Arthur, completamente descontraído, sentenciou:

— Dá sim. Mas só depois do bolo de chocolate. Tudo bem assim, Luiz?

— Tudo bem, doutor! O senhor é o chefe aqui! Sônia, o doutor e eu queremos bolo de chocolate!

Sônia chegou à porta do quarto e exclamou:

— Luiz, já está fazendo propaganda de meu bolo de chocolate, é? Já tem um prontinho lá na cozinha esperando por vocês! Vamos, porque dona Marlene não está mais se aguentando de tanta curiosidade.

Os três se dirigiram à cozinha, onde Marlene aguardava com ansiedade.

— E então? Ele está ou não está bem?

— Vou ficar melhor quando comer um pedaço desse bolo de chocolate, vó!

Marlene ainda tentou saber o que havia se passado no quarto do neto, mas foi em vão. Os três se acomodaram à mesa, e Luiz Cláudio puxou-a pelo braço, pedindo que ela fizesse o mesmo. Sônia serviu bolo e refrigerante a todos. Ela gostava de cozinhar e ficava feliz quando percebia a satisfação de todos com o resultado de suas receitas.

— Nossa! Não existe bolo melhor que o da Sônia! Venha, Sônia. Sente-se aqui também!

A empregada conhecia a patroa muito bem. Marlene não costumava abrir exceções para ninguém. Ela tratou de se esquivar. Apanhou uma vassoura na área e respondeu a Luiz.

— O quintal me espera, Luizinho. Já estou até ouvindo as samambaias me chamarem. O jasmim está até gritando por água. Preciso dar alimento a eles agora.

Marlene ficou sem graça e buscou desculpar-se pelo comportamento da mulher.

— Sônia cisma em conversar com as plantas. Pior é quando a vejo conversando com beija-flores e bem-te-vis.

Silvana tentou quebrar o gelo com Marlene.

— Eu também converso com plantas e animais, dona Marlene. Eles nos entendem e reagem bem. Tenho um amigo botânico que já publicou um artigo, comprovando esses bons resultados.

— A senhora acredita nessas tolices? — Marlene perguntou de forma irônica.

Arthur percebeu a animosidade no ar e intercedeu a tempo. Conhecia Marlene e a facilidade com que distribuía grosserias.

— Bom, eu e Luiz preferimos conversar com o bolo, não é, Luiz?

— Claro que sim, doutor! O bolo é bem melhor!

Ficaram conversando sobre vários assuntos durante o resto da tarde, até que o telefone de Silvana tocou. Ela olhou para o visor do celular contrariada.

— Oi, Carlos! Estou com um paciente agora.

Do outro lado da linha, o marido de Silvana disparava contra ela ódio em forma de palavras. A médica manteve-se firme, sem retrucar, mas Arthur lhe captou o olhar carregado de nervosismo. Decidiu ir embora, assim que ela encerrou a ligação.

— Vamos, doutora! Já está anoitecendo.

Luiz Cláudio levantou-se e perguntou assustado:

— E o meu tratamento?

Silvana abraçou-o carinhosamente e acalmou-o:

— Seu tratamento já começou, Luiz Cláudio. Você ficará com meu telefone e com o do doutor Arthur. Ficaremos em contato diário. Alimente-se bem e mantenha firme sua vontade de se curar.

Lembre-se: você é o seu médico e é também seu melhor remédio. Fique com Deus.

Despediram-se e saíram. Silvana olhou para Arthur assim que entraram no carro e pediu.

— Arthur, preciso ir o mais rápido possível para casa. Não quero ter problemas.

Ele respeitou a ausência de mais explicações e só acrescentou:

— Se precisar, sabe que pode contar comigo!

Silvana manteve-se em silêncio até chegar ao consultório do amigo. Apanhou o carro e acenou, dizendo:

— Falo com você amanhã!

Arthur consentiu com a cabeça e olhou Silvana indo embora. Sentiu o coração ficar apertado, sem saber o porquê. "Coisas de velho", pensou.

***

Silvana chegou em casa e se deparou com o marido parado à porta de entrada, segurando Rafael no colo. O menino chorava muito, e Silvana se inquietou.

— Vamos, Carlos! Abra logo esse portão! Por que Rafael está chorando tanto? Abra o portão, vamos!

Carlos colocou-se à frente da garagem e começou a gritar.

— Aqui você não entra mais! Onde você se meteu? Já viu a hora? Fui obrigado a pegar Rafael na sua mãe, sua irresponsável!

Silvana desceu do veículo. Respirou profundamente, tentando manter a calma. Rafael fez força para sair do colo do pai, deixando-o ainda mais irritado.

— Vá, seu pivete! Você é igualzinho a ela! Por isso, nasceu assim!

Silvana pegou o filho no colo, e Carlos entrou batendo a porta.

A médica começou a acalentar o filho, e ele se acalmou.

— Fique tranquilo, meu pequeno. Mamãe está aqui.

Rafael encostou o rosto no ombro da mãe e ela sentiu, angustiada, as lágrimas do menino molharem sua blusa. Vivia aquela situação há bastante tempo. Carlos era doce e atencioso nos tempos de namoro. Casou-se achando que viveria um conto de fadas. Ao engravidar, percebeu mudanças bruscas no comportamento do marido. O desinteresse pelo contato mais íntimo, o silêncio permanente apenas quebrado por uma ou outra grosseria. Quando descobriu a deformidade congênita no rosto de Rafael, durante um exame de ultrassonografia, o marido transformou-se por completo. As brigas e humilhações passaram a ser constantes. Silvana enfrentava tudo de forma aparentemente passiva. Não queria que a criação de Rafael fosse prejudicada e, no fundo, tinha esperanças de que o marido voltasse a ser a mesma pessoa do passado. O tempo, entretanto, só fazia afastar esta expectativa e aumentar a certeza de que uma decisão precisaria ser tomada.

Rafael havia dormido. Silvana aconchegou-o no colo, pegou a bolsa sobre o banco do carro e entrou. Colocou o menino no berço e sussurrou:

— Nossa, como está crescendo, meu querido! Preciso comprar uma caminha para você.

Ficou parada olhando para o filho, para o quarto decorado cuidadosamente por ela e experimentou uma imensa tristeza. Sentia-se oprimida pelo comportamento agressivo do marido. Nunca conseguia agradá-lo e se questionava quando e como havia errado. Ouviu os passos de Carlos. Fechou as mãos para ganhar forças: não queria outra discussão perto do filho. Acendeu a luminária, ligou o ar-refrigerado, fechou a porta e saiu.

Deparou-se com o marido no corredor e tentou esquivar-se.

— Carlos, por favor, não quero mais brigas. Preciso descansar.

— Você é muito engraçada, Silvana! Larga seu filho, desliga o telefone e ainda se acha no direito de se fazer de santa! Onde você estava? Com quem você estava? Por que desligou o telefone sem me dar explicações? Fala logo!

O homem estava colérico. Silvana procurou, em vão, manter a calma.

— Carlos, eu estava atendendo a um paciente.

— E desde quando você faz atendimentos particulares? Hoje é seu dia de folga! Pensa que eu sou trouxa?

— Já disse: estava com um paciente particular. Fui fazer o atendimento na casa dele.

— Não caio nessa, Silvana. Você sai com seus amantes e ainda me deixa com o estorvo do seu filho!

Silvana não suportou a maneira desrespeitosa com que Carlos se referiu a ela e a Rafael.

— Sou uma pessoa decente, Carlos! Não tenho amantes como você vive afirmando. E Rafael é seu filho também! Não o xingue!

Os olhos de Carlos evidenciaram um brilho lunático.

— Odeio seu filho! Sinto nojo quando ele baba com aquela boca toda aberta! Como é que você quer que eu ame uma anomalia? Sabe quando ele vai ser como os outros meninos? Nunca! Nunca, Silvana! Não tenho coragem nem de sair com ele! Nojo: é o que sinto!

Fartas lágrimas saltaram dos olhos de Silvana. Carlos apanhou a carteira e as chaves do carro no quarto. Silvana ficou estática, sem reação. Apenas uma dor profunda, intensa invadia seu coração e aumentava. Não conseguia entender a repulsa do marido por Rafael. Ouviu o marido arrancar com o carro. Ele sempre agia da mesma forma: gritava, insultava, fazia com que ela chegasse à exaustão emocional e depois saía. Quando retornava, mantinha silêncio. Silvana pensou: "Até quando vou aguentar esta situação? Por que não me liberto?".

Resolveu tomar um banho. Abriu o chuveiro e deixou a água escorrer por todo o corpo. Todos os seus músculos estavam tensos. Ouviu o celular tocar insistentemente, mas não teve tempo para atendê-lo. Vestiu-se e apanhou o aparelho dentro da bolsa. O número registrado no aparelho a fez sorrir: era Arthur. Pensou em retornar a ligação, mas estava demasiadamente cansada. Apanhou um travesseiro e um lençol para deitar-se no quarto do filho. Não queria dividir a cama com o marido. Tinha medo de mais discussões. Pensou em Arthur e, novamente, sorriu: ligaria para o ex--professor no dia seguinte.

***

Arthur dirigiu-se à varanda de seu apartamento segurando o celular com firmeza. Examinava o visor do aparelho a cada minuto na esperança de encontrar uma mensagem ou uma ligação perdida de Silvana. Adormeceu ali mesmo, deitado na espreguiçadeira. Acordou com a claridade dos primeiros raios de sol sobre o mar. A imagem era fascinante, e o médico ficou contemplando a paisagem por um bom tempo. Ao lado da espreguiçadeira, onde passara a noite, o celular estava caído. O médico apanhou o aparelho e entrou. Na sala, ligou a televisão e foi para a cozinha preparar um café. Deixou a cafeteira ligada enquanto cuidava de sua higiene pessoal. Revirou o armário e escolheu uma bermuda e uma camiseta. Vestiu-se. Como era cedo, tomaria café e andaria um pouco pela praia. Sentia uma necessidade grande de um contato maior com a natureza. Ele sempre estava envolvido com o trabalho e, poucas vezes, dedicava-se à própria vida. Bebeu o café calmamente, apanhou uma fruta na geladeira e encaminhou-se para o elevador. Quando chegou ao térreo, cumprimentou o porteiro da forma habitual e observou o olhar de surpresa do trabalhador.

— Bom dia, doutor! Acho que vai chover.

— Será? O dia está tão bonito!

— Desculpe a brincadeira, doutor. É que trabalho aqui há um ano e nunca vi o senhor indo à praia.

— Você está certo, Cícero. Acho que há bastante tempo não faço isso mesmo. Mas, vou torcer para não chover. Já imaginou se isso acontece? Vou me considerar um pé frio!

Arthur acenou para o porteiro sorrindo e atravessou as duas pistas que o separavam da praia. Caminhou pelo calçadão, observando o mergulho das gaivotas em busca de alimento. Quando se deu conta, a areia já estava enfeitada por inúmeras barracas coloridas. Olhou o relógio e percebeu que já estava atrasado. Olhou novamente para o mar e decidiu: tiraria o dia de folga. Ligou para a secretária e solicitou que ela desmarcasse todas as consultas.

— Mirtes, bom dia!

— Bom dia, doutor. Aconteceu alguma coisa? O senhor nunca se atrasa! Está doente?

— Não, Mirtes. Resolvi tirar um dia de folga. Há algum paciente para atendimento de urgência?

— Não, doutor. Não há nenhuma urgência não.

— Então, desmarque os pacientes de hoje. Se houver qualquer emergência, me avise. Aproveite e saia mais cedo também.

A secretária desligou o telefone e pensou: "Isto está me cheirando a um novo amor!".

Arthur pegou o celular e resolveu arriscar: ligaria para Silvana. A médica não lhe saía da cabeça. Procurou a última chamada que fizera no dia anterior e ligou.

Silvana estava dando banho em Rafael, quando ouviu o telefone tocar. Enrolou o pequeno em uma tolha, levou-o para o quarto, colocando-o no berço. Apanhou o celular, julgando ser Carlos ou a mãe. Àquela hora da manhã seria pouco provável a ligação de outra pessoa, por isso, nem sequer olhou o nome que aparecia no visor. Rezava para não ser Carlos.

— Oi, alô!

Do outro lado da linha, Arthur, sem jeito, tentava arranjar uma desculpa para a ligação.

— Silvana, bom dia! Estou atrapalhando? Se estiver eu...

Silvana não deixou Arthur concluir a frase. Sorriu ao reconhecer a voz do amigo.

— Claro que não, Arthur! É sempre muito bom conversar com você. Algum problema com Luiz Cláudio?

O médico gaguejou e, por instantes, arrependeu-se da atitude tomada.

— Não! Não há problema algum com Luiz Cláudio! É que... bom, já que liguei, vou falar.

Silvana pegou Rafael no colo e ficou rindo diante da indecisão do amigo.

— Fale, Arthur. Estou curiosa.

— Resolvi tirar um dia de folga hoje. Há muito tempo não faço isso. Você tem algum horário agora pela manhã? Gostaria de conversar um pouco sobre o caso do Luiz Cláudio.

Ela não hesitou em responder.

— Meu compromisso agora é com Rafael, mas eu posso deixá-lo com minha mãe. Ele está bem e só entro no plantão à noite. Conversaremos agora pela manhã e passo à tarde com meu filho. Onde posso encontrar você?

— Doutora, pode parecer estranho, mas estou à beira da praia. O dia está tão bonito que não resisti: estou sentado em frente ao meu prédio. Quer anotar o endereço?

— Sim. Me passe o endereço. Vou deixar Rafael com minha mãe e sigo para encontrar você. Acho que um pouco de sol também me fará bem. Até daqui a pouco.

Arthur ficou perdido em pensamentos. Lembrou-se da esposa e do casamento bem-sucedido. Havia amado de verdade e não sabia se conseguiria amar outra vez. Sentia-se solitário, envelhecido e antiquado. O encontro com a ex-aluna havia despertado nele a necessidade de renovação. Ao mesmo tempo, nutria o medo de parecer ridículo. Tinha consciência de que Silvana era casada e via nele apenas a figura respeitosa de um professor. Observou alguns jovens desfilando os corpos bronzeados pela areia em contraste com casais mais maduros: a diferença era gritante. Pensou em pegar o telefone e desmarcar o encontro com Silvana, quando sentiu alguém tocar em seu ombro com delicadeza.

— Bom dia! Faltando ao trabalho, professor?

Arthur respondeu tentando ajeitar a roupa que julgava imprópria:

— Veja só o belo exemplo que estou dando! Até o porteiro ficou assustado com minha rotina alterada. Acho mesmo que nunca fiz isso.

Ela estendeu a mão para cumprimentá-lo e tentou tornar menor o constrangimento do amigo.

— Arthur, se o telefone de um médico não toca é porque ele não é necessário no momento. Você tinha algum paciente com problemas mais urgentes ou eram apenas consultas de rotina?

— Rotina. Apenas consultas de rotina. Mirtes desmarcou todas em tempo. Não gostaria que meus pequenos pacientes perdessem a viagem. Eles ficam ansiosos com os brinquedos da sala de espera. É disso que mais gostam. Aliás, acho que gostam de mim por causa dos brinquedos! Até agora ninguém me ligou, portanto, temos a manhã livre.

Arthur convidou-a para se sentar de forma mais confortável em um quiosque. Lá ficariam mais protegidos do sol. Acomodaram-se em uma mesa sob um guarda-sol. O médico olhava-a com encantamento: vestia uma bata branca com bordados azuis e uma bermuda jeans bem ajustada em seu corpo. Os cabelos soltos, levemente encaracolados estavam presos por óculos escuros.

"Ela é linda!", pensou.

Silvana chamou-o à realidade.

— Arthur, está tudo bem?

— Está sim. Estou bem. Vamos beber uma água de coco ou você prefere outra coisa?

— Água de coco e uma boa conversa: é essa a minha preferência.

Os dois riram. Arthur levantou para comprar os cocos e Silvana também se pegou encantada com a calma, a beleza madura e a boa educação do amigo. Conversaram sobre o que haviam vivido de mais importante e marcante durante os anos de afastamento. Falaram dos caminhos profissionais e das próprias vidas. Silvana descobriu lágrimas contidas nos olhos de Arthur, quando ele falou da morte da esposa. Arthur observou o nervosismo de Silvana enquanto ela falava do casamento e da relação com o marido. O vento que vinha do mar trazia energia e paz para eles. Resolveram almoçar por ali mesmo. Há muito tempo Silvana não se sentia tão segura e livre. Há muito tempo Arthur não se sentia tão estimulado para a vida.

Ao terminarem o almoço, ela falou sobre Luiz Cláudio.

— Sabe, Arthur, tenho muito receio de que Luiz Cláudio volte às ruas. O *crack* é uma droga infernal. A dependência é quase imediata. A avó também não facilita muito. Precisamos pensar em alguma coisa mais direta e com resultado mais imediato.

— Eu sei. Mas tenho medo de internar o rapaz e ele acabar fugindo. Se optarmos pela internação, ele perderá a confiança e o carinho que depositou em mim e em você. Se não der certo, nós o perderemos.

— Você tem razão. A maior parte das pessoas internadas contra a própria vontade acaba voltando para as ruas e para as drogas. Como médica, sou a favor de um tratamento intensivo oferecido por algumas clínicas. Porém, essa é uma visão de quem está distante afetivamente do paciente, e eu confesso ter me encantado por aquele rapaz. Ele tem algo de diferente no olhar e no comportamento. É carismático, tem uma personalidade forte. Enfim, é adorável!

Arthur analisou as palavras de Silvana uma a uma. Ele realmente não havia errado ao pensar na ex-aluna para ajudá-lo com Luiz Cláudio.

— Pois bem, doutora! Acho que estamos os dois envolvidos emocionalmente com Luiz Cláudio. Mais tarde você poderia ligar para ele e procurar saber como está se sentindo. O garoto também ficou encantado por você!

Silvana franziu a testa.

— Meu caro professor, o senhor só está esquecendo um pequeno detalhe.

— Qual? — perguntou Arthur.

— Dona Marlene não foi muito simpática comigo. Sendo bem clara: ela não foi com a minha cara. É melhor você ligar. Se for preciso, marcamos um horário e vamos até a casa do garoto ou marcamos para que ele vá ao seu consultório.

Arthur riu e concordou.

— É. Você tem razão: ela não foi com sua cara mesmo! Aliás, acho que ela não vai com a cara de ninguém! Nem com a dela! Sempre foi assim. Agora, uma coisa é certa, se ela perceber melhora no comportamento do neto, vai relaxar a retaguarda.

— Nós vamos conseguir, doutor. Tenho um filho e sofro quando vejo jovens sendo consumidos pelas drogas, fugindo dos dois tipos de miséria: a pobreza material e emocional ou das duas. Mais tarde, ligue para ele. Luiz Cláudio precisa confiar em nossa vontade de ajudá-lo.

— Vou ligar, Silvana. Pode deixar por minha conta.

Eles ficaram conversando sobre o caso até o momento em que Silvana, verificando a hora, teve que se despedir.

— Arthur, muito obrigada por essa manhã tão tranquila. Eu estava mesmo precisando de uma boa companhia, uma boa conversa e uma paisagem extraordinária. Você não imagina as situações que vivo. Mas isso é conversa para outro dia. Agora preciso ir. Vou para a casa de minha mãe brincar um pouco com Rafael. Ficarei vinte e quatro horas longe dele. Morro de saudades.

— Eu imagino. Tanto as situações quanto as saudades que sente de seu filho. Obrigado por ter aceitado meu convite. Eu também estava precisando de tudo isso: da boa companhia, da boa conversa e dessa paisagem. Teremos outras oportunidades. Onde está seu carro?

— Ali — Silvana disse apontando para o veículo. Tive sorte de conseguir aquela vaga.

— Vamos. Vou levá-la até o carro.

Eles se despediram com um demorado aperto de mãos. Arthur ficou observando o carro de Silvana ir embora até que ele o perdesse de vista. Atravessou a rua e entrou no prédio acenando alegremente para o porteiro, enquanto apertava o botão do elevador.

— Viu, Cícero? Não choveu. Não sou pé frio!

O porteiro respondeu com a mesma alegria.

— É assim que se vive, doutor. Com muito ou pouco dinheiro, quem trabalha tem direito a uma boa praia: é sempre de graça!

O elevador chegou, e Arthur, segurando a porta, concordou com Cícero.

— Você tem razão, rapaz. Bom trabalho!

— Obrigado, doutor. Bom descanso. O senhor merece!

Arthur entrou feliz no apartamento. Foi direto para o chuveiro, tomou um banho e resolveu comprar roupas novas. A necessidade de se renovar era realmente muito grande. Estava feliz e resolveu não pensar no futuro. A amizade de Silvana lhe fazia bem. O contato com ela lhe bastava. Antes de sair, deu uma olhada no armário e separou algumas peças que não usava mais, colocando-as sobre a cama. Perguntaria ao porteiro se ele aceitaria as roupas. Algumas não haviam sido nem usadas. Separou também alguns sapatos e cintos. Arrumou tudo em sacolas e desceu para a portaria do prédio. Encaminhou-se para a mesa de Cícero e mostrou as sacolas para ele.

— São roupas minhas, Cícero. Algumas estão usadas, mas em bom estado. Outras peças nem cheguei a usar. Você quer?

Cícero soltou uma gargalhada e apanhou as sacolas como se estivesse ganhando brinquedos.

— Desde quando pobre rejeita roupa? Vou fazer sucesso na gafieira, doutor. Muito obrigado mesmo. A patroa nem vai acreditar!

Arthur riu com a espontaneidade de Cícero.

— Que bom que você gostou! Até mais tarde, Cícero!

Arthur estava desacostumado a fazer compras e decidiu ir para o shopping mais próximo. Teria mais conforto para fazer suas escolhas. Não sabia bem o que comprar e, muitas vezes, pedia auxílio às vendedoras. Saiu do shopping carregado de sacolas com camisas sociais, blusões esportivos, bermudas, calças e sapatos.

Arthur chegou ao apartamento e arrumou as novas peças no armário. Enquanto arrumava as roupas, pensou em Silvana. Associou o pensamento ao compromisso de ligar para Luiz Cláudio e assim fez. Inconscientemente, não aceitava o sentimento diferente que estava experimentando.

Procurou o telefone da casa do rapaz na agenda. Sentou-se na poltrona da sala e ligou. Reconheceu a voz de Sônia, quando a ligação foi atendida.

— Boa tarde, Sônia. Tudo bem? É Arthur que está falando.

— Eu sei, doutor. Reconheci sua voz também! Vou chamar dona Marlene.

— Não, Sônia. Quero falar com Luiz. Mas primeiro me fale como ele está.

— Ele hoje está me preocupando um pouco, doutor. Disse que teve pesadelos com o amigo que foi morto e está agitado. Não para de andar de um lado para outro da casa. Tomou os remédios direitinho. Faço questão de dar e ver se ele engoliu mesmo. Mas está agitado.

— Está certo, Sônia. Você pode chamar Luiz Cláudio para mim?

— Posso sim, doutor.

Arthur ficou aguardando na linha e ouviu quando Marlene perguntou a Sônia quem estava ligando.

— É o doutor Arthur, dona Marlene. Quer falar com o Luizinho. Que bom que ele ligou, a senhora não acha?

— Eu não acho nada, Sônia. Luiz está bem. Não vejo necessidade de tanta tempestade.

Sônia não deu importância ao que a patroa falava e tratou de chamar Luiz Cláudio. Bateu de leve na porta do quarto do rapaz e avisou:

— Venha, Luiz. Doutor Arthur quer falar com você no telefone.

Luiz Cláudio deu um pulo da cadeira e correu para a sala. Marlene ficou sentada na poltrona para ouvir a conversa.

— Oi, doutor! Tudo bem com o senhor?

— Tudo bem, garoto. E você, como está?

— Nervoso. Sonhei com o Macuco a noite passada. Ele me chamava pra queimar uma pedra. Posso ser sincero, doutor?

— Deve ser sincero sempre. Não minta. Não se mente para os amigos, OK?

Luiz Cláudio suspirou fundo e começou a falar sem se importar com a presença da avó na sala.

— Doutor, estou na secura da droga. Não adianta remédio, comida, nada. Tenho vontade de sair quebrando tudo e sumir.

Marlene tentou em vão interromper o desabafo do neto.

— Que história é essa de secura, Luizinho? Pare com isso! O que o doutor vai achar? Que não cuidamos direito de você! Pare, Luiz!

Ela levantou-se e foi em direção ao neto com a intenção de tomar-lhe o telefone. Sônia percebeu o olhar de revolta de Luiz Cláudio e colocou-se na frente de Marlene. Sabia, por experiência vivida com um sobrinho, que aquilo poderia não terminar bem. Segurou com firmeza no braço da patroa e puxou-a para a cozinha.

— Vamos, dona Marlene. Deixe Luizinho conversar sossegado com o doutor. Só ele sabe o que está sentindo. Vamos! Venha pra cozinha comigo.

Luiz Cláudio gesticulou para a avó de forma violenta, fazendo-a seguir Sônia.

— E aí, doutor? O que eu faço?

Arthur ouviu tudo pelo telefone e procurou manter a calma para conseguir pensar no que fazer. Os remédios eram adequados, mas, na verdade, ele não sabia se a dosagem era o suficiente. Precisaria consultar outro profissional que o orientasse melhor. Silvana estava de plantão e não queria incomodá-la.

— Luiz, escute: vou conversar com um amigo e já retorno a ligação. O que você estava fazendo antes de me atender?

— Estava no computador jogando.

— O que você estava jogando? — perguntou o médico.

— Um jogo de luta, guerra, essas coisas.

— Luiz Cláudio, você vai fazer o que eu pedir?

— Vou tentar, mas não prometo! Tá difícil hoje, doutor. Tá sinistro!

Arthur buscou manter a tranquilidade ao falar com ele. Sabia que essas crises poderiam acontecer e tinha medo de que o menino saísse de casa. Usaria Sônia para tentar acalmá-lo e ganharia um pouco mais de tempo para contatar alguém.

— Você se importa que eu fale com a Sônia, Luiz?

— Não, não ligo não. Vou chamar, espera um pouco, doutor. Ela está lá acalmando a louca da minha avó.

O rapaz gritou por Sônia, e ela veio correndo.

— O que foi, meu filho?

Luiz Cláudio passou o telefone para Sônia sem falar nada. Trêmula, a mulher pegou o aparelho.

— Oi, doutor. Sou eu.

— Sônia, leve Luiz Cláudio para o quintal. Peça a ele para lhe ajudar a molhar as plantas. Faça com que ele mexa na terra, sei lá. Qualquer coisa nesse sentido. Entendeu? Enquanto isso, eu ganho tempo para falar com um psiquiatra especialista no tratamento com viciados. Qualquer coisa, me ligue. Procure manter a calma e aparentar tranquilidade. Ele precisa disso: da sua tranquilidade. Já volto a ligar.

Sônia desligou o telefone e olhou para Luiz Cláudio. O rapaz estava com as feições totalmente modificadas e o olhar transtornado. Ela fez-lhe um afago na cabeça e segurou-o pela mão.

— Vamos, Luizinho. Preciso de ajuda no jardim. Espere aqui um instantinho só. Vou buscar um suco que preparei agora. É de laranja, o seu preferido. Depois vamos sair aqui pela sala, está bem?

Luiz Cláudio acalmou-se um pouco. Sônia voltou com o suco e deu ao rapaz. Abriu calmamente a porta da sala e chamou-o para o meio das plantas.

— Olha, Luizinho. Olha como estão secas e doentes estas violetas. Vamos cuidar delas? Precisamos tirar primeiro as folhas secas. Tire as folhas secas e vá jogando na terra. Elas servem de adubo. Vamos, Luizinho! Vamos cuidar das pobrezinhas.

Luiz Cláudio olhou para a empregada e sorriu. Tirou a camisa e abaixou-se para fazer o que ela havia pedido. Quando ele terminava uma, Sônia apontava outra. O contato com a terra começou a tranquilizar o garoto. O telefone tocou e o rapaz não esboçou reação. Sônia ouviu quando Marlene atendeu a ligação esbravejando, e ficou atenta.

— Alô! Olha, doutor Arthur, o senhor é médico, eu sei. Mas meu neto está bem. Coisas da idade. Só isso. E tem mais uma coisa: eu sou a avó dele. É comigo que o senhor tem de falar. Sônia é apenas a empregada da casa.

Arthur respondeu com a firmeza de costume:

— Dona Marlene, volto a perguntar: quer ou não auxiliar seu neto? Seu descontrole não ajuda em nada. Pegue papel e lápis, que vou passar algumas recomendações. Conversei com um amigo e precisamos aumentar a dosagem de alguns medicamentos.

Marlene respondeu de imediato.

— Pode falar, doutor. Vou anotar.

O médico determinou o que deveria ser feito, explicando tudo de maneira mais clara possível. Avisou sobre a sonolência causada pelo aumento na dose dos medicamentos, e que isso seria importante para auxiliar Luiz Cláudio naquele momento. Concluiu a conversa da mesma forma que a iniciou: com firmeza.

— Volto a ligar mais tarde. Qualquer emergência ou se os remédios não surtirem o efeito desejado, me avise. Até mais tarde!

Marlene foi até a cozinha, pegou os medicamentos, o papel onde havia escrito as recomendações de Arthur, um copo com água e levou até o jardim. Viu o neto distraído com as plantas e pensou: "Será preciso mesmo tanta confusão? Ele já está calmo. Isso é coisa da idade".

Entregou o papel a Sônia e pediu que ela desse os remédios ao neto. Não falou mais nada. Entrou cabisbaixa, aborrecida por ter se submetido às ordens do médico. Não gostava de ser mandada. Só estava fazendo tudo aquilo por Luiz Cláudio. Apenas por ele.

Sônia abaixou-se ao lado de Luiz e deu a ele os comprimidos. Continuaram a mexer no jardim, até o momento em que o rapaz se mostrou disposto a entrar.

— Soninha, estou com sono... Acho que preciso dormir.

Sônia ajudou Luiz Cláudio a se levantar e levou-o para o quarto. Marlene olhou para o neto sujo de terra.

— Nada disso, Luizinho! Você está imundo. Vá tomar um banho. A roupa de cama está limpa e ...

Sônia não permitiu que a patroa continuasse.

— Dona Marlene, deixa ele dormir assim mesmo! Depois troco a roupa de cama. Ele precisa dormir, dona Marlene. São os remédios fazendo efeito.

Luiz Cláudio já estava com o olhar apagado e, com dificuldade, retrucou.

— Vó, me deixa...

Sônia acomodou Luiz Cláudio na cama. Fechou as cortinas, desligou o computador e ficou observando o rapaz, que não demorou a entrar em um sono profundo, produzido pelos medicamentos.

Cuidadosamente, fechou a porta do quarto e saiu. Na sala, Marlene andava de um lado para outro resmungando.

Quando viu a empregada indo para a cozinha, foi atrás dela. Olhou-a com ódio. Sônia fingiu não perceber a raiva da patroa. Tinha objetivos bem definidos naquela casa: ajudar Luiz Cláudio e trabalhar para garantir seu sustento. Conhecia Marlene e sabia que não poderia mudá-la. A única saída seria conviver com o gênio dela.

CAPÍTULO 8

Sônia deixou Marlene entregue ao próprio mau humor. Agilizou o serviço da casa: terminou de cuidar do quintal, fez o jantar e deixou a mesa já arrumada. Não queria ouvir mais reclamações. Estava esperando pela filha. Melissa marcou um encontro com a mãe para entregar algumas correspondências acumuladas durante a semana. Sônia preocupou-se: sabia que a patroa estava colérica. Resolveu ligar para a filha. Marcaria com ela no dia seguinte. Tentou em vão fazer contato com Melissa. Certamente, ela já estava a caminho. Foi até a sala, onde Marlene assistia desinteressada a um programa de televisão. Pediu licença para falar, e Marlene respondeu grosseiramente:

— Chega de problemas por hoje! Luiz Cláudio está dormindo e não quero me aporrinhar. Vá procurar o que fazer, Sônia! Coloquei uma televisão no seu quarto: vá catar um desses programas que dão prêmios para se distrair e não me aborreça!

Sônia não se intimidou diante da irritação e grosseria da patroa.

— Não vou incomodar a senhora, dona Marlene. Só vim avisar que Melissa daqui a pouco está chegando.

Marlene posicionou o corpo para frente, segurando firmemente os braços da poltrona.

— Não disse a você que não há lugar para sua filha aqui? Eu avisei, não avisei?

— Melissa não vai atrapalhar, dona Marlene. Ela vem para me entregar umas contas para pagar. Já venceram, e eu preciso fazer os pagamentos. Água, luz, essas coisas. Só isso. Depois ela vai embora.

Marlene desligou a tevê e jogou o controle sobre a poltrona.

— A necessidade me faz concordar. A casa é minha e aqui mando eu. É bom que isso fique bem claro! Empregadas existem aos montes por aí! É bom mesmo que sua filha chegue, entregue as tais contas e vá embora.

Marlene dirigiu-se para o quarto e bateu violentamente a porta. Sônia permaneceu trêmula, parada no meio da sala. Mordeu os lábios nervosamente. Pensou em arrumar suas coisas e ir embora com Melissa. Porém, queria ajudar Luiz Cláudio. Tinha certeza de que se o menino ficasse sozinho com a avó, a recuperação dele seria quase impossível. Foi até o seu quarto e abriu a porta do pequeno banheiro. Lavou o rosto, molhou a cabeça e tentou ajeitar-se. Melissa era uma boa filha. Dotada de personalidade forte, era determinada, correta, falava em justiça o tempo todo. Procurava mostrar à mãe que a posse do dinheiro não conferia a ninguém o direito de humilhar os menos favorecidos. No lugar onde morava, a jovem fazia parte de um grupo de líderes comunitários. Participava ativamente de movimentos para melhorar as condições do local, aumentar a autoestima dos moradores e estimular a autoajuda entre todos. Não admitia a ideia de que a fome pudesse ser a única companhia possível à hora das refeições de muitas famílias. Dedicava algumas horas de seus fins de semana para caminhar pela comunidade: conversava com os vizinhos, procurava descobrir crianças não matriculadas em escolas, buscava o apoio dos comerciantes das redondezas para a doação de alimentos às famílias em situação de miséria, recortava anúncios de empregos dos jornais e colocava-os num mural da padaria. No íntimo, Melissa sabia que as ações realizadas eram apenas paliativas e momentâneas, mas não hesitava em pôr suas ideias em prática.

Sônia escutou a campainha tocar e correu para a porta. Queria evitar um confronto entre Marlene e a filha. Chegou ofegante ao portão da casa e a filha estranhou.

— Oi, mãe! Que correria é essa? Saudade? — perguntou brincando.

Sônia abriu o portão e abraçou a filha demoradamente. Melissa sentiu que o coração da mãe batia descompassadamente.

— É... Sinto saudades de você, minha filha.

— Então, posso entrar só um pouquinho ou a senhora vai me deixar aqui torrando no sol?

Sônia deu o braço à filha e trancou o portão.

— Vamos, Mel — falou Sônia de forma carinhosa. Só não faça barulho. Dona Marlene e Luiz Cláudio estão descansando.

Melissa compreendeu a mensagem existente naquele pedido. Havia convivido pouco tempo com Luiz Cláudio e Marlene, e as recordações guardadas sobre a patroa da mãe não eram das melhores. Muitas vezes, quando criança, fora tratada de forma rude por Marlene. O olhar superior, as palavras e os gestos grosseiros eram memória viva para ela.

— Pode ficar tranquila, mãe. Não vou demorar. Só não quero que a senhora passe por humilhações. Já conversamos sobre isso. Eu trabalho e a senhora pode conseguir emprego em outro lugar.

Sônia silenciou sobre as observações da filha. Levou-a para o quarto, deu-lhe água e sentou-se com ela na cama. Melissa fez um coque com os longos cabelos. De uma pasta, retirou as contas a serem pagas e entregou-as para Sônia, que suspirou aliviada.

— Este mês vou conseguir pagar todas essas contas. Dona Marlene vai me adiantar a metade do salário e descontar aos poucos, por mês. Ela é geniosa, mas tem um bom coração.

Melissa olhou a mãe com admiração.

— Isso não é ter bom coração, mãe. A senhora trabalha e ela só vai adiantar seu salário. Mãe, um dia vou compensar a senhora por todo esse sacrifício.

— Essa é minha obrigação. E quem disse que trabalho é sacrifício? Trabalho não é sacrifício não, Mel. Trabalhar faz bem, filha. O dinheiro que chega por meio do trabalho é abençoado! E o que a vida me ensinou a fazer foi isto: limpar, cozinhar, cuidar. Gosto do que faço e faço com prazer!

— Eu sei. Mas vou compensá-la, tudo bem?

As duas se abraçaram e Melissa levantou-se para ir embora. Ainda iria para o curso. Prestaria vestibular e sabia que tinha apenas uma chance de estudar: sendo aprovada para uma universidade pública. De outra forma, o sonho de tornar-se defensora pública iria por água abaixo.

As duas estavam no portão se despedindo, quando Sônia ouviu o barulho da porta da sala sendo destrancada. Estremeceu com receio de ser Marlene. Melissa, de frente para a entrada da casa, sorriu em direção à porta. Sônia virou-se e entendeu o motivo do sorriso: Luiz Cláudio.

— Ô, Soninha! Dormi pra caramba. Esta é Melissa mesmo ou ainda estou alucinado? — falou rindo.

— É Melissa sim, Luizinho. Mas ela já está indo embora. E fala baixo que sua avó está descansando!

Luiz Cláudio desceu as escadas e se enroscou no pescoço de Sônia.

— Soninha, Melissa está linda! Ela parece com você.

Melissa estendeu a mão para Luiz Cláudio.

— Olha, Luiz, minha mãe fala tanto de você que eu estou ficando com ciúmes. Como você está?

Luiz Cláudio ficou parado, olhando fixamente para Melissa. "Como ela é linda!", pensou.

Sônia interrompeu os pensamentos do rapaz.

— Ei, Luizinho, acorda! Está aonde com essa cabeça?

Luiz sorriu sem graça, mas não se intimidou.

— É porque sua filha é linda demais. Quando era menor, era magrela e feia, mas agora... nossa! Muito linda!

Sônia riu da brincadeira do rapaz. Os remédios haviam surtido efeito, e ele estava novamente equilibrado.

— Toma vergonha, Luizinho. Olha esse olho comprido pra minha filha!

— Liga não, Melissa! Sua mãe está com ciúmes. Eu estou bem e você?

Melissa também observou o rosto angelical de Luiz. Ele estava bem magro, contudo, tinha um olhar diferente.

— É, Luiz, minha mãe é bem ciumenta e viaja de vez em quando! Tenho que ir, senão chego atrasada no curso e perco matéria. A gente se fala outro dia. Tchau, mãe. Fica com Deus. Qualquer coisa, me liga.

Luiz Cláudio, abraçado a Sônia, olhou Melissa se afastar. Quando a jovem dobrou a esquina, os dois entraram. Encontraram Marlene sentada na cozinha com o semblante pesado. Sônia ficou temerosa de que a patroa pudesse alterar a tranquilidade de Luiz Cláudio.

Marlene dirigiu-se a Sônia de forma ríspida:

— Sua filha demorou muito aqui? Ela entrou?

Luiz Cláudio percebeu a contrariedade nas palavras da avó. Conhecia bem aquele jeito. Embora tivesse se envolvido de forma catastrófica com as drogas, sabia que Marlene era uma pessoa muito difícil. Tinha algumas lembranças da infância, embora houvesse perdido os pais muito criança. Lembrava com clareza as brigas entre ela e o pai. Marlene era controladora, não admitia que Amaro desse nenhum palpite em relação à casa. Quando o pai chegava do trabalho e tentava pegá-lo no colo, a avó quase sempre o impedia, mandando-o tomar banho primeiro. A mãe era submissa e silenciosa, quando presenciava tais cenas ou quando ouvia os relatos do marido. O resultado, quase sempre, eram brigas ruidosas entre o casal. Nesses momentos, Marlene chorava, colocava-o no colo e desandava a falar mal de Amaro: "Seu pai não presta, Luizinho! Só sua mãe não enxerga isso!".

O jovem sacudiu a cabeça numa tentativa de livrar-se de tantas recordações ruins. E tinha certeza de que não seria submisso como a mãe. Não permitiria que a avó maltratasse Sônia.

— Vó, por que tanto mau humor? A Sônia não tem culpa do trabalho que dei hoje!

Marlene olhou surpresa para o neto. Ele se parecia bastante com Amaro em alguns momentos. Tentou desconversar.

— Não falei nada de mais, Luizinho. Só perguntei se Melissa havia entrado e se havia demorado. Só isso, Luizinho.

Sônia resolveu interferir para não tornar o dia ainda mais difícil.

— A janta já está pronta. Você deve estar com fome, não está, Luizinho? Vá tomar um banho enquanto esquento a comida. Vá, menino! Você precisa engordar um pouco senão vão dizer por aí que minha comida é ruim!

Luiz deu um beijo estalado no rosto de Sônia e encaminhou-se para o banheiro. Assim que o neto saiu, Marlene disparou contra Sônia:

— Ouvi a voz de sua filha. Eu disse a você que não a queria por aqui, não disse? Você não acha que já tenho problemas demais? Já não basta eu ter de conviver com a arrogância do doutor Arthur, ainda vou ter de aturar você desobedecendo minhas ordens?

Sônia permaneceu em silêncio. Não iria entrar em sintonia com o estado emocional de Marlene. Embora não professasse nenhuma crença, não fizesse parte de nenhuma religião, aprendera com a vida a bloquear emoções de outras pessoas e a não se contaminar por elas. Eram bem claras as intenções da patroa: descontrolar Sônia para retomar o próprio controle. Muitas pessoas emocionalmente doentes agem dessa forma: buscam trocar energias, transmitindo ao outro os sentimentos contraditórios que experimentam. Esse é um comportamento bastante frequente e só o exercício diário de autoconhecimento e do conhecimento do próximo podem evitar ou bloquear essa troca. Sônia, intuitivamente, sabia como fazer isso. Morava em um lugar muito pobre e, quando tinha contato com o sofrimento de vizinhos, procurava ajudar sem assumir como seu esse sofrimento.

Luiz Cláudio chegou à cozinha de banho tomado e cuidadosamente vestido. Percebeu de imediato a mudança no comportamento da avó.

— Vamos, Luizinho. Sinta só o cheiro desta lasanha. Sônia hoje caprichou.

A empregada serviu o jantar e acompanhou a conversação alegre entre a avó e o neto. Por um momento, pensou estar diante de duas pessoas completamente diferentes das que vira pela manhã. Sabia ser o comportamento de Luiz resultado do vício e da abstinência das drogas. Mas e Marlene? Por que razão a patroa alterava tanto o humor? Não era apenas para disfarçar. Marlene não era o tipo de pessoa que disfarçasse sentimentos para poupar ninguém. Mascarava algumas situações com a clara finalidade de livrar-se de comentários e fofocas, mas não conseguia disfarçar os próprios sentimentos com tanta facilidade. Havia algo de diferente no comportamento de Marlene e ela percebia isso.

Marlene levantou-se da mesa e encaminhou-se para a sala, chamando pelo neto. Luiz Cláudio permaneceu na cozinha observando a agilidade de Sônia. Pensou em Melissa e começou a puxar assunto.

— Sônia, Melissa estuda muito?

— Ela trabalha e estuda, Luizinho. Filho de pobre não tem muita opção não — respondeu Sônia.

Luiz Cláudio sentiu uma ponta de constrangimento pelo envolvimento com a marginalidade. Sempre viveu confortavelmente, nunca havia passado por nenhum tipo de privação. Tudo lhe era dado antes mesmo que a vontade de obter ou ganhar algo se fizesse presente. Sentiu-se envergonhado com a resposta de Sônia.

— É, Sônia... Às vezes, me acho um ingrato com a vida e com as pessoas. Olha só: tive tudo sempre ao alcance de minhas mãos e da minha vontade. Bons colégios, boas roupas, boa casa e comida à vontade. Você sempre precisou trabalhar, e sua filha também já trabalha para conseguir estudar. Melissa aproveitou o pouco que teve, e eu desperdicei o muito que me foi dado. A vida é esquisita, Soninha...

Sônia arrependeu-se do comentário feito sobre Melissa. Não teve a intenção de compará-la ao rapaz.

— Cada um é cada um, Luizinho. Você tem as suas razões, e Melissa as dela. Ela não é nem melhor e nem pior que você. Como vocês dizem por aí: cada um na sua. Cada um vive as experiências necessárias. Se fosse assim, não existiriam pobres envolvidos com drogas, você não acha?

Luiz Cláudio concordou com Sônia. Nas ruas, convivera com diferentes tipos de dependentes de drogas. Gente com endereço fixo, casa, comida e coração vazio; outros com a alma esvaziada pela fome, pela miséria, pela falta de oportunidade. Havia os dois lados da moeda, mas os dois eram absolutamente iguais e obscuros. E ele não sabia compreender nenhum dos lados.

Sônia terminou seus afazeres na cozinha, e Luiz Cláudio foi ao encontro da avó. Deitou-se no sofá e recostou a cabeça no colo de Marlene. Amava-a verdadeiramente, e a ideia de perdê-la ou lhe causar sofrimento, oprimiu-lhe o peito.

— Vó, me promete uma coisa?

Marlene afagou a cabeça do neto e respondeu afirmativamente:

— O que você quiser, meu filho.

Luiz olhou para ela com ternura.

— Nunca me deixe, vó. Por favor, nunca me deixe.

Marlene beijou-lhe a testa e respondeu carinhosamente.

— Nunca vou deixar você, meu filho. Nunca...

***

A noite transcorreu sem aparentes transtornos para Marlene e Luiz Cláudio. Durante o sono dos dois, Maria Antônia, Benedito e Felipe se fizeram presentes na casa.

Sônia dormia com tranquilidade e seu espírito libertava-se facilmente para aprender. Quase sempre, reunia-se com o espírito de Melissa e, nesses encontros, fortaleciam os laços de afinidade e estabeleciam objetivos para alcançar o crescimento. Durante muitas encarnações, alternaram os papéis de mãe e filha. O desejo de proteger uma a outra era grande, embora já tivessem conquistado o conhecimento pleno de que a liberdade sempre deveria ser a única aliança entre elas em direção ao progresso. A atuação das duas na vida de Luiz Cláudio e Marlene não era obra do acaso. Os laços que as uniam àquela pequena família eram muito fortes e, juntas, projetadas fora do corpo material, reafirmavam compromissos estabelecidos antes de reencarnarem.

— Minha amiga, minha irmã, minha filha! Não podemos desistir de nosso trabalho com Luiz Cláudio e Marlene! — falou Sônia.

Melissa tocou-lhe as mãos delicadamente.

— Claro que não vamos desistir. Desta vez será diferente. Desta vez, vamos conseguir vencer os obstáculos que não quisemos transpor em função do orgulho e da vaidade. Temo apenas por Marlene: ela permanece estacionada em crenças assimiladas pelo sofrimento de vidas pretéritas. Ainda tenta manter sob controle a própria vida e a dos que a cercam. Mas vamos continuar firmes e contamos também com o auxílio de Arthur e Silvana.

Benedito, Maria Antônia e Felipe juntaram-se às duas, cumprimentando-as.

— Mais um dia de aprendizado, não é mesmo, minhas queridas? — falou Benedito sorrindo.

Sônia e Melissa saudaram os dois com felicidade. Sabiam da importância do trabalho realizado por Maria Antônia e Benedito na evolução do grupo ora encarnado.

— Pois bem — falou Benedito —, hoje trouxemos mais um companheiro. Um trabalhador voluntário na recuperação de jovens envolvidos com drogas. Ele está disposto a trabalhar na recuperação espiritual desses jovens, para que a libertação do vício ocorra simultaneamente na matéria. Venha, Felipe! Gostaria que você mesmo discorresse sobre suas tarefas. Ele tem uma proposta para as duas.

Felipe colocou-se ao lado de Sônia e Melissa. Cumprimentou-as com o olhar e fez um convite.

— Que as boas energias nos conduzam, irmãs! Hoje, gostaria que vocês conhecessem um pouco do submundo relacionado às drogas atuais. As trevas residem nesse submundo e, embora o que irão presenciar não seja muito agradável, o conhecimento adquirido nesta experiência auxiliará bastante no planejamento da ajuda ofertada espontaneamente a Luiz Cláudio. Aceitam?

Sônia e Melissa concordaram, e Felipe as conduziu ao astral, onde se encontravam muitos espíritos encarcerados e enlouquecidos. O lugar era escuro, úmido e abafado. Um cheiro fétido tomava conta de todo o ambiente. Em algumas celas havia centenas de espíritos deformados pelo contato constante com os alucinógenos. Uns, apáticos, não expressavam nenhuma reação. Outros, gritavam, ansiando por retornar à dimensão terrestre com a finalidade de aproveitar o contato com drogados e sorver-lhes os eflúvios do álcool e de outras drogas.

Sônia, Melissa e Felipe não eram vistos por esses espíritos devido à constituição perispiritual diferenciada.

Atendendo às ordens do chefe do local, um grupo de espíritos foi liberado para aproxima-se dos encarnados, e foi acompanhado pelos três. Não foi com surpresa que eles se depararam com a agonia experimentada por aqueles espíritos junto a encarnados em condições similares, acomodados em uma via pública da cidade. Vários cachimbos de *crack* eram alternadamente acesos e passavam de mão em mão. Os espíritos ali presentes sorviam com sofreguidão a substância espalhada pela fumaça saída dos cachimbos. Crianças, jovens, mulheres e homens de diferentes idades e maltrapilhos brigaram, quando a última pedra de *crack* foi queimada. Um homem recolheu os cachimbos e ordenou a dois meninos franzinos e sujos que conseguissem mais dinheiro para comprar a droga. As crianças saíram em disparada, buscando com o olhar uma vítima desatenta. Em um ponto de ônibus, uma jovem falava ao celular. Os dois se encaminharam na direção da moça e empurraram-na, tomando-lhe o telefone e a bolsa. Com o efeito da droga no organismo, não sentiam nem medo e nem cansaço.

Correram em disparada, atravessando, destemidos, as pistas da avenida principal da cidade. Entregaram o que haviam conseguido ao responsável pelo grupo. O celular e o dinheiro que estavam na bolsa roubada foram imediatamente levados a um rapaz, que aguardava em uma moto. Mais pedras de *crack* foram entregues ao homem, e ele redistribuiu os cachimbos. O torpor, a loucura e a desordem psíquica voltaram a tomar conta do grupo de encarnados e desencarnados. O que Sônia e Melissa presenciaram a seguir foram cenas de orgia desmedida. Uma jovem grávida puxou um estilete enferrujado de uma sacola desbotada e ameaçou um menino: "A pedra é minha! Ou passa pra cá ou te furo, desgraçado!". O garoto riu descontrolado, fumou o cachimbo e inspirou a fumaça. A jovem grávida atacou-o, cortando-lhe no rosto. O menino saiu em disparada com o rosto sangrando, o cachimbo na mão e atravessou a movimentada via sem a preocupação de desviar dos veículos, abrigando-se sob um viaduto. Um carro com os vidros fechados e escuros diminuiu a velocidade. O motorista abaixou o vidro, apontou uma pistola na direção do menino e disparou a arma. O tiro acertou a fronte do pequeno e o corpo sem vida ficou estendido no chão até a chegada da polícia e de uma ambulância. Do outro lado do viaduto, pessoas transitavam sem se importarem com a cena violenta. Algumas pessoas comemoravam a morte do pequeno:

— Menos um para roubar! — gritou um homem de meia-idade.

— Deveriam exterminar essas pragas! — sentenciou outro.

A cidade já se acostumara àqueles acontecimentos.

Um profundo pesar nos olhos de Melissa e Sônia foi notado por Felipe.

— Observem como nossos infelizes irmãos se comportam diante da ação desta droga. Tornam-se zumbis vivos.

Melissa, consternada e indignada, olhou para Felipe.

— Na verdade, ninguém se importa com eles. A sociedade também está viciada, Felipe. Viciada em não enxergar, em não se importar com o que acontece. O povo acabou se acostumando com tudo isso. Esse menino que acabou de desencarnar: quem se importa com ele de verdade? Os jornais vão publicar uma pequena nota, e o assassino assume a postura de herói, livrando a cidade de mais transtornos. De que forma vamos nos transformar no "coração do mundo"? Estamos com a mente anestesiada e o coração amedrontado.

Felipe sorriu para Melissa.

— O que nos cabe fazer, vamos fazer. Para que se limpe um rio, é necessário remexer o fundo. A lama vem à tona, a água se torna turva, temporariamente, para depois se apresentar na sua verdadeira essência: límpida e translúcida. Assim é a sociedade brasileira no momento. O fundo do rio está sendo limpo, gradativamente, mas a sujeira está aos olhos de todos. Aos poucos, o trabalho vem sendo feito.

Arthur e Silvana, devidamente amparados por Lucio e Benedito, juntaram-se ao grupo, cumprimentando a todos.

— Estamos aqui também para aprender — disse Arthur, dirigindo-se a Sônia e Melissa.

— Ninguém pode auxiliar, quando desconhece um determinado problema. Muitos médicos não alcançam o êxito no tratamento com drogados ou dementados porque têm posse apenas do conhecimento acadêmico e, nesses casos, apenas o conhecimento teórico torna-se bastante limitado. Observem aqueles dois meninos: são duas crianças ainda, mas tiveram a infância violada pela miséria absoluta. Os próprios pais introduziram os dois no mundo das drogas. A jovem grávida divide a própria agonia com o filho que abriga no ventre. Observem também como estão ligados energeticamente aos espíritos que lhes sorvem as substâncias tóxicas do *crack* — completou Benedito.

Silvana direcionou um olhar de extrema compaixão ao grupo. Sônia e Melissa aproximaram-se dela e de Arthur.

— Nada podemos fazer, Benedito? Não acho correto entregá-los à própria sorte e deixá-los sucumbir a tudo isso — desabafou Silvana.

Benedito olhou para a médium com a qual trabalhava e buscou elucidar a questão.

— Meus amigos, todas as drogas são perniciosas e prejudiciais não só para o presente, mas também para o futuro de toda a sociedade. Tentem, entretanto, compreender que, tanto na vida espiritual quanto no cárcere da vida material, cada um vive as experiências necessárias à própria libertação. Quase todas essas pessoas trouxeram a memória do vício de outras encarnações, assim como ocorre com Luiz Cláudio. Submeteram-se a esta prova para vencê-la, mas não conquistaram o êxito pretendido. Não os entregamos à sorte. A sociedade sofrerá tantas sequelas em relação às drogas que, muitas medidas preventivas e ações mais incisivas começarão a ser tomadas em breve. O que nos cabe neste momento é compreender a origem e as consequências desse problema. Cada época de uma sociedade é marcada por um determinado tipo de chaga. A dor extrema aliada ao descaso já disseminou muito sofrimento por todo o planeta. As fogueiras da Inquisição, a escravatura, os campos de concentração nazistas, as bombas nucleares e as inúmeras outras tragédias sociais promovidas pela ignorância e pela sede de poder e dinheiro. A droga é a escravidão do mundo moderno ocidental. O ópio já devastou, num passado recente, sociedades orientais. Quebrar as correntes e algemas que aprisionam o homem nos próprios sentimentos não é uma tarefa muito fácil. Mas a lei do progresso é imutável: ela age a cada segundo sobre a vida de todos nós. Não será diferente em relação às drogas. Todos, em dado momento, tomarão a consciência de que a autodestruição por meio dos entorpecentes é o mais terrível dos suicídios. Cada ser é responsável por sua própria evolução. Vamos retornar: Maria Antônia está à nossa espera, velando o sono de Marlene. Hoje, vocês observaram e sentiram o que Luiz Cláudio viveu no contato com este mundo. Isso será valioso para o propósito abraçado por todos.

 Em questão de segundos, estavam de volta. Arthur, Silvana, Sônia e Melissa foram devidamente reconduzidos ao corpo físico. Benedito, Lucio, Felipe e Maria Antônia permaneceram por mais algum tempo na casa de Marlene. Lucio observou indícios de uma desorganização mental na avó de Luiz Cláudio.

— Ela precisará muito da ajuda de Sônia. Não consegue mais equilibrar emoções e sentimentos. As alternâncias de humor e a necessidade de camuflar a própria realidade são sinais de que está se desorganizando mentalmente.

 Maria Antônia completou a observação feita por Lucio:

— O pensamento desordenado e os sentimentos contraditórios estão deixando Marlene cada vez mais próxima da demência. Tenho esperança de que a convivência com Sônia e a vontade de recuperar o neto, ao menos, paralisem este processo.

Benedito colocou a mão sobre os ombros de Maria Antônia:

— Isso dependerá apenas dela, minha querida. Poderemos auxiliá-la, como fazemos com Luiz Cláudio. Só não podemos interferir. Podemos inspirá-la com pensamentos saudáveis, mas não podemos obrigá-la a aceitá-los e a colocá-los em prática.

— Sei disso, Benedito. Aprendi isso com muita dificuldade.

— Então, minha querida Maria Antônia, é preciso ir. Os espíritos protetores de uma família podem tentar auxiliar o grupo que protegem, mas não podem interferir de maneira alguma. Fazer isso é esgotar as próprias energias, é invadir a vida alheia como fazem os viciados em fofocas. Ninguém pode invadir a vida de ninguém. Pais não podem impedir os filhos de viverem as dores consequentes de suas ações. Ninguém pode colocar correntes na mente de outras pessoas: isso equivale a um sequestro espiritual. Se alguém semeia batatas, não colherá morangos. Vamos, Maria Antônia! O nosso mundo, por enquanto, é o espiritual!

— Você está certo, Benedito. Por enquanto, nosso mundo ainda está na dimensão espiritual!

CAPÍTULO 9

  Sônia enxugou as mãos numa toalha de prato. Estava visivelmente nervosa com a tempestade de verão. Marlene aproximou-se da cozinha e reclamou pela demora do jantar.
  — Sônia, já passa das sete horas, e você ainda não serviu o jantar.
  — Desculpe-me, dona Marlene. Fico nervosa com a chuva.
  Luiz Cláudio chegou no exato momento em que a avó esbravejava.
  — Você não ganha para ficar nervosa com chuva nenhuma, Sônia! Faça seu serviço!
  Luiz Cláudio aproximou-se e colocou-se à frente de Sônia, querendo protegê-la.
  — É um direito dela ficar nervosa com essa chuva toda, vó! A senhora sabe que esses temporais fazem estragos por aí!
  — O que eu sei é que estamos protegidos de qualquer estrago, Luizinho. Ela precisa terminar a janta! Isso é palhaçada! Vamos, Sônia! Pare com isso!
  Sônia tremia a cada estrondo produzido pelos trovões e se encolhia à medida em que a chuva aumentava. Luiz Cláudio tentava em vão acalmá-la.
  — Calma, Soninha. Estou aqui do seu lado. Fica calma, por favor. Por que você está tão nervosa assim?
  Com a voz entrecortada por soluços, Sônia apenas balbuciou.
  — Tenho pavor dessas chuvas. Pavor!

Luiz Cláudio dirigiu-se à avó com autoridade.

— Se a senhora quiser jantar, vá para o fogão. Vou levar a Soninha para o quarto.

Sônia se deixou conduzir por Luiz Cláudio, deixando Marlene boquiaberta na cozinha.

— Era só o que me faltava! — gritou arremessando uma panela que estava sobre a mesa.

No quarto, protegida pelo abraço de Luiz Cláudio, Sônia começou a chorar baixinho. O rapaz enxugava-lhe as lágrimas carinhosamente.

— Calma, minha Soninha. A chuva já vai passar. É só um temporal de verão.

Sônia beijou as mãos do garoto e procurou ganhar coragem.

— Eu sei, Luizinho. Não tenho medo da chuva. Tenho é pavor das consequências desses temporais na cidade. Minha casa fica bem próxima a um rio. Se ele transbordar, leva tudo.

Luiz Cláudio compreendeu a fragilidade do momento. Recordou-se de todas as vezes em que estava na rua e via seu saco com pedaços de papelão e jornais, que usava como cama, ser levado pela água. Tentou animá-la.

— Nada disso vai acontecer. Vamos ligar para a Melissa. Vou pedir que ela venha para cá ficar com você.

— Não, Luiz Cláudio. Dona Marlene não quer Melissa aqui. E a esta hora, ela deve estar no curso. Mais tarde, eu ligo.

A chuva foi diminuindo até cessar por completo. O ar abafado, entretanto, anunciava mais temporal. Marlene abriu com violência a porta do quarto.

— A chuva já passou, madame! Dá para fazer a janta agora?

Luiz Cláudio já ia responder, quando Sônia sinalizou para ele com os olhos. O rapaz abaixou a cabeça e saiu do quarto.

"Como ela pode ser tão desumana com os outros e tão boa comigo?", interrogou-se.

Sônia encaminhou-se para a cozinha e iniciou o preparo do jantar. Marlene, aproveitando que Luiz Cláudio estava na sala vendo tevê, aproximou-se de Sônia e sussurrou com raiva:

— Nunca mais coloque meu neto contra mim, ouviu? Aqui, mando eu. Eu pago e você trabalha. É assim que as coisas funcionam

109

na minha casa. Se quiser, muito bem. Se não quiser, rua! Empregada é o que mais se tem por aí! Você não fará falta!

Sônia engoliu em seco e procurou se livrar do contato próximo estabelecido por Marlene de forma ameaçadora.

— Com licença, dona Marlene. Preciso apanhar os temperos que estão no armário.

Marlene colocou-se de lado para que ela passasse e completou:

— Nem uma palavra com o meu neto sobre essa nossa conversa, ou...

Sônia completou:

— Ou eu serei demitida. Já entendi, dona Marlene. Já entendi. Agora, me deixe fazer a janta em paz.

Marlene esboçou um sorriso irônico e chamou pelo neto.

— Venha, Luizinho. Vamos fazer companhia a Sônia enquanto ela faz nosso jantar.

Sônia sacudiu a cabeça e riu: "Não vou entrar nesse jogo dela. Ela quer me deixar transtornada, mas não vai não."

Luiz Cláudio chegou à cozinha coçando a cabeça. Marlene era um enigma para ele. Ela feria com crueldade, para logo depois assumir um comportamento generoso. Os três permaneceram conversando até o momento em que Sônia ouviu o celular tocar no quarto.

— Me dá licença, dona Marlene. Deve ser minha filha. Já venho servir vocês.

Marlene tentou controlar a contrariedade. Não queria que Luiz Cláudio encontrasse motivos para brigar com ela e ficar a favor de Sônia novamente.

Sônia retornou pálida para a cozinha. Os olhos estavam novamente marejados de lágrimas. Marlene impacientou-se, apertando as mãos.

— O que aconteceu agora, Sônia? A chuva já passou!

— A chuva passou, mas fez um estrago grande na minha casa e na dos meus vizinhos, dona Marlene. Melissa acabou de me falar. O rio transbordou e levou tudo. O que não levou, estragou com a lama.

Luiz Cláudio compadeceu-se, enquanto Marlene permanecia com o semblante inalterado. Intimamente, avaliava as possibilidades de ter sua rotina alterada.

— E Melissa, como está, Sônia? — Luiz Cláudio perguntou apreensivo.

— Está lá, tentando ver o que nos sobrou, Luizinho.

— Mas não é perigoso a Melissa ficar lá sozinha?

— Perigoso é, mas não posso fazer muita coisa não. Ela me pediu para não ir. O bairro está sem luz.

— E onde ela vai ficar, Sônia?

— Na Associação de Moradores, Luizinho. É para lá que todos estão indo. Amanhã, logo cedo, vou para casa e aí vou saber o que realmente aconteceu.

***

Sônia acordou cedo, arrumou a mesa para o café da manhã, abriu a porta do quarto de Luiz Cláudio e balbuciou antes de sair:

— Volto logo, meu menino. Fique bem!

***

Assim que Sônia chegou próximo à comunidade onde morava, foi avisada pelo dono de um pequeno bar:

— Dona, tá cheio de lama lá adiante. A chuva veio arrastando tudo. Não dá pra senhora passar não.

Sônia segurou a bolsa que carregava a tiracolo com força e agradeceu a informação.

— Obrigada, mas preciso ir. Minha casa fica perto do rio.

O homem jogou um pano de prato sujo sobre o ombro e ajeitou uma mecha de cabelo resistente à calvície.

— Sinto muito, dona. Sinto muito.

Sônia tirou os sapatos para conseguir caminhar em meio ao lamaçal. O coração ficava apertado a cada passo: casas destruídas, utensílios domésticos espalhados nas ruelas, gente chorando. Uma vizinha apertava contra o peito o corpo inerte do pequeno filho, repetindo entre lágrimas:

— Ele não morreu... Ele não morreu... Acorde, meu filhinho! Acorde!

Ao chegar em frente à própria casa, Sônia estancou o passo. Metade do telhado estava no chão e da parte dos fundos, onde

111

ficava o quarto de Melissa, viam-se apenas escombros imprensados por uma enorme pedra. Secou com as costas da mão uma lágrima.

— Preciso ser forte. Já reconstruí minha vida tantas vezes. Sei como fazer isso de novo.

A casa estava isolada pela Defesa Civil, e Sônia decidiu ir ao encontro da filha na associação. Deu dois passos para trás, ergueu a cabeça e seguiu adiante. Encontrou Melissa organizando os moradores que chegavam, entregando sacolas com pão e garrafas de água mineral. Melissa viu a mãe aproximar-se.

— Mãe, por que veio? Não adianta ficar por aqui. Já tirei nossos documentos da casa com o auxílio de um bombeiro.

Sônia abraçou a filha demoradamente. Melissa segurou a mãe pelos braços com firmeza.

— Não vamos nos abalar, OK? Já vencemos tantas coisas, mãe! Não desanime, por favor!

— Não vou desanimar, Mel. Mas não consigo enxergar esta tragédia toda com frieza. Me dói ver nossas pequenas conquistas serem destruídas e virarem pó, minha filha.

Melissa afagou a cabeça da mãe com ternura.

— Mãe, já viu quanta gente se encontra nessa mesma situação? Não somos as únicas, mãe. Pelas notícias que chegaram até aqui, tem gente que, além de perder a casa, perdeu pessoas da família e amigos também.

— Eu sei, Mel. Eu sei. Mas eu sinto a dor que dói em mim. Me compadeço pela dor dos que me cercam, mas é a minha dor que bate mais forte, entendeu?

— Eu entendo... E como entendo! Agora, se não posso fazer nada para tirar aquele pedregulho que derrubou nossa casa, pelo menos organizo as coisas por aqui. Não faço isso apenas pelos outros, mãe. Faço por mim também. É por aqui que vou ficar até conseguirmos outro lugar.

Sônia reagiu de imediato. Sabia dos riscos que a filha corria. Muitas pessoas procuravam abrigo na associação por terem perdido a casa. Havia, entretanto, pequenos grupos dispostos a se aproveitarem da situação provocada pela calamidade. Infiltravam-se para roubar e disseminar a desordem.

— Nada disso, Melissa! Vou falar com dona Marlene. Ela vai ter de aceitar você lá por uns tempos.

— A senhora sabe que ela não vai me aceitar, mãe. E eu não quero nenhum tipo de favor ou piedade. Minha vida é por aqui mesmo. Pelo menos por enquanto.

Sônia passou o resto do dia auxiliando a filha na organização dos moradores. Uma assistente social da prefeitura procurou por Melissa e entregou-lhe uma pilha de fichas que deveriam ser preenchidas pelos desabrigados. Melissa apanhou o envelope e entregou à mulher outro.

— Já estão aqui todos os dados de que a senhora precisa. Improvisei essas fichas com o nome dos desabrigados e o número dos documentos daqueles que os têm. Algumas pessoas aqui nem sequer têm registro de nascimento.

— Você é boa nisso, menina! — exclamou a assistente social.

Melissa riu e assentiu envaidecida.

— Eu sei!

A noite chegou abafada, anunciando mais chuva. Apenas dois banheiros estavam disponíveis para o uso dos desabrigados, e um cheiro fétido começou a tomar conta do ambiente. Sônia se mantinha em silêncio, certa, entretanto, de que não permitiria a permanência da filha ali por muito tempo. Uma ventania deixou algumas crianças agitadas, e novo temporal caiu em seguida. Um grupo de homens passou carregando garrafas de cachaça, e Melissa os abordou.

— Por favor, peço que não bebam aqui. Há muitas crianças e muitos idosos. Não podemos pedir auxílio ao governo e espalhar garrafas de bebida por aí.

Os três homens pararam em frente a Melissa e olharam para ela de forma maliciosa. O que aparentava ter mais idade, visivelmente embriagado, passou a mão no rosto da jovem e apertou-lhe o queixo.

— Olhem só! Acho que já temos diversão para a noite. Essa daqui é bem interessante e novinha!

Melissa procurou manter-se calma e empurrou a mão do homem.

— Acho melhor vocês saírem daqui. Não me recordo de ter cadastrado nenhum de vocês! Vão embora!

O grupo cercou a jovem e conduziu-a à força para o lado de fora da associação. Melissa se pôs a gritar por socorro, mas foi impedida por um deles.

— Seja boazinha, menina. Depois você ganhará um presentinho!

Sônia estava quase pegando no sono, quando ouviu os gritos da filha. Levantou-se da cadeira na qual estava recostada e saiu à procura de Melissa.

— Melissa! Melissa! Onde você está? — perguntava em desespero.

Sônia saiu do prédio da associação e ouviu as gargalhadas do grupo. Apanhou uma pá que havia sido utilizada para a retirada da lama pela manhã e fora esquecida encostada a uma parede. Dirigiu-se silenciosamente até o local onde ouvira os gritos da filha. Ao se deparar com os três homens tentando violentar Melissa, não hesitou: desferiu golpes violentos na cabeça dos três. O mais velho caiu desmaiado, e os outros dois saíram correndo, gritando ameaças.

— Velha nojenta! Nós vamos voltar e agarrar essa bezerrinha aí!

Melissa sentou-se no chão. Estava suja de lama, trêmula e chorando muito.

— Mãe, se a senhora não chegasse a tempo, não sei o que seria de mim.

Sônia abraçou a filha.

— Assim que amanhecer, sairemos daqui. Vamos lá para dentro. É mais seguro. Vou ligar para a polícia e pedir segurança para a associação. Tenho medo de que esses canalhas voltem!

As duas entraram abraçadas na sede. Sônia levou Melissa até um dos banheiros, e a jovem lavou os braços e o rosto. No espelho, um arranhão na altura da sobrancelha esquerda deixava escorrer gotículas de sangue. Sônia olhou para a filha com a firmeza e o carinho habituais.

— Onde encontro material para um curativo, Melissa? Precisamos passar algo nesse arranhão. Isso pode inflamar.

Melissa apontou para uma caixa sobre a bancada da pia.

— Mãe, senti medo pela primeira vez em minha vida. Se você não chegasse, não sei o que poderia acontecer comigo.

Sônia colocou o indicador nos lábios e afagou os cabelos da filha.

— Não pense mais nisso. Amanhã sairemos daqui. Darei meu jeito, Melissa.

***

Sônia abriu o portão com firmeza.

— Vamos, Mel. Dona Marlene não morde. Vamos entrar.

Melissa seguiu a mãe contra a própria vontade. Não tinha a intenção de permanecer ali por muito tempo. Luiz Cláudio estava na cozinha tomando o café da manhã e alegrou-se com a chegada de Sônia e Melissa.

— Soninha! Que bom que você chegou e trouxe a Melissa! Passei a noite tendo pesadelos com vocês!

Sônia beijou a testa do menino.

— Nossa noite foi um pesadelo mesmo, Luizinho. Só não sei se meu dia será diferente.

Luiz Cláudio retribuiu o beijo de Sônia e voltou-se para Melissa.

— O que aconteceu com vocês?

A jovem sentou-se desolada ao lado do garoto.

— Tudo, Luiz. Aconteceu tudo que não deveria acontecer. Perdemos nossa casa e um pouco de nossa dignidade também.

Sônia deixou a bolsa no quarto e retornou à cozinha.

— Melissa foi atacada ontem por três cachaceiros, Luizinho. Se não chego a tempo, ela teria sido violentada. E essa teimosa ainda queria ficar por lá.

Luiz Cláudio segurou as mãos de Melissa.

— Nada disso! Você não volta pra lá mesmo! Vai ficar por aqui. Tem espaço de sobra.

— Não posso ficar aqui muito tempo. Não é certo. Dona Marlene não vai gostar dessa história.

Marlene ouviu a conversa entre o neto e Melissa, quando saía do quarto. Enfurecida, parou sob o batente da porta.

— Mas não vou gostar mesmo! Isso aqui não é abrigo, Luiz!

Melissa levantou-se da cadeira e ajeitou os cabelos. Sônia já esperava a reação da patroa e tentou argumentar.

— Melissa foi atacada ontem na Associação de Moradores, dona Marlene. É muito perigoso para ela continuar lá. Não quero minha filha correndo riscos.

— Esse é um problema seu, Sônia! Você não recebe salário para me trazer problemas!

Luiz Cláudio socou a mesa e olhou para Marlene com raiva.

115

— A Melissa vai ficar aqui, vó! Qual foi a parte da história que a senhora não entendeu? Elas estão com a casa interditada, e a Melissa quase foi violentada! Ela vai ficar aqui! Parece que a senhora tem um coração de pedra!

— Luizinho, me respeite, sou sua avó! Se eu for abrigar todo mundo que perde barraco por aí, terei que sair de minha casa. Isto aqui não é abrigo público!

— Pois se a Melissa não pode ficar, eu também não fico, vó!

— Pare com isso, Luiz Cláudio. Dona Marlene tem razão. Essa é a casa dela. Minha mãe apenas trabalha aqui. Tenho uma amiga com quem posso contar.

Luiz Cláudio insistiu.

— Você não precisa procurar outro lugar, Melissa. É aqui que você vai ficar.

Sônia, debruçada sobre a pia, permanecia lavando a louça, sem esboçar nenhuma reação. Silenciosamente, rezava para que a patroa permitisse a permanência de Melissa. Não queria expor a filha a outros perigos e precisava do emprego. Marlene olhou para a jovem com raiva. Não tinha a intenção de contrariar o neto e temia que ele se revoltasse com as atitudes dela. Ergueu a cabeça, num gesto de arrogância, e sentou-se à mesa.

— Pode ficar aqui, Melissa. Luiz Cláudio tem razão. Você não precisa procurar outro lugar. Acordei um pouco nervosa hoje. Estava preocupada com vocês, e Deus sabe disso — dissimulou.

Melissa estranhou a repentina mudança nas atitudes de Marlene, mas sentiu-se, de certa forma, aliviada. Havia mentido sobre a existência de um lugar para ficar e temia retornar à associação depois da tentativa de estupro que sofrera. Mãe e filha perceberam a alegria contida nos olhos e no sorriso de Luiz Cláudio, enquanto ele acariciava e beijava o rosto da avó em agradecimento.

— Muito obrigada, dona Marlene. Minha filha não vai atrapalhar. Ela estuda à noite e trabalha durante o dia.

— Sei disso, Sônia. Você vive fazendo propaganda das proezas de sua filha. Agora vá dar conta de seu serviço que eu tenho mais o que fazer. Quase não dormi a noite passada e preciso descansar um pouco.

— Pode deixar, dona Marlene. Pode deixar.

Marlene saiu em direção ao quarto, e Luiz Cláudio esperou até ouvir o barulho da porta sendo fechada.

— Soninha, viu como tudo se resolveu? Melissa poderá ficar aqui com a gente!

Sônia acariciou a cabeça do rapaz em agradecimento.

— Obrigada, Luizinho. Você fez sua avó mudar de opinião. Mas quero logo resolver o problema da casa. Não podemos abusar da boa vontade de ninguém.

— Sabe, Soninha, às vezes, acho que minha avó não anda bem. Ela é autoritária, grosseira e, de repente, banca a boazinha.

Melissa ajudava a mãe a secar a louça lavada e riu das palavras do rapaz.

— Como é esse negócio de bancar a boazinha, Luiz?

— Simples, Melissa. Minha avó só finge que é boazinha. Na verdade, acho que ela consegue controlar bem os sentimentos dela. Hoje ela fez isso muito bem. Ela conseguiu controlar a vontade de sair gritando e acabou atendendo meu pedido. Mas, sinceramente, não sei se ela fez isso de coração.

— Não fale isso de sua avó, Luizinho. Lembre-se de que ela já tem idade. Cada um tem as suas manias. Ela tem o direito de se sentir incomodada com a presença de muitas pessoas na casa. Ela é geniosa, mas é boa pessoa.

— Não disse que ela é má, Soninha. Eu disse que ela consegue controlar a raiva dela muito bem. Mas não sei se isso é bom ou ruim. Qualquer dia desses, vou perguntar ao doutor Arthur e à doutora Silvana sobre isso.

— Sobre isso o quê, Luizinho? — Sônia perguntou.

O jovem soltou uma gargalhada.

— Sobre o óbvio, Soninha: quem controla a própria raiva quer, na verdade, controlar alguém ou muitas pessoas? Uma pessoa assim consegue deixar de ter raiva ou faz esse sentimento aumentar a ponto de um dia perder totalmente o controle?

Melissa estava surpresa com a percepção do garoto. Já havia conversado algumas vezes com a mãe sobre a relação do rapaz com as drogas, porém, não havia se dado conta do quanto Luiz era encantador.

— São esses os médicos que cuidam de você, Luiz?

— São sim. Junto com a sua mãe, eles procuram me ajudar a sair deste poço em que me enfiei.

— Você vai conseguir. É difícil, mas vai conseguir ter uma vida normal, sem esse fantasma da droga.

— É difícil, Melissa. Um dia de cada vez: é dessa forma que vivo. Às vezes, sinto um vazio muito grande dentro de mim, e a tentação é grande. Eu sei que em qualquer esquina posso encontrar alguma coisa para preencher esse vazio.

— Você não acha que pode preencher esse tal vazio de outra forma?

— De que forma? Não consigo me sentir útil em nada. Não gosto de estudar, não sei fazer absolutamente nada, não tenho a confiança de minha avó e, o pior, também não confio em minha determinação para largar essas porcarias que me dão a sensação de ser diferente.

— Você já experimentou pelo menos fazer alguma coisa para não passar seus dias nessa apatia, Luiz?

O rapaz olhou para Melissa com sinceridade.

— Não tenho coragem para isso. Sei que vou falhar.

— Se você não tentar, não vai saber. Há um monte de coisas que você pode aprender mesmo ficando em casa. Por que não tenta?

Luiz Cláudio sentiu-se desafiado pela pergunta de Melissa.

— Um dia desses, eu tento, Melissa. O dia em que tiver a certeza de que não vou mais decepcionar ninguém, eu tento.

— Comece apenas querendo não desapontar a você mesmo. Já será um bom início. Agora preciso cuidar da minha vida. Vou trabalhar e depois sigo direto para o curso.

Sônia arrumava a louça no armário da cozinha e olhou para a filha com orgulho. Por vezes, não sabia de onde Melissa tirava tanta determinação.

— Você só está se esquecendo de um detalhe, Mel: suas roupas ficaram sob aqueles escombros e essas que você está usando estão sujas.

Melissa olhou para as próprias roupas e começou a rir.

— Eu sei, mãe. A senhora acha mesmo que eu iria sair assim? Vou lá no seu armário dar uma olhada para ver o que consigo fisgar. Uma calça jeans e uma camiseta são suficientes. Consegui salvar pelo menos meus brincos e meu relógio. Sem eles, ficaria difícil sair de casa.

Enquanto Melissa tomava banho, Luiz Cláudio vasculhou as gavetas e voltou com duas camisetas.

— Tome, Sônia. Entregue a Melissa. Ainda não as usei, e são mais modernas que as suas.

Melissa vestiu uma das blusas dadas pelo rapaz, e ele a elogiou.

— Você ficou muito bonita com esta camiseta. Se eu pudesse, se eu já tivesse conquistado a confiança de todos, levaria você até seu trabalho.

A jovem olhou de forma séria para ele.

— Aprenda primeiro a confiar em você, Luiz. A confiança das outras pessoas virá como consequência — disse enquanto passava a mão pelo rosto do rapaz.

Luiz Cláudio acompanhou Melissa até a porta de casa. Com o portão fechado, sentiu o coração disparar, enquanto vislumbrava a silhueta da jovem afastar-se. As árvores balançavam, fazendo o ar quente circular e aumentar a sensação de calor. Pensativo, via percorrerem por sua mente todas as ações a que havia se submetido. Aos 16 anos de idade, se deu conta de que havia perdido tempo demais tentando se destruir. Nunca conseguira ter sentimentos por nenhuma menina. Mantivera contato com outras moças viciadas como ele, mas apenas pela satisfação do contato físico e pela alucinação das drogas.

O perfume de Melissa ficou impregnado no rosto de Luiz Cláudio. Ele olhou para o céu ainda cinzento e suspirou profundamente. "Será que eu consigo?", perguntou a si mesmo.

CAPÍTULO 10

Silvana estava com o filho no colo, quando Carlos chegou. Rafael sempre se agitava com a presença do pai. Carlos olhou para o filho com desdém e cumprimentou Silvana com um beijo no rosto.

— Como vai, meu amor? Este remelento está dando muito trabalho?

— Carlos, por favor, não comece a me provocar.

— Não estou provocando você, Silvana.

— Não gosto que você fale dessa forma com Rafael. Você chega e não se interessa em saber como ele está. Por que, Carlos? Por quê?

Carlos colocou a pasta de couro, que usava para trabalhar, sobre a mesa da sala e suspirou profundamente.

— Será que é tão difícil me entender, Silvana? Rafael nasceu para tirar nosso sossego. Desde que ele chegou, minha vida se transformou num verdadeiro inferno. Você, que era minha grande paixão, se transformou numa mulher fria e cheia de crendices. Temos que trabalhar dobrado para pagar o tratamento dele. E, apesar de gastar muito dinheiro, até agora não vi resultado nenhum.

Rafael saiu do colo de Silvana e sentou-se no chão, distraindo-se com uma bolinha de borracha. Silvana olhou para o marido em súplica.

— Ele é tão pequeno, Carlos. A próxima cirurgia está marcada para daqui a dois meses. Tenho certeza de que tudo dará certo.

Ele passará a se alimentar melhor e eu ficarei mais calma também, Carlos.

Silvana, inconscientemente, culpava-se pelo comportamento agressivo de Carlos. Sabia que o marido se sentia preterido em função da extrema atenção dada ao filho. Depositava, sem querer, esperanças de que a relação com o marido melhorasse com a recuperação total de Rafael. Carlos encaminhou-se para o banho, e Silvana decidiu passar uma noite a sós com o marido. Apanhou o celular e ligou para a mãe.

— Mãe, tudo bem?

Sílvia respondeu animada.

— Como sempre, estou muito bem, Silvana. E vocês? Como está meu netinho?

— Ele está aqui, sentado à minha frente. Não pode me ouvir chamá-la que se anima todo. Posso lhe fazer um pedido?

— Claro, Silvana. O que quer?

— Preciso que fique com o Rafael hoje. Ele pode dormir aí?

Sílvia surpreendeu-se. A filha nunca abria exceções em relação a isso. Só deixava Rafael com ela para trabalhar ou ir ao centro espírita.

— Você fará plantão hoje, Silvana? Não acha que está exagerando no trabalho?

— Não, mãe. Quero ficar a sós com Carlos. Acho que ele se ressente da minha falta de atenção. A senhora me ajuda?

— Claro que sim. Vou trocar de roupa e chamar um táxi. Vou me divertir bastante com Rafael hoje.

Em poucos minutos, Sílvia tocava a campainha na casa de Silvana. Carlos afastou a persiana da sala e esbravejou.

— É isso mesmo, Silvana? Vamos receber visita a esta hora?

Silvana passou com Rafael no colo e reprovou a atitude do marido.

— Você, como sempre, é muito precipitado. Mamãe veio apanhar Rafael. Ele passará a noite com ela.

Rafael se jogou no colo de Sílvia. Os dois transbordavam alegria.

— Vocês se amam de verdade! Olhe a carinha de felicidade dele, mamãe! — exclamou Silvana.

Sílvia entrou no táxi com o neto, e Silvana foi ao encontro do marido. Sentou-se em frente a ele e permaneceu em silêncio. Carlos, sem afastar do rosto o jornal que lia, resmungou.

— Já vai pra sua macumba, Silvana?

Silvana suspirou.

— Não, Carlos. Não vou ao centro. Ficarei em casa com você. Quer algo especial para o jantar?

Carlos dobrou o jornal, colocando-o num revisteiro. Olhou Silvana com visível desprezo.

— Você acha mesmo que me contento com migalhas, Silvana? Você acha mesmo que sou homem de me contentar com tão pouco? Você despacha seu filho e agora quer um jantar romântico. É isso?

— Só acho que podemos nos entender, Carlos. Por isso, mandei Rafael para a casa de minha mãe. Acho mesmo que precisamos de momentos só nossos.

Carlos serviu-se de uma dose de uísque e riu com ironia.

— Silvana, posso desempenhar bem meu papel de homem. Só não garanto que será de meu gosto fazer isso.

Silvana aproximou-se do marido com extremo carinho. Desde que Rafael nascera, esquecera-se de que era também mulher. Dedicava ao trabalho e ao filho todo o tempo de que dispunha. Para ela, Carlos comportava-se de forma irascível por sentir-se abandonado. Pretendia quebrar a couraça com a qual o marido se revestia. Queria ser feliz e abraçou-o com candura. Carlos reagiu mecanicamente ao contato físico, seguindo seus desejos e impulsos masculinos sobre o tapete da sala. Silvana, entretanto, sentiu-se extasiada pelo contato com ele.

— Amo você, Carlos.

Carlos levantou-se e tomou outra dose de uísque.

— Não me venha com essa história de amor! O que aconteceu aqui não tem nada parecido com amor. Não sei se isso existe mais entre nós dois, Silvana. Não depois que Rafael nasceu. Não se ele ainda continuar entre nós dois!

Silvana sentiu-se golpeada pelas palavras do marido. Vestiu-se apressadamente, olhou-o com tristeza e seguiu para o quarto. Na cama, encolhida, chorou até perder o fôlego. Carlos abriu a porta com violência.

— Só me faltava essa agora, Silvana! Você ficar ofendida com a verdade!

— Onde você vai, Carlos? Mandei Rafael para minha mãe para ficarmos juntos... — Silvana interrogou, enquanto o marido vestia uma roupa casual.

— Vou procurar diversão, Silvana. Esta casa é um tédio! Você é um tédio!

Silvana ouviu quando Carlos saiu com o carro da garagem. Pensou em ligar para a mãe, mas terminou por desistir. Não queria contar a ninguém o que havia ocorrido. Não naquele momento. Abriu uma frasqueira com remédios e apanhou uma cartela de tranquilizantes. Precisava dormir e esquecer o desprezo do marido e a vergonha experimentada.

***

Os primeiros raios de sol invadiram o quarto de Silvana através das leves cortinas. Ela acordou sobressaltada, recordando-se, de imediato, do episódio da noite anterior. Resoluta, levantou-se e se pôs de frente ao espelho do banheiro. Lavou o rosto com vigor e falou em voz alta, confrontando-se:

— Chega! Não aguento mais! Cansei! Hoje mesmo saio desta casa!

No quarto do filho, ela abriu os armários e a cômoda, colocando roupas e brinquedos do pequeno em uma mala, já havia organizado outra mala com as próprias roupas. Levaria o essencial e, depois, voltaria para apanhar o restante. Ligou para a mãe com a voz decidida:

— Mãe, bom dia. Há espaço para mim e Rafael em sua casa?

Sílvia estava com o neto no colo.

— O que aconteceu?

— Chegando aí, eu explico melhor. Não quero encontrar Carlos hoje. Posso passar uns dias com a senhora?

— Vocês ficarão o tempo que for necessário. Venha logo. Não gosto de ficar apreensiva.

Silvana colocou as malas no carro e acomodou-se no banco. Fechou os vidros e, quando ia girar a chave na ignição, notou a aproximação do marido.

— Abra a porta, sua vadia! Vi você colocar as malas no carro! Daqui você não sai! Abra a porta! — Carlos esbravejava, socando a lataria do carro.

Pelo retrovisor, ela viu, horrorizada, Carlos sacar um revólver da cintura, apontando-o para os pneus e disparando a arma. Silvana tentava achar o celular na bolsa, quando se deparou com o rosto carregado de ódio do marido.

— Saia desse carro ou acabo com sua vida agora mesmo!

Ela abriu a porta e foi violentamente puxada para fora. Arrastando-a pelo braço, levou-a para dentro da casa e jogou-a no chão com violência.

— Pelo amor de Deus, Carlos! Me deixe em paz!

Ensandecido, ele colocou o revólver sobre o sofá e sentou-se, rindo ironicamente.

— Você acha mesmo que vai embora assim? Acha que sou o quê? Um fraco que vai admitir ser abandonado por uma vadia?

— Não sou vadia! Você sabe disso! — ela gritou, limpando com a palma da mão o sangue que escorria pelo rosto inchado.

— Pois tente ir embora que acabo com a sua vida e a vida do nojento do seu filho!

— Não me ameace, Carlos! Não envolva Rafael na sua loucura!

— Não é loucura! Acidentes acontecem! E seu filho não está imune a isso!

Silvana passou a implorar.

— Me deixe ir. Não somos felizes. Nem eu nem você! Me deixe ir, por favor!

— Você não sairá daqui, doutorazinha de quinta categoria. Vai ficar em casa e agir como se nada tivesse acontecido...

— Não vou conviver com um monstro como você! Você é doente!

Carlos levantou-se com fúria e passou a chutar o corpo frágil da mulher, só parou quando a viu desfalecida em uma poça de sangue. Ele colocou as mãos na cabeça demonstrando desespero.

— Veja só o que você me obrigou a fazer, Silvana! A culpa é sua! Apenas sua! — exclamava, enquanto arrastava o corpo inerte até o quarto.

Com dificuldade, Carlos conseguiu colocá-la na cama. Sentou-se ao lado dela, limpando com a ponta do lençol os ferimentos que ele havia causado.

— Você vai acordar e saber que tenho razão. Rafael é um apêndice apodrecido em nossas vidas, meu amor — murmurava.

O toque estridente do telefone fê-lo despertar do transe em que se encontrava. Tirou o aparelho do gancho e buscou disfarçar o descontrole ao reconhecer a voz da sogra.

— Oi, dona Sílvia. Bom dia.

— Como vai, Carlos? Silvana está por aí? Posso falar com ela?

— Silvana deu uma saída. Assim que ela retornar, aviso que a senhora ligou.

Sílvia encerrou a ligação e sentiu um aperto no peito. Falara com a filha e estava à espera dela. Estranhou a demora e o fato de ela não atender as inúmeras ligações feitas para o celular. Olhou para o neto, que brincava distraidamente.

— Espero que tudo esteja bem, meu pequeno — sussurrou, com as mãos postas em oração.

***

Carlos deixou Silvana no quarto e se dirigiu até a garagem. Um grupo de pessoas estava parado ao lado de um carro da polícia. Um idoso apontou para Carlos.

— Foi aquele senhor ali!

O policial atravessou a rua lentamente e parou em frente ao portão da casa.

— Ei, senhor! Venha até aqui, por favor!

Carlos estava apanhando a bolsa de Silvana e viu o policial pelo retrovisor. Olhou rapidamente para as próprias mãos e roupas para se certificar de que não tinha vestígios de sangue. Respirou fundo, abriu a porta e foi ao encontro do policial militar.

— Que bom! Tive meu pedido de socorro atendido umas duas horas depois! — ironizou, disfarçando.

O policial pigarreou contrariado.

— Vim atender a uma chamada de seus vizinhos, senhor. A central não me passou o número de sua casa. O que houve por aqui? Os pneus de seu carro estão arriados.

— Uma tentativa de assalto! A sorte me protegeu!

— Posso entrar? Quero verificar o estrago nesses pneus. E o senhor precisará ir à delegacia fazer um boletim de ocorrência.

— Era justamente isso que eu iria fazer agora. Estava procurando meus documentos no porta-luvas.

— Quantos elementos eram, senhor?

Carlos mostrava-se frio ao responder às perguntas.

— Apenas um. Acho que ele não conseguiu levar meu carro por isso. Consegui entrar e me abrigar no carro de minha esposa.

— E onde está sua esposa? Ela estava no momento do assalto?

— Não. Ela é médica. Saiu cedo de táxi para atender um paciente em domicílio. Foi a minha sorte. Se ela tivesse saído com o próprio carro, não sei o que poderia ter me acontecido. Não teria onde me esconder.

O policial recolheu as cápsulas deflagradas que estavam cravadas nos pneus do carro e colocou-as em um saco plástico.

— O senhor pode me acompanhar no seu carro até a delegacia. Só depois poderemos fazer uma varredura pelo bairro.

— Me espere um segundo. Estou um pouco nervoso. Vou trancar a casa e deixar um bilhete para minha esposa. Se ela chegar e encontrar esta cena aqui, ficará preocupada. Já volto.

O policial retornou à viatura e voltou-se para o grupo que o recebera.

— Foi uma tentativa de assalto. Podem voltar para suas casas. Não houve nenhuma briga entre o casal como disseram. Da próxima vez, vejam se não inventam histórias mirabolantes.

Carlos abriu a porta do quarto e viu que Silvana gemia. Aproximou-se dela, apertando-lhe o rosto com o polegar e o indicador.

— É bom você ficar quietinha aí. Não ligue para sua mãe ou para qualquer outra pessoa. Para todos os efeitos, sofri uma tentativa de assalto. Se você abrir sua boca para contar a verdade, acabo com seu filho hoje mesmo!

Grossas lágrimas escorriam pelo rosto edemaciado de Silvana. Do lado esquerdo, um corte profundo no supercílio a deixava com a visão embaçada. Não tinha forças para esboçar nenhum tipo de reação. Conhecera a personalidade doentia do marido naquele dia e temia pelo bem-estar do filho e da mãe. Com esforço, balbuciou, enquanto Carlos trocava a camisa e lavava as mãos.

— É melhor eu ligar para minha mãe. Ela está me esperando e pode ficar preocupada. Ligarei na sua frente.

Carlos apanhou o aparelho, digitou os números, entregando-o a ela. Silvana procurou ser rápida.

— Mãe? Tudo bem com Rafael?

— Estava preocupada, minha filha. Liguei agora há pouco, e Carlos atendeu. O que houve? Por que ainda não veio?

— Nós nos reconciliamos, mãe. Pode ficar com Rafael por uns dias?

— Claro, Silvana. Mas você tem certeza de que está tudo bem?

— Claro que sim. Só preciso de seu apoio neste momento.

— Você tem meu apoio, mas não estou convencida da normalidade desta situação.

— Vou desligar, mãe. Almoçarei com meu marido. Depois ligo. Beije Rafael por mim.

Carlos colocou o telefone no gancho.

— Muito bem, doutora! Agora sim, parece que entendeu a seriedade de minhas ameaças. Fique bem quietinha. Vou à delegacia denunciar a "tentativa de assalto", mas volto logo. Vá até o banheiro dar uma olhada no estrago do seu rostinho e faça seus próprios curativos.

Ele saiu, e Silvana, com dificuldade, conseguiu se levantar. Olhou para o próprio corpo com horror. Sentiu o braço esquerdo pender deslocado e, apoiando-se na parede, colocou-o no lugar. Tonta, entrou no banheiro da suíte e se olhou no espelho. Apanhou uma pequena maleta de primeiros socorros e limpou os ferimentos do rosto. Com um pedaço de esparadrapo conseguiu estancar o sangue do supercílio. Apanhou um analgésico e tomou. Tornara-se refém de Carlos e não ousaria desobedecer às loucuras dele. Não colocaria a vida de Rafael em risco.

Ouviu o celular de Carlos tocar e resolveu atender.

— Alô. Quem deseja falar com Carlos?

— Você é a esposa dele? — perguntou uma voz feminina.

— Sim. Sou a esposa dele.

— Pois bem. Estava louca mesmo que atendesse esse telefone. Seu marido é um psicopata. Esteve comigo ontem, durante a madrugada. É um animal!

— Quem é você? Que tipo de brincadeira é essa?

— Não estou brincando e nem disposta a brincadeira de nenhum tipo. Liguei para o celular dele para avisar que se algo me acontecer, a polícia já está avisada.

Silvana emudeceu por alguns segundos e depois tomou coragem para perguntar:

— O que meu marido fez?

— Carlos é um monstro! Tome cuidado! Conheci seu marido há cerca de dois meses. Estávamos num bar, e ele me abordou com palavras doces. Foi gentil, encantador e acabou me seduzindo. Dizia que iria se separar tão logo o filho se recuperasse de uma doença séria. Ontem, quando nos encontramos, ele estava transtornado. Me mostrou uma arma e disse que iria acabar com todos os nossos problemas. Fiquei apavorada e implorei para que ele fosse embora. Ele tentou me tranquilizar, afirmando que as balas do revólver estavam guardadas para três pessoas: você, seu filho e eu. Gritei por socorro e, por sorte, uma amiga com quem divido o apartamento, chegou com o namorado. Ele disfarçou, colocou a arma na cintura e falou no meu ouvido que voltaria para acabar comigo e que mulheres como eu não poderiam ficar vivas.

Silvana desligou o telefone. Já havia ouvido o suficiente. Precisava fugir antes de Carlos voltar. Os fios do telefone fixo estavam cortados, e ela usou o celular dele para falar com a mãe.

— Mãe, por favor, não me faça perguntas. Apenas siga minhas ordens. Apanhe Rafael, algumas roupas e saia daí.

— O que aconteceu, minha filha?

— Faça o que estou pedindo. Saia daí o mais rápido possível. Vá para o consultório de Arthur. Encontrarei a senhora lá. Não ligue de volta, por favor. Vá e me espere lá.

Silvana vasculhou a gaveta da cozinha e encontrou um molho das chaves-reserva. Trocou de roupa e colocou um chapéu de abas largas que usava para ir à praia. Esgueirando-se pelos muros para não ser vista, conseguiu chegar à rua paralela a de sua casa. Avistou um táxi, fez sinal e indicou o endereço do consultório de Arthur.

O motorista percebeu os ferimentos no rosto dela e perguntou:
— A senhora precisa de alguma coisa? Está tão machucada!
— Preciso apenas que o senhor chegue rapidamente no endereço que lhe dei.

Silvana pediu ao motorista que aguardasse para que ela pudesse apanhar o dinheiro. Envergonhada, pediu ao porteiro que interfonasse para o consultório de Arthur e pedisse a Mirtes para mandar Sílvia descer com a bolsa. Em poucos segundos, Sílvia já amparava a filha na portaria do prédio.

— Já paguei o taxista. Agora, vamos subir. O doutor Arthur está com o consultório vazio.

— Estou com vergonha, mãe...

— Vergonha de quê? Seu marido espanca você desse jeito e você fica com vergonha? Vamos subir, cuidar desses ferimentos e ir à delegacia mais próxima denunciar esta violência absurda. Se seu pai fosse vivo, poderia acontecer uma tragédia.

Mirtes abriu a porta do consultório e olhou horrorizada para a médica. Colocou Rafael no colo e avisou que o levaria para dar uma volta na praia.

— Fiquem sossegadas. Ele ficará bem comigo.

— Por favor, Mirtes, não tire os olhos dele!

— Não sei de fato o que ocorreu, doutora Silvana, mas posso imaginar. Cuidarei bem dele até que a senhora esteja mais recuperada.

Arthur abriu a porta da sala e entregou as chaves do apartamento para Mirtes.

— Pegue um táxi e leve Rafael para minha casa. Lá, todos teremos certeza de que ele estará bem. Acho que Silvana ficará mais tranquila assim.

Silvana concordou, balançando a cabeça.

Assim que Mirtes saiu, Arthur colocou Silvana deitada na maca.

— Primeiro, vou examiná-la e fazer alguns curativos. Depois que você tomar um tranquilizante e se alimentar devidamente, conversaremos.

A médica entregou o copo de suco à mãe e fechou os olhos.

— Estou muito cansada, Arthur. Muito cansada.

— Então durma, minha querida. Aparentemente não há nenhuma fratura. Apenas esses hematomas. Descanse o tempo que for necessário. Meu consultório hoje é totalmente seu.

Arthur colocou-a no colo e pediu que Sílvia tirasse o colchonete da maca e o ajeitasse sobre o tapete da sala.

— Será mais seguro para você se deitar no chão. Evitaremos o risco de uma queda.

O médico apagou a luz, acendeu uma pequena luminária e chamou por Sílvia.

— Vamos, dona Sílvia. Ficaremos na antessala. Vamos deixar sua filha descansar um pouco.

***

Sílvia conversava com Arthur, quando ouviu o celular tocar dentro da bolsa.

— E se for Carlos?

— A senhora vai falar com ele normalmente. Vai fingir que não sabe de nada. Ou melhor, diga que está fora da cidade com o menino. Uma cidade serrana qualquer.

Assim Sílvia fez.

— Dona Sílvia, vou apanhar Rafael em sua casa. Estou com saudades do moleque.

— Ora, Carlos! Silvana me pediu para ficar uns dias com o menino porque vocês estariam numa segunda lua de mel. Achei que não haveria mal algum em fazer um pequeno passeio com ele. E Silvana? Como ela está? Tentei falar com minha filha pelo telefone e não consegui. Só não insisti mais porque não quis atrapalhar vocês!

— Tudo bem, dona Sílvia. Silvana está bem. Assim que voltar, me avise, por favor. Quero ver meu filho.

— Pode deixar. Avisarei sim.

— Em que cidade a senhora está?

— Estou subindo a serra, Carlos. O sinal está ficando muito ruim. Assim que retornar, falo com você. Peça a Silvana para me ligar. Diga que estou com saudades.

Sílvia desligou o telefone tremendo.

— Ele já deve ter descoberto que Silvana saiu de casa. Precisamos denunciar este homem, doutor. Ele é capaz de qualquer maldade!

— Calma, dona Sílvia. Primeiro, vamos esperar Silvana acordar mais bem-disposta. A única pessoa que pode fazer essa denúncia é ela.

CAPÍTULO 11

Luiz Cláudio esperava ansioso pelo retorno de Melissa. Marlene tentava de todas as formas colocá-lo para dentro.

— Vamos, Luizinho! Já é tarde! Saia dessa varanda e vá para o seu quarto.

— Me deixa, vó! Estou esperando Melissa. Já é tarde, e a rua é perigosa.

— E o que você tem com isso?

— Ter cuidado com as pessoas não é crime, é?

Marlene acabou desistindo. Foi até o quarto de Sônia e abriu a porta abruptamente.

— Sônia, é melhor para todos nós que você encontre rápido um lugar para sua filha ficar. Meu neto agora cismou de tomar conta dela. Ele não consegue nem dar conta dele, que dirá de Melissa, uma mulher feita!

— Minha filha só tem 17 anos, dona Marlene. Não é uma mulher feita como a senhora está afirmando. Pode deixar que eu mesma vou falar com Luiz. Melissa está acostumada a chegar tarde. Não precisa de tantos cuidados, a não ser dos meus bons pensamentos de mãe.

Sônia foi até a varanda chamar o rapaz, quando viu a filha se aproximando da casa.

— Pronto, Luiz! Agora você já pode entrar. Melissa já chegou.

Com a chave na mão, ele deu um salto e abriu o portão.

— Ufa! Já estava preocupado com você, garota! Tá cheio de marginal solto por aí...

Melissa riu.

— Estou acostumada. Tenho medo sim, mas procuro andar bem atenta. Não precisa ficar preocupado dessa forma.

Sônia levantou a sobrancelha, e a filha entendeu. Dirigiu-se ternamente a ele.

— Vamos entrar. Já é tarde! Hora de dormir, menino.

Luiz Cláudio olhou para ela com ar de interrogação.

— Eu incomodo você, quando me preocupo?

— Não, Luiz. Você não me incomoda. Eu é que não pretendo causar nenhum tipo de transtorno.

— Que tipo de transtorno você me causaria? Ah! Outra coisa: não sou mais um menino!

Marlene, ouvindo a conversa entre os dois, gritou.

— Luizinho, entre logo! Quero fechar a casa! Daqui a pouco a vizinhança vai começar a reclamar do barulho. Não é mais hora disso!

— Dona Marlene tem razão! — Melissa disse segurando a mão de Sônia para dar a volta pelo quintal e entrar pelos fundos da casa.

Luiz Cláudio trancou a porta da varanda e sentou-se no braço da poltrona onde estava Marlene.

— Por que a senhora é assim? Por que trata tão mal as pessoas que só querem nosso bem?

Marlene tirou os óculos e olhou para o neto surpresa.

— Por que você vive me julgando como se eu fosse uma megera, Luizinho? Faço o melhor para todos. Abriguei Melissa bondosamente. Sou uma mulher digna! Sempre criei você com dignidade. Dou a você tudo que posso. Onde estou errando, meu neto? Responda, por favor.

— A senhora não se dá conta das atitudes que toma, vó. Por que razão eu não posso esperar Melissa chegar do curso? Me sinto útil fazendo isso...

— Melissa é filha da empregada. Não quero que você se envolva com gente de outro nível social.

— Que nível social, vó? Tá delirando?

— Seu avô me deixou uma boa pensão. Sustentei seus pais e você com esse dinheiro. Temos uma boa casa. Moramos num bom bairro. E elas? Essa tal de Melissa cresceu numa favela, meu filho. Tem valores bem diferentes dos nossos!

— Ela cresceu numa favela, estuda e trabalha. E eu, que cresci nesse bom bairro, nessa boa casa, com sua boa pensão, me joguei no mundo e disputei as calçadas com ratos e baratas! Realmente, elas têm valores bem diferentes, vó.

Marlene trincou os dentes e começou a chorar. As lágrimas que brotavam de seus olhos eram de raiva e ressentimento. Não aceitaria perder o neto para Sônia e Melissa. Estava decidida a fazer de tudo para afastá-las do convívio com ele.

Luiz Cláudio se arrependeu das palavras duras dirigidas à avó, quando percebeu que ela chorava.

— Me perdoa, vó! Não quis magoar a senhora. Só não acho justos esses julgamentos bobos que a senhora faz. Sei que seu coração é bom. Sei de tudo que tem passado por minha causa. Me perdoe, por favor.

Marlene experimentou grande satisfação com a reação do neto. Enxugou as lágrimas com as costas das mãos e pediu um beijo.

— Quero um beijo seu, meu filho. Só isso vai curar minhas dores.

Luiz Cláudio abraçou-a com carinho. Marlene esboçava um sorriso irônico no canto da boca, enquanto pensava: "Vou conseguir o que quero! Chega da interferência dessa gente na minha casa! Arrumo outra empregada e pronto!".

***

Melissa ajeitou o colchonete no chão e se deitou.

— Estou exausta, mãe, e a senhora também. Precisamos descansar.

— Melissa, é melhor você evitar contato com o Luiz. Dona Marlene fica furiosa, e eu já observei o interesse dele por você. Não quero problemas!

— Luiz Cláudio é um menino apenas!

— Ele é apenas um ano mais novo que você, Mel. Uma paixão nessa idade e na situação dele pode ser uma catástrofe.

Melissa pegou no sono antes de ouvir as últimas palavras de Sônia. Sonhou que estava num salão espelhado, ornado com flores naturais e lustres de cristal. Vários casais dançavam valsas tocadas por uma pequena orquestra. Ela abanava-se com um leque ao lado da mãe, quando viu um jovem se aproximar.

— Mamãe, espero que ele não tenha a ousadia de me tirar para dançar. Dizem por aí que acabou com a fortuna da família na jogatina.

Sônia fechou o leque num gesto brusco, batendo-o três vezes no ombro esquerdo.

— Não há como negar uma dança a um rapaz num baile. Mas seja objetiva, se ele tentar uma aproximação.

Luiz Cláudio fez uma reverência a Sônia e estendeu a mão a Melissa. Com leveza, começou a rodopiar com ela pelo salão. A destreza com a qual era conduzida deixou-a extasiada. Ele era um belo rapaz: elegante no vestir, olhos enigmáticos e exímio dançarino. Numa valsa mais lenta, ele puxou o corpo dela contra o dele. Com os pelos dos braços eriçados, Melissa tentou afastá-lo educadamente. Ele sussurrou:

— Não esquecerá esta valsa. Sei que nenhum de nós dois esquecerá esta dança.

— Meu caro, você não tem condições de falar nada. Mal se sustenta em pé sem a ajuda do ópio. Não sei se é você ou essa substância que está dançando comigo neste momento.

— Por acaso a senhorita já teve contato com os benefícios da papoula? É uma flor tão bela!

Luiz Cláudio a instigava, e ela passou a experimentar grande excitação. Criada sob o véu da rigidez familiar, a morte do pai estreitou os laços dela com sua mãe. Para viverem o luxo da corte, venderam a fazenda, o ouro acumulado e quase todos os escravos. Sem as mãos de ferro do provedor da família, terminaram por gastar tudo para manter o *status* exigido pela sociedade. Frequentavam os bailes promovidos pelos abastados nobres para conseguirem um bom casamento para Melissa.

— Está me ofendendo. É melhor encerrarmos nossa dança.

— Pois não se ofenda. Tudo o que falam por aí não passa de especulação. Tenho ainda muitos bens. Posso afirmar que eu e minha irmã somos deveras abastados.

A música terminou, e os casais aplaudiram a orquestra. Melissa procurou Sônia com os olhos.

— Parece que sua mãe não está ao alcance de seus olhos, senhorita. Vi quando ela saiu de braços dados com o conde Almeida.

Foram em direção aos jardins. Por que não fazemos o mesmo? A varanda desta mansão nos presenteia com uma vista privilegiada. Garanto que o luar está magnífico. Não se arrependerá!

Ela se deixou levar por ele até o alpendre. Pesadas cortinas os mantinham no anonimato. Luiz Cláudio acariciou-a levemente no rosto.

— Você tem uma pele de seda — disse aproximando-se do rosto de Melissa.

Percebendo-a ofegante, arriscou um beijo. Ela, inicialmente, tentou se esquivar, mas acabou cedendo.

Ele tornou a falar:

— Acho que estou apaixonado.

— Não me ludibriará como faz com as tolas que andam com você. Deixe-me ir. Preciso encontrar minha mãe.

Luiz Cláudio a segurou com firmeza pelo braço.

— Fique, por favor. Tenho intenções sérias.

Ela gargalhou.

— Sérias? Que tipo de seriedade tem um homem que usa o anfião?

— Não é proibido, é? E o ópio me faz sonhar com mais facilidade. Quem não gosta de sonhar? Neste instante, estou tendo um bom sonho. Seus lábios me deixaram flutuando.

Melissa se desvencilhou de Luiz Cláudio e voltou ao salão. Sônia conversava animadamente com o conde Almeida.

— Mãe, quero ir embora. Não estou me sentindo bem.

— Minha querida, o baile mal começou.

O conde, um homem de baixa estatura e rosto vermelho, levantou-se e a olhou com cobiça.

— A senhorita é tão bela quanto sua mãe. Fique mais um pouco. Precisamos do frescor da juventude.

— Não quero ficar nem mais um segundo aqui, senhor conde. Não estou bem, já disse.

O conde Almeida insistiu.

— Eu e sua mãe estamos nos entendendo tão bem. Estragará nossa noite, se insistir em ir embora.

Sônia abriu o leque e pôs-se a abanar-se com vigor. O conde lhe causava repulsa, mas precisava arranjar-se o mais rápido possível.

Melissa buscou um lugar para se sentar. Luiz Cláudio pôs-se diante dela.

— Prometo não consumir mais o maldito chá da papoula. Não me rejeite! Já a observo há algum tempo.

— Você não tem onde cair morto!

— Posso recomeçar. Sou um homem inteligente. Posso reconstruir minha vida.

O conde percebeu que Melissa estava sendo importunada. Levantou-se e segurou Luiz Cláudio pelo braço.

— Deixe de incomodar a senhorita, seu traste!

O rapaz reagiu.

— Com que autoridade o senhor me aborda desta forma?

— Com a autoridade de um credor. Você está me devendo uma alta quantia e parece que se esqueceu disso. Deixe a moça em paz!

— Solte meu braço! Minha dívida foi quitada por Amaro. Não lhe devo nada!

O conde insistiu para que ele se retirasse.

— Saia daqui agora ou chamarei alguém para tirá-lo à força!

Luiz Cláudio reagiu ao insulto do conde com um soco. Um filete de sangue escorreu de imediato do nariz do velho. Sônia se apressou em acudi-lo, e Melissa olhou para o rapaz com raiva.

— Como posso confiar em alguém que age dessa maneira? Vá embora!

Os demais convidados se alvoroçaram com a cena, cercando Almeida com cuidados e escorraçando Luiz Cláudio.

Nos dias que se seguiram, o rapaz se pôs em vigília à porta da nova casa de Sônia e Melissa. Ele sabia que a bela mansão era custeada pelo conde Almeida. Em vão, tentava fazer contato com a jovem por quem se apaixonara. Decidiu manter-se diante da residência até ser recebido. Sônia sentiu-se incomodada com a presença de Luiz Cláudio e decidiu pôr um fim àquela situação. Solicitou que um escravo ficasse atento e se dirigiu até o portão.

— O que você quer?

— Preciso ver sua filha. Estou apaixonado.

— Você é um baderneiro viciado. Não se aproxime dela, ou pedirei a Almeida que tome providências mais sérias.

— Desde que conheci Melissa, abandonei o jogo e o ópio. Quero me tornar um homem honrado.

— Suas palavras não me convencem, rapaz! Suma daqui!

— Não vou desistir! Quero ouvir isso de sua filha.

— Pois você não terá a oportunidade de chegar perto dela. Os escravos já foram orientados a agir, caso se aproxime.

Da sacada do quarto, Melissa viu a mãe expulsar Luiz Cláudio. Ela estava apaixonada por ele, mas não se arriscaria a levar uma vida incerta. Em silêncio, cerrou as cortinas e chorou. Soube, tempos depois, do incêndio na casa de Cláudia e que o corpo de seu amado jamais fora encontrado. Guardou a amargura como única companheira pelo resto da vida.

***

Sônia acordou com o barulho de Melissa se remexendo no colchonete. Direcionou o ventilador para ela e tornou a se deitar. Ouviu a filha chorar baixinho, quase um lamento. Levantou-se e acendeu a luz do quarto.

— Mel! Você está chorando por quê? Tudo vai passar, filha. Tenha calma — falou sem se dar conta de que ela ainda dormia.

A jovem tornou a mudar de posição e, num sobressalto, acordou soluçando.

— O que houve? Está sentindo alguma dor?

— Parece que tive um pesadelo, mãe. Não consigo recordar o sonho, mas sei que estava chorando por causa de Luiz Cláudio.

— É preocupação, Mel. Vou apanhar um copo d'água para você se acalmar e voltar a dormir.

Melissa sentou-se na cama improvisada e recostou-se na parede. O coração apertado por uma saudade misturada com arrependimento deixou-a mais confusa. Secou uma lágrima insistente e esperou a mãe trazer a água.

— Beba, Mel. Veja se consegue dormir melhor na cama.

— Posso dar uma volta lá fora, mãe? Perdi o sono.

— Pode sim. Mas fique aqui pelos fundos. Se dona Marlene acordar e encontrar você vagando pela casa, vai reclamar com razão.

Melissa saiu e abriu a porta cuidadosamente. Olhou para o banco de ferro que circundava uma mangueira e decidiu se sentar.

Ao contrário do quarto abafado, a brisa fresca da noite começou a tranquilizá-la. Tentava de todas as maneiras se lembrar do que havia sonhado e a única coisa que sentia era o coração apertado. Um movimento na porta da cozinha assustou-a. Era Luiz Cláudio.

— Posso ficar por aqui com você? Perdi o sono.

— Também, Luiz. Só não podemos fazer barulho. Se minha mãe e dona Marlene nos pegam conversando, já viu...

— Não precisamos conversar. Ficar em silêncio ao seu lado já é um presente e tanto.

Os dois ficaram lado a lado por algumas horas, até que o sono venceu Melissa. Intuitivamente, ela aconchegou a cabeça no ombro dele e adormeceu.

Inebriado, Luiz Cláudio se manteve inerte para não quebrar o encanto daquele momento. Acabou por adormecer também. Despertaram atordoados com os gritos de Marlene.

— Sônia! Luizinho fugiu novamente! Socorro, Sônia! Preciso achar meu neto! Vou acabar morrendo, se não achar meu netinho! Me ajude pelo amor de Deus! Me ajude!

Sônia correu ao encontro de Marlene.

— Calma! O que houve? Onde está Luiz?

— Ele fugiu novamente, Sônia! Ele fugiu novamente! Já procurei por toda a casa! Não sei se vou aguentar dessa vez — ela choramingava e segurava a cabeça com as mãos.

Luiz Cláudio e Melissa estavam inertes, sem saber que atitude tomar. O rapaz foi mais rápido.

— Fique aqui, Melissa. Elas estão na sala. Vou entrar, me trancar no banheiro e ligar o chuveiro. De lá mesmo chamo por minha avó. Deite aí no banco e finja que está dormindo.

— Não gosto de mentiras!

— Pois digo a você que, neste momento, mentir é necessário. Faça o que eu disse!

Melissa deitou-se no banco, apoiando a cabeça no braço semidobrado. Estava nervosa com o desfecho daquela situação. Temia pela crise nervosa de Marlene e pela bronca que levaria da mãe, quando ela descobrisse a verdade. Luiz Cláudio saiu do banheiro com uma toalha na cintura e com os cabelos molhados.

— Ei, vó! O que está acontecendo? Que gritaria é essa? A senhora está passando mal?

Marlene levantou a cabeça incrédula.

— É você mesmo, Luizinho? Procurei por toda a casa!

— A senhora se lembrou de me procurar no banheiro, vó? Perdi o sono e resolvi tomar um banho.

Marlene levantou-se e abraçou o neto.

— Você não saiu de casa, saiu?

— Claro que não, vó! Ou a senhora esqueceu que guarda as chaves?

— Sônia também tem as chaves.

— E a senhora acha que Soninha iria abrir a porta e me deixar ir embora assim?

Sônia olhou para ele e lembrou que a filha estava no quintal. Preferiu esperar que os dois voltassem a dormir para chamá-la. Achou a história de Luiz muito mal contada.

Marlene pediu que o neto apanhasse sobre a cômoda uma caixa de tranquilizantes. O rapaz vestiu uma bermuda e voltou com a caixa.

— Vó, eu estou bem e em casa. Por que a senhora vai tomar esse negócio?

— Para conseguir me acalmar, Luizinho. Meu coração está batendo na boca até agora.

— Mas se o susto passou, por que tem que tomar esses remédios? Isso deve fazer mal à senhora, vó! Toma água com açúcar, um chá, sei lá. Qualquer coisa que não seja tão forte assim.

Sônia interferiu.

— Deixe sua avó, Luiz. Ela está muito nervosa. Foi o médico que receitou os calmantes para ela.

Ele sacudiu os ombros.

— É a minha opinião, Soninha. Tomo os remédios que o doutor Arthur passou porque sou doente. Preciso ficar tranquilo para não sentir falta das drogas. Os comprimidos me fazem dormir quase o dia inteiro. Se ela já tomou um, pra quê vai tomar outro?

Marlene, trêmula, apanhou dois comprimidos da cartela e colocou-os na ponta da língua. Tomou um gole de água e voltou-se para o neto, já com o semblante endurecido.

— Cada um sabe onde seus calos apertam! Vamos todos dormir. Já está quase amanhecendo.

Assim que Marlene e Luiz Cláudio entraram em seus quartos, Sônia abriu a porta da cozinha e viu a filha encolhida no banco do quintal. Tocou-a levemente no ombro.

— Mel, vamos entrar. Você acabou dormindo.

Melissa piscou os olhos duas vezes, simulando acordar.

— Peguei no sono, mãe.

— Num sono bem pesado por sinal, Melissa. Dona Marlene estava gritando tanto, e você não ouviu? Vamos para dentro. Preciso dormir um pouco mais ou serei eu a precisar de tranquilizantes.

No quarto, com os braços cruzados sob a cabeça, Luiz Cláudio pensava em Melissa e fazia planos:

— Vou me transformar em outra pessoa. Preciso acabar com esta história imunda que arrumei pra minha vida. Todos vão se orgulhar de mim, e poderei ter Melissa ao meu lado.

No quartinho dos fundos, Sônia olhou para a filha dormindo e sussurrou.

— Espero que minha intuição falhe desta vez.

CAPÍTULO 12

Silvana se acomodou na varanda do apartamento de Arthur. Rafael dormia numa das poltronas da sala. O médico chamou pela secretária.

— Mirtes, você pode me fazer mais um favor?

— Claro que sim, doutor!

— Ajeite o quarto que era de meu filho. Veja o que precisa ser comprado para suprir as necessidades iniciais de Rafael, Sílvia e Silvana — disse entregando um cartão de crédito a ela.

Mirtes saiu, e Arthur chamou por Sílvia.

— Vamos tentar saber o que aconteceu, dona Sílvia. A doutora Silvana não poderá esconder nada. Sua intervenção será valiosa.

Sílvia se encaminhou ao lado do médico para a imensa varanda. Sentou-se ao lado da filha e apontou para o mar.

— Que linda vista nós temos aqui...

— É verdade — Silvana respondeu sem interesse.

Arthur se debruçou sobre a grade de alumínio.

— Você quer falar sobre o que aconteceu, recebendo as bênçãos desta brisa ou prefere entrar?

— E Rafael? Meu filho está bem?

Arthur riu.

— A capacidade das mães de colocarem a própria dor de lado em função dos filhos é incrível. Fique tranquila, Silvana. Rafael está dormindo, ali na sala. Já se alimentou e acho que está cansado de tanto brincar com Mirtes.

— Não sei como posso agradecer tudo o que está fazendo por mim, Arthur.

— Não estou fazendo nada que eu não possa fazer. Somos amigos! Ou você se esqueceu disso?

Silvana olhou para o horizonte. Algumas gaivotas acompanhavam um barco pesqueiro, certas do alimento que rodeava a embarcação.

— Vendo esta paisagem, tudo se torna tão simples. Os animais encontram alimento por instinto, se reproduzem para a manutenção da espécie, se protegem no bando... Por que razão conosco é tão mais complicado e difícil?

Sílvia se deu conta de que a filha se dirigia apenas a Arthur. Deu uma desculpa para deixá-los mais à vontade.

— Doutor Arthur, vou me recostar um pouco na sala. Minha coluna é a única coisa que me faz reclamar da vida.

— Sinta-se em casa, por favor.

O médico voltou os olhos para Silvana novamente.

— Posso tentar responder à sua pergunta?

— Será que existe uma resposta lógica? Sou espírita, Arthur. Você sabe disso. Sempre busquei o equilíbrio, sempre segui os conselhos de meus guias espirituais. Tenho consciência de que minha relação com Carlos é cármica. Só isso para justificar tanta violência comigo e com nosso filho.

— Acredito em carma, Silvana. Mas também creio que possamos nos libertar dessas correntes doentias ou transformá-las em definitivo. Por que razão nós estaríamos aqui? Para transitarmos pela vida num eterno pagamento por faltas das quais nem nos recordamos? Confesso que isso me deixaria indignado, se fosse verdade!

— Então me explique a loucura de meu marido, Arthur! Ele quase me matou e ameaçou matar Rafael. Depois do que fez comigo, estou certa de que fará isso, caso nos encontre! Só posso ter feito muito mal a ele em outras vidas!

Ele passou as mãos pela cabeça, ajeitando os cabelos grisalhos. Conhecia, pela prática da própria religião, as leis da ação e reação. Sabia que, tanto as afinidades quanto as antipatias, poderiam sobreviver à matéria e acompanhar o espírito por muitas encarnações. Aprendera com a própria vida que a consciência humana era o mais severo juiz e o mais inviolável cárcere das ações

143

praticadas, atraindo situações dolorosas num processo contínuo de autopunição.

Segurou carinhosamente as mãos de Silvana.

— Não é o momento de buscar a culpa dessa agressão em você. Precisamos ser práticos e tomar atitudes para resguardar sua integridade e a de sua família.

— Se Carlos descobrir onde eu e Rafael estamos, ele nos matará. Nunca imaginei que meu marido tivesse esse tipo de instinto! Por isso, busco explicações. Ele era um homem tão dócil...

— Não é hora de encontrar respostas ou explicações. O que seu marido fez a você é imperdoável. Mesmo que essa espécie de vingança pelos erros cometidos no passado existisse de fato, estamos, no momento, vivendo uma experiência diferente na matéria. Liberte-se dessa suposta culpa e vamos ser práticos.

— Não sei como ser prática nesta situação. No hospital, atendi dezenas de mulheres vítimas de violência praticada pelos companheiros. Algumas encontraram a morte. Outras, quando se curaram da dor física, se viram marcadas por cicatrizes emocionais difíceis de serem removidas. Já aconselhei muitos casos bem parecidos com o pesadelo que estou vivendo e, hoje, simplesmente não consigo tomar nenhum tipo de atitude.

Arthur foi até a sala e voltou com um copo de uísque.

— Desculpe pela bebida, mas uma pequena dose costuma ser benéfica, quando estou ansioso.

Silvana olhou-o interrogativa.

— Estou transtornando seu dia, não é?

— Nada disso! Pare de se julgar causadora de algum tipo de transtorno ou problema para alguém! O uísque é apenas uma forma de relaxar mais rapidamente. Muitas vezes, as pedras de gelo derretem antes do segundo gole. Vira refresco destilado!

Ela riu, descontraindo-se um pouco, e o médico aproveitou para ser direto.

— Você vai denunciar seu marido? É preciso, Silvana. Você não entrou em detalhes sobre o que aconteceu, mas tudo isso está minuciosamente gravado nesses hematomas pelo corpo e no seu descontrole. E a ameaça feita ao pequeno Rafael é séria demais. Precisamos evitar que uma tragédia aconteça.

— Ele será preso?

— Tentativa de homicídio, ameaçar verbalmente o próprio filho e cárcere privado são crimes, sabia?

Silvana fixou os olhos no mar. O céu assumia uma coloração rosada, anunciando o pôr do sol. A grande extensão de areia da zona sul carioca ainda estava apinhada de gente. Abruptamente, levantou-se.

— Você irá comigo à delegacia?

Arthur depositou o copo de uísque na pequena mesa de palha entrelaçada e metal escovado.

— Claro que vou. Jamais deixaria você enfrentar esta situação sozinha. Espere só mais um pouco. Pedi a Mirtes que providenciasse algumas coisas para vocês.

***

Arthur abriu a porta do carro, e Silvana hesitou em sair. Com o semblante carregado de medo e vergonha, quis desistir.

— Estou com medo, Arthur. Muito medo. O que vai ser da minha vida de agora em diante?

Ele foi firme.

— Vamos fazer o que é necessário primeiro. Depois resolveremos o que fazer com o futuro. Decidiremos juntos e em comum acordo com dona Sílvia.

Sentada à frente da delegada, numa sala reservada, ela narrou nos mínimos detalhes tudo que sofrera nas mãos do marido. Arthur engolia em seco a cada lágrima derramada por ela. Doía-lhe no coração o sofrimento evidenciado pela voz, pelo choro incontido e pelos gestos trêmulos de Silvana. Naquele momento, teve certeza de que faria tudo pelo bem-estar dela. Ele sentia a alma novamente experimentar o amor.

A delegada apanhou o depoimento digitado por uma escrivã e pediu que Silvana lesse.

— Você está de acordo com tudo o que foi registrado? Tem mais alguma coisa que gostaria de acrescentar?

— Tenho apenas perguntas — ela respondeu, após fazer uma rápida leitura do documento.

— Ele será preso?

— Sim. Vou encaminhar a senhora para o exame de corpo de delito. Depois disso, com o laudo em mãos, vou providenciar uma diligência para encontrar e prender o senhor Carlos. Enquanto isso, fique longe dele e de sua casa. Gente assim costuma perseguir suas vítimas até encontrá-las.

***

Arthur e Silvana, concluídos os procedimentos determinados na Delegacia da Mulher, chegaram ao apartamento. Já era tarde, mas Mirtes continuava fazendo companhia a Sílvia. Ele sorriu em agradecimento.

— Sabe, Mirtes, sou um ser humano de muita sorte. Conviver com você é um privilégio. Ser digno de sua lealdade e dedicação mais ainda. Muito obrigado.

A secretária apanhou a bolsa para sair.

— Está na minha hora, doutor. Amanhã é sábado, e todos vocês poderão descansar.

Sílvia brincou.

— Você também vai descansar! Não se esqueça disso!

— Pode ser que sim, dona Sílvia. Confesso que me divirto mais durante a semana.

Arthur abriu a carteira e entregou o dinheiro do táxi a ela.

— Já disse a você que está mais que na hora de arrumar um companheiro, Mirtes.

Ela revidou em tom de brincadeira, olhando para Silvana.

— O senhor também, doutor. Aliás, acho que para o senhor já chegou a hora! Fiquem com Deus. Se precisarem de mim, basta ligar. Será um prazer ajudar.

Arthur fechou a porta do apartamento e se dirigiu à copa. Precisava deixar algumas ordens determinadas na portaria. Não queria receber visitas.

— Cícero, quem vai assumir o plantão do fim de semana no prédio?

— Eu, doutor. Os outros dois porteiros estão doentes. O garagista vai me render de madrugada.

— E você vai aguentar isso, rapaz?

— Com o desemprego que anda por aí, aguento qualquer coisa, doutor!

— Então preste atenção e deixe por escrito o que vou dizer a você.

O porteiro abriu uma pequena caderneta de couro e pegou uma caneta.

— Pode falar.

— Cícero, não quero e não posso receber visitas nos próximos dias. Também não quero que ninguém saiba que estou com hóspedes em casa. Entendeu?

— Claro, doutor. Pode ficar tranquilo. Conte comigo.

Arthur desligou o interfone e retornou à sala.

— Vi que Mirtes caprichou na mesa do lanche. Eu estou com fome. E vocês?

Silvana o interrompeu.

— Você já fez demais. Vou procurar um hotel. Não é justo acampar em sua casa e atrapalhar sua rotina, Arthur. Precisarei voltar ao trabalho também. A vida segue.

Ele a segurou carinhosamente pelos braços, colocando-a sentada.

— Ouça bem e entenda o que vou dizer: vocês não estão acampados em minha casa e nem atrapalham nenhum tipo de rotina. Não há nenhuma possibilidade de voltarem a uma vida normal até que Carlos seja preso. Nem trabalho, nem centro espírita e nem casa. Num hotel, seriam facilmente encontradas. Ficarão aqui até que tudo se resolva, OK?

— Não posso deixar o hospital!

— Pode sim, doutora. Médicos também adoecem. Segunda-feira providenciaremos sua licença. Pedirei ao meu advogado para resolver essa questão, mantendo meu anonimato. Tenho um amigo de profissão que pode atestar sua incapacidade temporária para exercer suas funções. Está emocionalmente abalada, e isso não é bom nem para você nem para as pessoas que atende na emergência.

— Posso fazer contato com Rosário? É minha amiga do centro espírita. Gostaria de justificar meu afastamento.

— Desde que não diga onde está, acho até que deve fazer isso. As orações de sua amiga também serão preciosas para essa história ter um desfecho tranquilo. Pegue meu telefone. Vou programá-lo para o número aparecer restrito. Fale da varanda, enquanto eu e dona Sílvia aguardamos você na cozinha. Precisa se alimentar.

— Rosário não será capaz de falar nada a ninguém.

— Se ela for pressionada, ninguém pode garantir nada. Desabafe com Rosário, mas não entre em detalhes. Peça a ela apenas para rezar por todos nós.

***

Rosário desligou o telefone e ficou pensativa. Não quis contar a Silvana que Carlos já havia ligado para ela e Tereza. Quase todos os médiuns foram avisados pela dirigente do centro, que repetia como verdade a história narrada por ele: que Silvana abandonara o lar levando o filho e sendo acobertada pela mãe para entregar-se a uma vida desregrada. Carlos afirmava que lutaria até o fim para recuperar Rafael e cuidar dele segundo os princípios morais de uma família sólida. Denegriu o quanto pode o comportamento da esposa, atribuindo a ela traições e um comportamento vulgar. Rosário tentou alertar Tereza sobre a necessidade de esperar a versão de Silvana, mas ela exultava.

— Deus é testemunha de que sempre desconfiei do comportamento de Silvana. Péssima médium e uma lástima como mãe e esposa. O umbral está cheio de gente assim! Essa vai vagar. Ah! Se vai! Vai vagar com todos os espíritos mistificadores que a acompanham desde sempre!

Rosário preferiu silenciar. Não tinha por hábito entrar em discussões improdutivas. Tereza, em nome da doutrina, chegava a cometer desatinos em relação à vida das pessoas. Para ela, todas as pessoas que não comungavam de seu comportamento, seriam "futuros espíritos a sofrer nas regiões umbralinas". Nada, nem a orientação constante das entidades que participavam dos trabalhos no centro espírita, conseguia modificar sua alma viciada no julgamento e na sentença.

Parada no batente da porta da cozinha simples do centro, com o Evangelho nas mãos, Rosário buscou o auxílio necessário na oração. A figura de Silvana não lhe saía da cabeça. Olhava em derredor para tentar compreender o comportamento cruel de pessoas que se autodeclaravam espíritas e pretensos seguidores dos passos do Cristo. Abriu a bolsa de lona e guardou o pequeno livro. Caminhou lentamente por todas as dependências do centro, abriu o portão e, sem olhar para trás, saiu decidida a não mais voltar.

CAPÍTULO 13

Marlene acordou descontrolada. Havia dias não conseguia o efeito desejado dos remédios. Trêmula, sentou-se à mesa para o café da manhã. Sônia observou as olheiras profundas no rosto sulcado da patroa.

— A senhora está bem, dona Marlene?

— Não durmo bem há algum tempo. Vou procurar outro médico hoje. Peço que você tome conta de Luizinho. Precisarei fazer contato com o doutor Arthur. Os remédios de Luizinho também estão acabando. Gostaria muito que ele não precisasse mais desse acompanhamento. Confesso que esse doutor "sabe tudo" me irrita profundamente. As mãos dela evidenciavam incontrolável tremedeira. Ao tentar apanhar uma fatia de queijo, derrubou a garrafa térmica e o pote de manteiga no chão. Sônia se apressou em apanhar as coisas e limpar o chão.

— Procure ficar mais calma, dona Marlene. Seu neto está bem e a senhora leva uma vida confortável. Não há motivos para tanto nervosismo.

— Meta-se com sua vida! Não pedi opinião de ninguém! — retrucou, lançando um pano de prato nas costas de Sônia.

Melissa acordou com a voz alterada de Marlene e se esquivou de sair do quarto. Sabia que não seria capaz de suportar ver a mãe sendo maltratada. Sônia olhou para o pequeno relógio de pulso e constatou o atraso da filha.

— A senhora me dá licença, dona Marlene. Preciso acordar a Mel porque ela já está atrasada.

— Termine de colocar meu café primeiro! Não tenho tempo a perder! Meu médico não espera!

Sônia encheu a xícara da patroa com leite e pingou o café. Passou uma camada generosa de manteiga no pão e colocou sobre um prato.

— Posso ir agora?

Marlene empurrou a xícara com fúria.

— Desde quando tomo café com leite? Você perdeu o juízo?

— A senhora sempre tomou café com leite. Sempre...

— Detesto leite, maldita! Detesto leite! Saia da minha frente antes que eu cometa uma loucura!

Sônia limpou a mesa, lavou a xícara e tornou a colocá-la à frente de Marlene. Em seguida, foi ao encontro de Melissa. Nos poucos passos que separavam a cozinha do cômodo de empregada, ouviu, assustada, a patroa sussurrando coisas desconexas:

— Vou acordar Luizinho. O jardim de infância abre cedo. Amaro e Claudia são dois irresponsáveis. O meu netinho vai acabar perdendo um dia de brincadeiras por causa deles...

Chegando ao quarto, encontrou a filha arrumada e fechou a porta cuidadosamente.

— Que cara assustada é essa, mãe? Pelo jeito é por conta de dona Marlene. Estava esperando ela se acalmar para poder sair.

— Mel, acho que dona Marlene está variando um pouco das ideias...

— Ela sempre foi grosseira desse jeito. O nome disto é falta de educação, grosseria ou qualquer outra coisa parecida com isso. Não tem essa de variação das ideias não, mãe.

— Você não me deixou terminar, Mel. Quando saí da cozinha, ela começou a cochichar coisas estranhas, como se Luizinho fosse ainda uma criança, e dona Claudia e seu Amaro estivessem vivos.

— A senhora está impressionada. Ela deve ter feito isso de propósito. Nunca conheci uma pessoa tão cheia de artimanhas como ela. Inventa coisas só para manipular as pessoas...

— É sério o que estou falando! Dona Marlene sempre tomou café com leite. Hoje veio com uma história de que detesta leite.

— Ela está jogando! E a senhora está caindo nesse jogo, mãe. Veja se ela já saiu da cozinha. Estou muito atrasada.

Sônia abriu a porta do quarto e esticou o corpo para olhar a cozinha. Marlene não estava mais lá.

— Vá, Mel. Tome café na rua. É melhor.

— Pode deixar. Hoje mesmo vou procurar uma quitinete pra gente. Não dá para viver pisando em ovos. Se existe uma coisa que detesto é insegurança — respondeu, beijando a mãe antes de sair.

Sônia retornou à cozinha e ouviu os gritos de Marlene da sala. Correu para atendê-la.

— Pronto, dona Marlene! Posso ajudar?

— Quero minha bolsa, Sônia. Não estou achando e preciso sair logo!

— Sua bolsa sempre fica trancada no guarda-roupa — disse abrindo uma das portas e entregando a bolsa a ela.

— Nunca guardei nada aí. Deve ter sido você ou o Luizinho, em uma das suas artes.

Marlene, ainda de camisola, apanhou um batom na bolsa e delineou os lábios com firmeza.

— Pronto. Agora chame um táxi. Detesto ônibus e toda aquela gentinha suada e morrinhenta.

Sônia apanhou a caderneta de telefones e digitou rapidamente os números da cooperativa de táxis que a patroa estava acostumada a usar. Em poucos minutos, um carro buzinava à porta. Assustada, viu quando a patroa cruzou a sala trajando ainda a camisola e de saltos plataforma.

— Dona Marlene, a senhora vai sair assim?

— Assim como?

— Assim, dona Marlene, de camisola?

— Estou sempre vestida de forma adequada, Sônia. Não estou de camisola!

— Está sim! A senhora deve ter se confundido — argumentava, impedindo-a de passar.

A patroa se enfureceu.

— Saia da minha frente, lacaia! Não posso perder tempo!

— Não vou deixar a senhora sair de casa desse jeito!

Marlene, descontrolada, gritou impropérios:

— Se não sair por bem, sairá por mal, mulher! — gritou, jogando Sônia no chão.

Luiz Cláudio despertou num salto. Com o coração aos pulos, correu para a sala e viu Sônia chorando no chão. Cuidadosamente, levantou-a.

— Que gritaria foi essa, Soninha? Você caiu?

Sônia não sabia o que dizer. Tinha medo da reação do garoto.

— Nada de mais, meu filho. Tropecei e caí.

— E minha avó? Onde está minha avó?

— Sua avó saiu. Foi ao médico para fazer outra avaliação. Diz que não consegue dormir há algum tempo.

— Mas ouvi os gritos dela! O que houve?

Sônia procurou despistar.

— Dona Marlene sempre fala alto. Já virou mania. Agora vamos tomar café.

Vou tomar um banho primeiro, Soninha. Essa noite também foi difícil para mim.

— Por que, Luiz?

— Deixa pra lá, Soninha. Queria muito conversar com o doutor Arthur e com a doutora Silvana hoje. Tem uns dias já que nenhum dos dois me liga. Será que me esqueceram?

Sônia foi preparar o café para Luiz Cláudio com preocupação. Sentia um aperto incomum no peito.

No banho, sob a água gelada do chuveiro, o rapaz relembrava a noite de terror, quando o ar-refrigerado desligou abruptamente. Acordou com o barulho do aparelho sendo desligado e sentou-se na cama, julgando que a avó havia feito aquilo. Ao olhar para a parede onde estava instalado o ar, deparou-se com o amigo morto, assassinado por um policial. O rosto do rapaz estava empapado de sangue e, na testa, o buraco da bala. Luiz Cláudio tentou, em vão, sair do quarto e gritar por socorro. Macuco acompanhava todos os seus passos, pondo-se sempre à frente dele. Cansado, Luiz pôs as mãos sobre a cabeça.

— Isso é um pesadelo! Já vou acordar e me livrar de você, Macuco!

Incrédulo, ele ouviu claramente a risada entrecortada de deboche do amigo.

— Você não vai se livrar de mim porque sou real, Luiz. Isso não é apenas um sonho ruim, vai se transformar num pesadelo de verdade. Fui o único a levar aquele tiro desgraçado. Alguns amiguinhos seus conseguiram livrar sua cara e trazer você de volta para esta casa. Eu fiquei vagando por aí, cara. Sabe o que é você estar morto sem estar? Sentir sede, fome, dor. E a secura do *crack*, meu parceiro? Isso não passa não!

— Vá embora — Luiz falou com a voz trêmula de pavor.

— Você não vai se livrar de mim dessa forma não, parceiro. Você teve amiguinhos bonzinhos que te salvaram do tiro, e eu conheci uns camaradas que me ensinaram muitas coisas, inclusive como acabar com a falta das drogas.

Luiz colocou a cabeça entre as pernas e começou a chorar baixinho. Não sabia rezar. Nunca havia aprendido a se conectar com as forças invisíveis de luz. Desconhecia Deus. Desconhecia a fé. Permaneceu nesta posição até amanhecer, e ele se dar conta de que o espectro horrendo de Macuco havia sumido. Conseguiu adormecer encolhido como um feto.

Enquanto a água gelada do chuveiro caia sobre sua cabeça, ele murmurava.

— Só pode ser abstinência. Preciso falar com doutor Arthur.

Após o banho, Luiz Cláudio sentou-se à mesa e beliscou algumas fatias de pão. Dois goles de suco foram suficientes para deixá-lo satisfeito. Sônia se preocupou.

— O que há com vocês hoje? Todos decidiram deixar o café da manhã de lado?

— Nada de mais, Soninha. Só não estou com fome. E minha avó? Cadê ela?

— Tá com a cabeça aonde, menino? Nas nuvens? Já disse que ela saiu...

— Desculpa. Minha cabeça está nas nuvens mesmo. Liga para o doutor Arthur pra mim? Vê se ele pode vir aqui hoje.

O rapaz retornou ao quarto, abriu as janelas e se deitou. Tinha certeza de que a claridade não permitiria que ele tivesse outra visão. Ligou a tevê e ficou olhando para a tela com desinteresse. Na verdade, relembrava apenas as sensações experimentadas com o uso das drogas. O torpor extremo que o afastava da realidade, adormecendo-lhe todos os sentidos, a euforia e ausência total de medo, o esquecimento de qualquer traço de realidade ou sentimento estavam vivos em sua memória. Começou a ficar desassossegado e, num salto, abriu a porta do quarto. Sônia estava no quintal estendendo roupas e não percebeu quando ele pulou o muro e ganhou as ruas.

***

Pouco depois, Luiz Cláudio examinou os bolsos da bermuda e constatou que não tinha dinheiro nem para sair do bairro. Olhou para o relógio dado de presente pela avó e não hesitou. Havia uma comunidade à beira da avenida principal do bairro. Movido pela vontade incontrolável de consumir qualquer tipo de droga, atravessou a pista e transitou sem medo pelos becos e pelas ruelas apinhadas de gente. Uma moto se aproximou dele.

— Quer o quê por aqui, *playboy*?

Ele mostrou o relógio.

— Vender ou trocar isto aqui.

O jovem piloto saltou da moto e apoiou um fuzil no chão, aos moldes de uma bengala.

— Não queremos encrenca e nem confusão. Me dá a tua mercadoria pra eu avaliar. Tá cheio de coisa falsa por aí.

Luiz Cláudio entregou o relógio.

— Pode confiar, parceiro. É legítimo.

— Desde quando eu confio em viciado? Vocês vendem até a mãe pra comprar umas poucas pedras de *crack* e uma carreira de pó batizado.

— Pode confiar...

O jovem examinou o relógio com atenção. Abriu uma mochila e apanhou um envelope, entregando-o a Luiz Cláudio.

— Tem aí o suficiente pra uns dois dias. Depois volta com dinheiro vivo.

Luiz Cláudio colocou o envelope na bermuda e saiu correndo. Com a mesma facilidade, atravessou a avenida e correu para casa. Pulou o muro e, ofegante, voltou para o quarto.

— Não vou ficar consumindo drogas em favelas. Em casa não tem nada de mais... — sussurrou.

Sônia estava na cozinha preparando o almoço e não se deu conta da saída do rapaz. Para despistar, ele se aproximou, abraçando-a.

— Vou tentar dormir um pouco, Soninha. Estou cansado.

— Você está é suado, rapaz!

— É que abri a janela do quarto para olhar a rua. Está muito calor.

— Então trate de fechar a janela, cerrar as cortinas e ligar o ar. Não quero reclamações de falta de conforto nesta casa — brincou.

— É o que vou fazer, Soninha. É o que vou fazer.

Luiz Cláudio trancou a porta do quarto e sentou-se à mesa do computador. Com uma das mãos afastou o teclado e abriu o envelope com excitação. Três pedras de *crack*, dois saquinhos com cocaína e uma trouxinha de maconha. Separou um saco plástico e derrubou um pouco do pó numa folha de papel ofício. Olhou ao redor e avistou uma caneta. Rapidamente, retirou a tampa, a carga de tinta e a transformou num pequeno tubo após quebrá-la ao meio. Arrumou, com o auxílio de uma régua, duas carreiras do pó branco. Com o canudo enfiado em uma das narinas e tapando a outra com o dedo indicador, aspirou de forma enérgica. De imediato, a fisionomia do menino se modificou, evidenciando grande euforia. Repetiu o ritual com a carreira de pó restante e sorriu.

— Por hoje, já estou satisfeito. Já valeu meu dia!

Apanhou uma antiga caixa de brinquedos em cima do armário e guardou cuidadosamente o envelope pardo.

— Fiquem aí, minhas coisinhas lindas. Amanhã tem mais!

Uma sombra escura ao lado de Luiz Cláudio gargalhava, sugestionando-o: "Amanhã tem mais. Sempre terá mais...".

***

Sônia batia insistentemente na porta do quarto de Luiz Cláudio.

— Luizinho, acorde, por favor! Preciso de sua ajuda.

Ele tentava de todas as formas se manter em silêncio. Não queria que suspeitassem de nada e ainda estava sob o efeito violento da cocaína. Como Sônia estava insistindo muito, ele resolveu atendê-la.

— Fala, Soninha! O que houve? Chegou a Arca de Noé aqui na rua? — perguntou rindo.

— Não estou achando graça nenhuma, Luiz. Estou batendo na porta de seu quarto há uns dez minutos. O assunto é sério.

Luiz Cláudio temeu que alguma vizinha fofoqueira tivesse visto sua saída e o delatado. Com as mãos espalmadas para frente, num gesto de negativa e deboche, ele se antecipou.

— Confesso que não sou culpado de nada e também nada fiz de errado.

— Sei disso, menino! Agora venha me ajudar. Saia deste quarto, por favor.

Luiz Cláudio franziu a testa.

— O que aconteceu? Foi alguma coisa com a Mel?

— Não. Melissa está no trabalho. É com sua avó.

Ele sentiu o coração disparar.

— O que aconteceu com minha avó, Soninha?

— Ela saiu cedo, Luizinho, dizendo que iria ao médico. Saiu de camisola. Tentei evitar, e foi por isso que você me encontrou caída no chão. Recebi uma ligação do número do celular dela, mas era uma pessoa estranha que estava falando. Disse que ela está perdida numa rua da Zona Oeste da cidade e não sabe como voltar.

— Como assim minha avó saiu de camisola? E que rua é essa? Precisamos ir até lá agora! Essa cidade é cheia de marginais! Será que ela foi roubada? Será que está machucada?

— Chega de perguntas, Luiz! Tenho dinheiro para irmos de táxi. Vista uma camisa e pegue seus documentos.

Luiz Cláudio entrou no quarto e olhou para a caixa de brinquedos sobre o armário. "Preciso de mais uma carreira pra aguentar isso!", pensou.

Sônia já o esperava na varanda.

— Vamos, menino! O táxi já chegou.

O percurso até o endereço foi longo. O motorista apontou para a rua.

— Este é o local que vocês me indicaram. Vou passar devagar com o carro.

Luiz Cláudio apontou para uma pequena aglomeração.

— Para ali, moço!

Os dois saltaram do carro e pediram para o motorista esperar. Logo avistaram Marlene ao lado de um surfista, que a segurava pela mão. Luiz Cláudio ficou pálido quando viu a avó de camisola, descalça e chorando muito. Correu para abraçá-la.

— O que aconteceu, vó? Fala pra mim o que aconteceu? A senhora foi assaltada?

Sônia também buscou ampará-la, segurando-a pelos ombros delicadamente.

— Calma, dona Marlene. Vamos para casa. Tudo vai ficar bem.

Um homem de meia-idade e sunga de praia olhou para Luiz e Sônia.

— Vocês não deveriam deixar esta senhora andando sozinha. Poderia acontecer uma tragédia, se ela tivesse tomado outra direção. Aqui neste trecho da praia todo mundo se conhece.

— Minha avó está acostumada a andar sozinha, moço. Isso nunca aconteceu antes.

O homem voltou a falar.

— As coisas com as pessoas de certa idade acontecem de uma hora para outra. Muitas vezes, nenhum familiar se dá conta, meu jovem.

O surfista beijou a testa de Marlene.

— Da próxima vez que a senhora quiser entrar no mar, me procura, vozinha. Agora vá pra sua casa descansar.

Marlene sorriu, e Sônia notou um brilho diferente no olhar da patroa.

— Vamos, dona Marlene. O táxi está esperando.

CAPÍTULO 14

Silvana estava sentada observando a paisagem. Era apaixonada pelo mar. Após o nascimento do filho, poucas vezes conseguiu ir à praia. Na adolescência, mesmo com a preocupação da mãe, aventurava-se em mergulhos em mar aberto e ondas tubulares sobre pranchas resinadas. Sentia saudades de uma época na qual experimentara a sensação de liberdade de forma intensa. Sílvia notou a tristeza nos olhos da filha.

— Está buscando no passado a sua felicidade, Silvana?

— Acho que sim, mãe. Lembro-me de uma época muito boa de nossas vidas.

— Mas você, no passado, só irá encontrar lembranças, minha querida. A vida se manifesta no presente.

— Que vida? Não posso chamar o que estou experimentando de vida.

— Arthur está fazendo o impossível para nosso bem-estar e nossa segurança. Seria uma ingratidão expressar esse seu sentimento para ele.

— Não vou fazer isso. Só estou preocupada. A cirurgia de Rafael precisa ser marcada. A chefe da equipe me enviou um e-mail.

Mãe e filha se viraram ao ouvir a maçaneta da porta da sala girar. Era Arthur, carregado de sacolas.

— Me ajudem aqui, por favor. Sou um atrapalhado para carregar bolsas. — disse colocando-as sobre o sofá.

As duas se aproximaram sorrindo. Sílvia percebeu a alegria retornar ao rosto sofrido da filha.

— Vou deixar vocês com essas sacolas e a vista para o mar e vou tirar minha soneca da terceira idade, junto com meu netinho.

Arthur sinalizou para que ela esperasse.

— Só um instante, dona Sílvia. Tenho um presente para vocês.

— Mais presentes! — Silvana exclamou. Assim vamos ficar mal-acostumadas. Já temos o suficiente, Arthur.

— Vocês não têm o que comprei — afirmou, entregando uma sacola para Sílvia e outra para Silvana. — Abram e vejam se acertei os tamanhos e o gosto de vocês. As vendedoras da loja já queriam me ver pelas costas. Acho até que colocaram uma vassoura qualquer atrás da porta!

Silvana foi a primeira a abrir as duas sacolas que recebeu de Arthur: um biquíni, um maiô, uma saída de praia, *shorts* e camisetas coloridas.

— Tenho medo de transitar pela praia, Arthur.

— E quem disse que ficaremos no Rio? Já estava mesmo precisando tirar férias. Passaremos duas semanas fora do Rio, num paraíso particular inacessível a qualquer outra pessoa. Não há o que temer.

Rafael chegou à sala, tirou a chupeta da boca, esfregou os olhos e exclamou:

— Praia... Rafael quer praia!

Arthur entregou a ele vários presentes e recostou-se na poltrona.

— Se confiarem em mim, amanhã sairemos direto para a ilha de um amigo. Vamos de lancha, ou melhor, num belo e confortável iate. O que acham?

O menino pulou no pescoço de Arthur e o abraçou com carinho. Silvana riu, e Sílvia sentenciou:

— Acho que nosso reizinho já se decidiu por nós, minha filha. Agora vamos, Rafael. Vovó precisa daquelas histórias que só você sabe contar.

Arthur e Silvana foram para a varanda. O silêncio durou até o momento em que ela resolveu agradecer os presentes.

— Obrigada, Arthur. Por sua causa, estou conseguindo superar esta fase negra.

O médico olhou para ela com ternura.

— Faço tudo com muito prazer. Gosto muito de você, doutora, e quero vê-la feliz e plena.

— Até resolver estas questões com o Carlos, será difícil encontrar a felicidade.

— Mas você pode treinar esta felicidade. Aliás, felicidade é treinamento diário. Se você não fizer isso, esquecerá de vez o que é ser feliz. E a amargura não combina com sua alma. Como afirmam no Budismo, transforme o veneno em remédio. Use esta experiência dolorosa para descobrir outros caminhos. Estarei ao seu lado, se você permitir.

— Quero você sempre ao meu lado, Arthur. Acho que não conseguiria mais ficar longe de você.

Ele se emocionou. Estava apaixonado por Silvana e descobriu, naquele exato instante, que poderia ser correspondido na mesma intensidade. Aproximou seu corpo dela e envolveu-a num abraço, inicialmente, terno. Percebendo que era correspondido, tomou-lhe pela cintura, apertando-a contra seu peito. Silvana tentou esquivar-se com a voz ofegante.

— Somos apenas amigos...

Ele não deu tempo para que ela voltasse a falar. Um beijo apaixonado e a troca de carícias marcaram de maneira definitiva aquele encontro. Um vento sudoeste soprou, e Arthur conduziu-a pela mão até o quarto dele. Amaram-se até as primeiras estrelas salpicarem o céu de verão. Silvana se sentiu amada verdadeiramente por Arthur. Nunca havia experimentado tamanha plenitude.

— Estou apaixonado por você, doutora. Logo eu, um velho e solitário médico.

— Depois dessa tarde maravilhosa, posso afirmar que encontrei o homem de minha vida. Só não sei se estou à altura de sua dedicação e de seu carinho, professor.

Arthur a beijou mais uma vez.

— Está sim, doutora. Amanhã cedo partiremos para a ilha de meu amigo. Lá, não correremos nenhum tipo de risco.

Mais tarde, os dois chegaram à copa onde Sílvia e Rafael faziam um lanche. O menino foi direto.

— Tão namorando?

Silvana ruborizou.

— E desde quando você sabe o que é namorar, Rafael?

— Sabendo, ué. Um dia, eu namorei também. Mas faz muito tempo. Acho que foi antes de eu voltar pra cá.

— Como assim? — perguntou Sílvia.

O menino sacudiu os ombros, dando por encerrada a conversa. Sílvia apontou os lugares na mesa.

— Vamos lanchar juntos?

Arthur foi até a geladeira e apanhou uma garrafa de vinho.

— Se me permitem, gostaria de propor um brinde ao passeio que vamos fazer — disse abrindo a garrafa de vinho e servindo Sílvia e Silvana.

— Brindo à felicidade de todos!

As taças se tocaram, e Silvana se deu conta do encantamento que vivia. Arthur era um homem maduro, bonito, elegante, inteligente, bem-sucedido e carinhoso. Não entendia por qual motivo ainda não havia se casado depois de ficar viúvo. Ao mesmo tempo em que temia um relacionamento estando ainda casada oficialmente com Carlos, nutria-se de vaidade por saber-se privilegiada por ter reencontrado o amor.

Sílvia apanhou Rafael no colo.

— Gostaria tanto que ele brincasse um pouco na areia da praia.

Silvana o puxou do colo da mãe.

— Nada disso! Falei com Rosário ontem e ela me contou que Carlos está enlouquecido vasculhando a cidade. A partir de amanhã, ele poderá brincar bastante, mamãe.

— Por que não brinca com ele na varanda, dona Sílvia? As redes de proteção estão em ordem. Não há o que temer.

O pequeno Rafael correu para o quarto e retornou com uma bola.

— Vem, vovó!

— Nada de bola na varanda, rapazinho. Vai acabar quebrando alguma coisa!

Arthur imediatamente se dirigiu à varanda e empurrou todos os móveis para um canto.

— Pronto. Há espaço de sobra agora, dona Sílvia!

***

Arthur levantou-se da cama ao surgirem os primeiros raios de sol. Olhou para o celular e viu várias chamadas perdidas do número da casa de Luiz Cláudio. Preocupou-se com o que poderia ter acontecido com o rapaz. Tomou um banho demorado e se arrumou com capricho. Preparou o café da manhã e organizou a mesa. Vivera durante muitos anos sozinho e tinha receio de que aqueles dias mágicos acabassem de uma hora para outra.

Silvana chegou à copa logo depois. Vestia um dos *shorts* que ele lhe presenteou e uma bata azul clara. Os cabelos estavam presos por um óculos de sol. Estava corada e abriu um largo sorriso ao ver Arthur. Chegou perto dele e o beijou apaixonadamente.

— Juro pra você que não esperava um carinho desses logo pela manhã.

— Gostaria de ter passado a noite ao seu lado, mas...

— Não se preocupe, Silvana. Entendo e acho justa sua posição. Por enquanto, somos apenas amantes. Sua mãe e seu filho, por mais que pressintam nossa relação, não têm necessidade de participar ou serem coniventes com ela. O certo é certo, independente das circunstâncias apresentadas pela vida. Só estou preocupado com uma coisa. Veja em meu celular o número de ligações perdidas da casa de Luiz Cláudio.

Silvana apanhou o aparelho sobre a mesa e examinou o registro de chamadas.

— Meu Deus! Deve ter acontecido alguma coisa. Não vou me perdoar por isso, Arthur. Não vou! Fiquei presa aos meus problemas e me esqueci de Luiz Cláudio. Ligue para a casa dele, por favor. Não podemos nos afastar da cidade, sem sabermos ao certo o que aconteceu.

O médico conferiu a hora e apanhou o celular.

— Vou ligar. Se acalme. A esta hora, Sônia já deve estar acordada.

Em dois toques, Sônia atendeu ao telefone.

— Graças a Deus o senhor retornou, doutor!

— O que aconteceu com Luiz Cláudio? Dormi cedo e não ouvi o celular. O que aconteceu, Sônia?

— Doutor Arthur, são muitas coisas sobre Luiz Cláudio, e agora também com dona Marlene.

— Você pode me falar pelo telefone?

— Sim. Eles ainda estão dormindo. Foram momentos difíceis.

Sônia narrou inicialmente o episódio ocorrido com Marlene com detalhes. Depois, continuou a falar sobre o que havia acontecido

163

desde o momento em que a encontraram na praia. Arthur colocou o celular no viva-voz para que Silvana pudesse também ouvir.

— Então, doutor. Aconteceu tudo isso com dona Marlene e nós conseguimos encontrá-la, graças ao bom coração de algumas pessoas. Ela veio em silêncio no carro, mas notei muita agitação no Luizinho. Ele estava com as pupilas dilatadas, e isso me chamou atenção. Dona Marlene adotou um comportamento apático: ora ela dava ordens, como de costume, ora ela pedia para que eu resolvesse as coisas. Pegou cisma de escovar os dentes toda hora e de lavar as mãos, mesmo quando havia acabado de fazer isso. Tentei evitar algumas vezes, mas ela se tornou muito agressiva. Quando Melissa chegou do trabalho, ela a confundiu com a filha dela e começou a esbravejar. Tentei falar com o senhor e, como não consegui, abri o livrinho do plano de saúde e chamei uma dessas emergências que atendem em casa. Aplicaram uma injeção de calmante nela, e o médico disse que aquele comportamento era fuga dos problemas. Que tivéssemos paciência que ela iria acordar bem. Só estava confusa.

— Certo. Pode ter sido isso mesmo. Ela deve ter ficado desorientada. É bem comum nesta idade. Dona Marlene vem enfrentando situações bem difíceis. E com Luiz Cláudio? O que aconteceu?

Sônia ficou em silêncio por alguns segundos. Depois pigarreou para responder.

— Doutor, não posso afirmar com certeza, mas acho que Luizinho voltou a se drogar.

— Por que você acha isso, Sônia? Ele tem saído de casa? Algum colega foi visitá-lo?

— Não, senhor. Por isso mesmo estou intrigada. Reparei mais de uma vez nas pupilas dilatadas no menino. E o nariz que não para de fungar. Sabe como é, doutor, são gestos bem característicos. O senhor poderá vir até aqui hoje? Eu e Melissa não temos condições de resolver tantas coisas.

Arthur pediu licença a Sônia.

— Só um momento, Sônia. Me passe o número de seu celular. Já ligo de volta.

Sônia ditou o número, e Silvana anotou num guardanapo. Arthur finalizou a ligação e olhou para Silvana.

— O que vamos fazer? Quero você afastada da cidade por uns dias. Por outro lado, não posso deixar Luiz Cláudio à deriva.

— Vamos os dois até lá — decidiu Silvana.

— Nada disso, doutora. A senhora está licenciada, e a opção que preciso fazer é bem simples. Vocês me aguardam aqui enquanto vou até a casa de dona Marlene. Espero estar iluminado espiritualmente para resolver o que se apresentar.

— Você é iluminado sempre.

— Não é desta iluminação a que estou me referindo. É sobre iluminação interior. Um estado de espírito que me traga o equilíbrio necessário para auxiliar. No Budismo, este estado de iluminação oscila bastante entre o negativo e o positivo. Estou vivendo um momento mágico com você. Redescobri o amor e, levando em consideração tantos sentimentos bons, espero ter a sorte necessária para interferir positivamente na vida daquela família.

Silvana se interessou.

— E se você estivesse experimentando sentimentos negativos? Não poderia ajudar?

— Vou lhe devolver a pergunta: você se sente apta ao trabalho mediúnico nesta fase de sua vida? Poderia auxiliar alguém neste momento?

— Diferente do que pregam, sempre tive a certeza de que, em determinados momentos, não seria um bom instrumento de ajuda ao próximo. É como usar um bisturi enferrujado numa cirurgia: resolvo um problema e causo outro, muitas vezes, mais sério. Agora vá, Arthur. Vá saber o que está acontecendo naquela família.

***

Em pouco mais de quarenta minutos, Arthur estacionava o carro à frente da casa de Marlene. Sônia, como de praxe, já o esperava na varanda e logo abriu o portão.

— Por favor, doutor, não comente nada com Luizinho sobre minhas suspeitas. E olhe com carinho pela dona Marlene. Ela parece ter acordado bem, mas...

— Não se preocupe, Sônia. Vamos entrar.

Marlene estava na cozinha ouvindo um programa de rádio, e Luiz Cláudio, no quarto. Arthur decidiu examiná-la primeiro.

— Bom dia, dona Marlene. Como está passando?

— Estou bem, doutor. Que mal lhe pergunte, o que veio fazer aqui? Eu estou bem e meu neto não poderia estar melhor. Se há alguma louca aqui é a Sônia. O senhor sabe que ontem ela me obrigou a sair de camisola? Só não a coloco na rua porque não aguento mais alguns serviços da casa.

— E por qual motivo Sônia faria isso?

— É isso que eu também gostaria de saber! — respondeu, aproximando o radinho de pilha do ouvido.

Arthur insistiu.

— A senhora tem dormido bem?

— Não sei mais o que é isso há muito tempo. Tiro uns cochilos, mas uma noite inteirinha de sono, nada, doutor!

O médico verificou a pressão arterial de Marlene, ascultou-lhe e verificou a dosagem de glicemia. Ela se manteve passiva durante o exame, apenas trocando o rádio de posição. Ele fez sinal para Sônia e se encaminhou até a sala.

— Pelo que parece, dona Marlene teve um surto psicótico leve. Essas coisas acontecem com muita facilidade. Principalmente, quando a pessoa é submetida a um estresse longo e doloroso. Ela sofreu muito com o afastamento do neto e continua a sofrer com o medo de perdê-lo novamente. Vou receitar alguns medicamentos, mas não os deixe ao alcance dela. Não posso dar um diagnóstico preciso ainda. Agora quero ver Luiz Cláudio.

— Ele ainda não acordou, doutor.

— Mas vai acordar agora, Sônia. Preciso falar com ele antes de ir embora. Me leve até lá. Quero fazer uma surpresa.

Sônia o acompanhou até a porta do quarto e retornou à cozinha. Arthur bateu de leve na porta e entrou. Luiz Cláudio abriu os olhos e piscou duas vezes.

— O senhor leu meus pensamentos, doutor?

— Às vezes, leio sim, meu menino. Vim dar uma olhadinha na sua avó. Ela teve problemas ontem, e Sônia me pediu ajuda.

— E como ela está? — ele perguntou, sentando-se na cama.

— Parece que dona Marlene não segurou a própria onda, conforme vocês jovens falam. Muitos momentos de tensão, nervosismo, remédios para dormir, que não fazem mais efeito, e a tal da idade, que faz decrescer nossas forças e nosso ânimo.

— Isso tem cura?

— Tirando a idade, o resto é tratável, Luiz. Agora, me fale de você. Como está lidando com a vida?

— Depende, doutor.

— Depende de quê?

— Do que o senhor quer saber exatamente.

— Tudo, Luiz. Somos amigos, lembra?

O rapaz coçou a cabeça e, em seguida, ajeitou os cabelos num gesto de nervosismo, que foi percebido por Arthur.

— Estou apaixonado, doutor. E justo agora o meu amigo, que foi morto, resolver ficar na minha cola. Falei dele para o senhor. O Macuco resolveu aparecer todas as noites pra mim. Tenho medo e, com isso, custo a dormir. A vontade de consumir drogas aumentou muito.

Arthur foi direto.

— E você cedeu a essa vontade.

Luiz Cláudio pôs as mãos na cabeça.

— É difícil, doutor. Muito difícil.

— Sei que é muito difícil. Não vim até aqui recriminar você. Julgar suas atitudes, fraquezas ou coragens. Estou aqui para tentar ajudá-lo.

— O senhor acha que tenho chances com Melissa?

— Como vou saber? Você, o que acha?

— Às vezes, acho que sim. Outras, que não. O senhor acha impossível alguém se apaixonar por mim?

— Segundo a doutora Silvana, você é encantador.

Luiz Cláudio riu e conquistou novo ânimo.

— Vou tentar. Não custa nada, não é mesmo? E ela pode me salvar.

— Ninguém é capaz de salvar ninguém emocionalmente. A sua cura em relação ao vício não depende da filha de Sônia. Depende apenas de sua vontade.

— Vou me curar, doutor. Amo Melissa. Peça à doutora Silvana para rezar por mim. Sei que ela é espírita.

— Reze por ela também, meu rapaz. Ela está precisando de nossos pensamentos firmes.

— Quando ela virá aqui para me ver?

— Logo. A doutora Silvana está viajando. Assim que ela retornar, passará por aqui. Vou deixar uma receita nova com Sônia. Siga um estilo de vida saudável, pratique exercícios, medite, ore, enfim, faça alguma coisa por você.

O médico saiu, e Luiz Cláudio olhou para a caixa em cima do armário.

— Vou jogar essa porcaria fora. Se Melissa descobrir que usei drogas novamente, nunca mais vai olhar para minha cara. Ainda tem essa história da minha avó. Vou fazer o que o doutor Arthur recomendou: cuidar de mim.

A presença de Arthur na casa impossibilitou a reaproximação de Macuco. Luiz Cláudio se sentia mais leve e livre. Marlene, entretanto, transitava por momentos de extrema lucidez e por outros carregados de descontrole com a evolução de manias bizarras.

***

Arthur organizou a bagagem e interfonou para a portaria.

— Assim que o táxi chegar, avise-me, Cícero. Por favor, mantenha o mesmo sigilo em relação à minha ausência para qualquer pessoa.

Rafael estava eufórico. Andava de um lado para outro perguntando como seria o passeio. Silvana, entretanto, estava cabisbaixa. Arthur percebeu e resolveu silenciar. Tinha esperanças de que alguns dias afastada da cidade poderiam livrá-la do medo e da angústia. Amava-a e desejava um final feliz para toda aquela história. Sabia que muitas seriam as barreiras a serem enfrentadas, mas encontrava-se disposto a transpô-las uma a uma. Era paciente e perseverante, características conquistadas com o Budismo, e tinha seus objetivos muito bem traçados. Depois dos momentos de amor com Silvana, ganhara a certeza de que era correspondido por ela.

CAPÍTULO 15

Carlos se olhou no espelho e trincou os dentes. Por mais que procurasse, Silvana parecia ter apagado todos os rastros. Em alguns momentos, pensou em pressionar Rosário mais violentamente, mas teve receio de uma denúncia.

— Por enquanto, ainda não quero manchar minhas mãos de sangue! — sussurrava, cerrando as mandíbulas com ódio.

A campainha tocou, e ele apressou-se em abrir a porta.

— Bom dia, inspetor Douglas. Pensei que não viria mais!

O homem enxugou o rosto com um lenço e ajeitou a calça, puxando-a com a mão pelo lado esquerdo.

— Deixe-me entrar, doutor. Não é conveniente conversar determinados assuntos na rua, ainda mais com um sol desses.

Carlos abriu o portão, olhando-o da cabeça aos pés. Conduziu-o até a sala e ligou o ar-condicionado. Douglas olhou ao redor com ar de aprovação.

— Para um homem que está vivendo sozinho, sua casa é bem organizada, doutor.

— E por acaso isso lhe diz respeito? — Carlos respondeu grosseiramente.

— Mania de investigador. Sempre observo tudo.

— Vamos ao que interessa, inspetor. Quero que encontre minha esposa e meu filho.

— Antes de vir para cá, vasculhei o sistema de ocorrências policiais. Pesa sobre o senhor uma denúncia de maus-tratos e cárcere privado. Tudo devidamente registrado, doutor. Não seria esse o motivo pelo qual sua esposa tenha fugido levando o filho?

Carlos se levantou abruptamente da poltrona e acendeu um cigarro.

— Minha mulher é uma leviana. Ela e a mãe não valem absolutamente nada!

— Se sua esposa é como o senhor descreve, porque razão quer encontrá-la?

Os olhos de Carlos brilharam com fúria.

— Por meu filho. Meu pequeno e amado filho está com elas.

— Não sei se devo, como profissional, ajudá-lo.

Carlos tragou com força o cigarro, expelindo a fumaça em direção a Douglas.

— Essa questão ética não me interessa! Meu advogado já resolveu esta pendência.

Abriu uma maleta de couro e apanhou um maço de dinheiro, colocando-o sobre a mesa.

— Veja! De onde saíram estes valores tem muito mais. O que tem aqui é três vezes mais do que você ganha por mês. Leve a metade hoje, e o restante vou entregar quando me indicar onde está Silvana.

Douglas apanhou o dinheiro e o contou. Rapidamente fez as contas de quanto devia na praça e pigarreou.

— O senhor é um homem justo. Aceito o trabalho. Preciso de fotografias de sua mulher, seu filho e sua sogra. Endereço de amigas, local de trabalho e do pediatra do menino. Mesmo sendo uma irresponsável como o senhor diz, ela não deixaria de acompanhar o pequeno ao médico.

— O dinheiro sempre se sobrepõe às questões éticas, meu caro. Sempre foi assim e sempre será.

Carlos entregou um caderno cuidadosamente organizado a Douglas: fotos coladas, endereços anotados, nome e telefone de algumas pessoas e o livro do plano de saúde de Rafael. O inspetor ficou surpreso.

— Doutor Carlos, o senhor é mais meticuloso do que eu imaginei. Mas o livro do plano de saúde...

— Silvana é esperta demais. Se ela não passou pelo consultório do pediatra e da ortodontista de Rafael é porque procurou outros especialistas. Vasculhe tudo. O dinheiro do pagamento é para que seu trabalho seja muito bem-feito e com resultado rápido. Detesto gente que me rouba o tempo!

Douglas guardou o dinheiro num envelope e se despediu.

— Mandarei notícias em breve. E, se aceita um conselho, quando reencontrar sua mulher, evite problemas. Hoje em dia, elas têm muito mais poder e força do que parece.

— Vadias não têm força e nunca terão! Essas leis não se aplicam aos justos, e eu sou um homem justo. Faça seu trabalho e me traga resultados!

***

Arthur estava à beira da piscina com Silvana. Rafael brincava no gramado que rodeava o deque, onde estava atracada a lancha. Gaivotas davam voos rasantes na água, e o menino ria sem parar.

— Parece que Rafael gostou bastante daqui, meu amor.

— Ele está se divertindo bastante, Arthur. Não poderia ser diferente. Só me preocupo porque sei que não será para sempre. Não posso ficar afastada de minha rotina por toda a vida. Como poderei viver sem enfrentar Carlos e resolver logo tudo isso?

— Infelizmente, não serão eternos estes momentos, Silvana. Também tenho minha vida para tocar, mas quero lhe fazer uma proposta.

Ela ergueu o corpo da espreguiçadeira e tirou os óculos de sol que cobriam seus olhos.

— Que proposta? Você é um homem cheio de surpresas. Nem consigo imaginar o que mais tem a me oferecer. Tudo é tão mágico!

— Conversei com meu advogado ontem. Ele disse que você poderia entrar com uma separação litigiosa. E, a partir dessa separação, nós dois...

Arthur começou a gaguejar. Tinha receio de que ela não aceitasse sua proposta. Segurou as mãos de Silvana com carinho.

— Sei que sou um velho e deveria ter mais controle sobre minhas emoções. Mas, desde que reencontrei você, vislumbrei novas possibilidades de vida. Case-se comigo. Quero voltar a viver de forma plena novamente. Fui apaixonado por minha esposa e, depois da morte dela, tranquei a sete chaves meu coração e passei a viver somente com o apoio da razão. Hoje sei que posso e devo conciliar as duas coisas. Parece que você encontrou as tais das sete chaves, Silvana.

Ela suspirou profundamente. Sentia-se como se fosse personagem de um romance onde tudo dá certo e todos sempre são felizes para sempre. Uma lágrima discreta deslizou sobre o rosto bronzeado da médica.

— Você acha que temos alguma chance?

Ele se entusiasmou.

— Temos todas as chances do mundo! Todas as chances que quisermos ter. O Universo é o grande patrono de cada um dos desejos de nossas almas, Silvana. Você aceita?

Ela respondeu à pergunta com um beijo. Rafael puxou o vestido de Sílvia e apontou para os dois, batendo palmas e rindo. Sílvia segurou o neto no colo. Um aperto no peito causou-lhe grande angústia. Baixinho, quase sussurrando, falou:

— Espero que as entidades de luz não desamparem nossa família...

Rafael olhou para o mar e acenou: apenas ele havia notado a presença de Benedito.

***

Carlos recebeu a visita do oficial de justiça contrariado.

— Não vou comparecer a lugar nenhum! Minha mulher está sumida, senhor, e, agora, ela me vem com essa história de separação litigiosa! Isso é um absurdo! Onde ela está? Por acaso a Justiça saberá me informar? Aquela louca sumiu com meu filho! O senhor sabe lá o que é isso?

O oficial de justiça se limitou a entregar a intimação a ele, entrou no carro e saiu. Carlos digitou o número de Douglas com raiva.

— Seu imbecil! Acabei de receber uma intimação de um oficial de justiça. A vadia da Silvana pediu o divórcio. Trate de achá-la ou acabo com você!

— Estou a caminho de sua empresa, doutor. Tenho informações valiosas. Avise à sua secretária que me deixe entrar logo. Ela sempre me olha com cara de nojo.

— Você desperta isso nas pessoas. É por isso. Venha logo. Estou esperando!

Douglas afrouxou o nó da gravata. Tinha vontade de matar Carlos todas as vezes que era ofendido por ele, mas pensava no restante do dinheiro e acatava as ofensas sem revidar. Em poucos minutos, estava sentado à frente de Carlos, suando em bicas.

— Você não para de suar nem no ar-condicionado, Douglas! Vá ao lavabo e seque esse rosto. É um horror olhar para você assim!

O inspetor reagiu.

— Acho bom pularmos a parte das ofensas, doutor. Tenho informações preciosas comigo e posso perder a vontade de passá-las ao senhor.

— Você não seria capaz disso! É um fraco e precisa de dinheiro!

Douglas abaixou-se e puxou uma pistola guardada num coldre preso ao tornozelo, mantendo a mão no gatilho.

— Preciso do dinheiro e poderia levá-lo na marra, se eu quisesse. Mas sou um profissional. Entenda bem, sou um profissional e não seu escravo!

Carlos fechou as mãos, pressionando-as sobre o vidro da mesa de trabalho.

— Pode guardar sua arma. Não tenho medo da morte e nem de ameaças. Me passe as informações, e eu entrego seu dinheiro. Ficaremos livres um do outro!

Douglas abriu uma pasta com várias fotografias nas quais Silvana aparecia ao lado de Arthur entrando na portaria do prédio.

— O endereço está aqui? Vou para lá agora! — esbravejou.

— Calma aí, doutor! Não se exponha dessa forma. Há mais fotos e outros endereços. Um deles é em um bairro tranquilo. Parece que os dois prestam atendimento a um rapaz viciado nesta casa. Será mais fácil abordar sua esposa lá do que num prédio cheio de seguranças.

— Sou obrigado a lhe dar razão. E o menino? Onde fica Rafael?

— No prédio de luxo junto com a avó. Deixe para fazer isso depois da cirurgia do menino. Está aí o nome do hospital.

Carlos esboçou discreto sorriso de satisfação. Sabia que a cirurgia do filho poderia ser fatal. O menino tinha o coração fraco e talvez não suportasse a anestesia. Apanhou o restante do dinheiro no cofre do escritório e entregou nas mãos de Douglas.

— Vá embora. Se eu precisar, ligo para você.

Apontou para o assento da cadeira, mostrou uma pequena pistola prateada e falou.

— Eu poderia ter acabado com sua vida também. Não sou homem de andar despreparado, inspetor.

Assim que Douglas deixou a sala, Carlos serviu-se de uma dose de vodca com gelo.

— É... Parece que a vida vai realizar meu grande desejo. Aquele pequeno demônio deformado pode não sobreviver à cirurgia, e isso vai me poupar de um grande trabalho. Depois que ele for embora, Silvana ficará comigo para sempre e do meu jeito.

CAPÍTULO 16

Luiz Cláudio esticou a rede nos fundos da casa e chamou por Melissa. Sônia havia saído com Marlene para levá-la ao médico, e os dois estavam sozinhos.

— Venha, Mel. Está bem fresquinho aqui.

Ela olhou para ele com ar de reprovação.

— Você acha mesmo que vou desrespeitar a confiança que minha mãe depositou em mim, Luiz?

— Não acho que seja desrespeito deitar ao meu lado nesta rede!

— Pois eu não só acho como tenho certeza! Conheço sua conversinha fiada, menino!

O rapaz se aproximou dela com o rosto sério e a testa franzida. Estava sem camisa, e Melissa notou que ele deixara de ser um menino franzino, apesar do estrago causado pelo uso de drogas: músculos delineados no abdome, braços fortes e atitudes firmes compunham uma nova pessoa. A jovem sentiu o coração disparar. Parecia já ter experimentado aquela sensação. Luiz Cláudio tomou-a pela cintura carinhosamente e tocou levemente em seus lábios. Ela deixou, inicialmente, os braços penderem ao lado do corpo. Um beijo mais intenso quebrou-lhe a resistência inicial, e ela o enlaçou em um abraço jovial e terno. O vento constante anunciava um temporal próximo, e o jovem casal se amou pela primeira vez na cadência do balanço da rede. Pingos grossos de chuva começaram a cair sobre eles. Havia paixão, desejo e entrega plena além da matéria. O enlace do pretérito, tão ansiosamente aguardado, se consumava naquela tarde de verão.

Deixaram-se ficar na rede, corpos seminus, até ouvirem o barulho de um carro parando em frente ao portão. Afoitos, vestiram-se rapidamente e entraram na casa. Melissa dirigiu-se para o quarto de Sônia e ligou a pequena tevê. Luiz Cláudio, no próprio quarto, deitou-se e pegou rapidamente no sono.

Sônia entrou no imóvel com Marlene e correu para pegar água para a patroa, que estava ofegante e agitada.

— Beba, dona Marlene. Procure respirar com calma. Tudo já vai passar.

Os olhos de Marlene evidenciavam um pavor incomum.

— Veja como estou trêmula. Tenho a sensação de que vou morrer, Sônia!

— Procure manter a calma. Vou até a farmácia comprar os remédios que o médico passou.

— Aquele médico não soube me dizer nem o que tenho. Por que devo confiar nele?

— Porque não temos saída, dona Marlene. E quando não temos saída, nos apegamos às mãos que estão dispostas a nos ajudar.

Sônia saiu e deixou Marlene na sala com a tevê ligada. Ela, inicialmente, havia sido diagnosticada com síndrome do pânico e, após uma avaliação mais complexa, bipolaridade. Desde então seu comportamento oscilava entre o medo, a agressividade extrema e a candura desmedida.

A empregada, entretanto, não ficara satisfeita com o parecer do psiquiatra. Intimamente, sabia que a patroa apresentava outras características que não eram compatíveis com o diagnóstico recebido. Sabendo-se limitada em conhecimentos, apenas observava a evolução do quadro e, vez por outra, ligava para o doutor Arthur.

Quando Sônia retornou com os medicamentos, ouviu a voz alterada de Marlene no quarto de Luiz Cláudio. Largou a sacola na mesa da sala e correu para ver o que estava acontecendo. Abriu a porta abruptamente e encontrou Marlene com uma caixa nas mãos. Luiz Cláudio chorava como uma criança.

— Vó, eu não estou usando mais nada. Juro!

Colérica, Marlene gritava e apontava para um envelope.

— E isto aqui é o quê, Luizinho? Giz ralado? Chá de camomila neste saquinho? E essas pedras, menino? Você quer acabar comigo? É melhor me matar logo!

Sônia tentava em vão tirar a patroa do quarto, mas ela continuava a gritar. Marlene rasgou o envelope e jogou as drogas no chão. Em seguida, começou a atirar todos os objetos que estavam sobre a cômoda em direção ao neto, que tentava se proteger. O porta-retratos com as fotografias de Amaro e Claudia atingiu em cheio a testa do rapaz. O sangue escorreu de imediato. A empregada, num impulso e reunindo todas as suas forças, conseguiu conter a avó do garoto.

— Chega, dona Marlene! Chega! Vamos para o seu quarto agora!

Voltando-se para Luiz Cláudio, energicamente, determinou.

— Vá até o banheiro fazer um curativo nesta testa. Depois, volte para cá, quero conversar com você. E outra coisa, não ouse sair de casa outra vez ou serei eu a lhe caçar!

Luiz Cláudio se encolheu na cama. Havia sido sincero, quando afirmou não estar usando drogas. Entusiasmado com a ideia de conquistar Melissa, esquecera-se de jogar fora o envelope. Ninguém iria acreditar nele. Nem a avó, nem Sônia e nem Melissa. Ao lado do rapaz, um vulto gargalhava. Na mente dele, uma exclamação parecia ter vida própria: "Você achava mesmo que ia continuar nessa vidinha, parceiro? Agora vamos ver se você vai ou não me servir direitinho!", repetia Macuco, tentando aspirar a cocaína espalhada pelo chão.

Sônia esperou que Marlene pegasse no sono para deixá-la sozinha. Cerrou as cortinas do quarto e foi ao encontro da filha. Melissa dormia profundamente, e ela resolveu não acordá-la. Encaminhou-se até o quarto do rapaz e entrou. Ele chorava como criança.

— Por que você não conversou comigo? Por que não ligou para o doutor Arthur? Sua avó não está bem, Luizinho, e você apronta uma coisa dessas! Como conseguiu isso tudo?

Ele tentou enxugar as lágrimas com a palma das mãos e apanhou o porta-retratos quebrado. Acarinhou a fotografia dos pais, manchando-a de sangue.

— Eles também devem estar decepcionados comigo, Soninha. Mas juro, só usei uma vez. Esqueci de me livrar do envelope. Eu ia fazer isso. Juro que ia fazer isso. Acredite em mim, por favor.

— Vou repetir a pergunta: como você conseguiu as drogas se não sai de casa?

Ele abaixou a cabeça envergonhado. Havia traído a confiança de todos.

— Foi no dia em que minha avó deu aquele susto na gente. Sonhei com o Macuco a noite toda. Parecia que ele estava vivo aqui no quarto. Andava de um lado para outro dizendo que precisa de mim para consumir qualquer coisa. Acordei descontrolado e aproveitei o momento em que você estava estendendo roupas. Saí feito louco e corri até chegar à comunidade. Estava com o relógio que minha avó havia me dado de presente. Mostrei para um camarada de moto, e ele ficou com o relógio em troca das drogas. Trouxe para casa, me tranquei no quarto e cheirei duas carreiras de cocaína. Depois, quando ligaram falando que minha avó estava perdida, vim aqui rapidinho e cheirei mais uma carreira.

O rapaz estancou a fala, dando lugar a soluços.

— E depois disso, Luiz? Voltou a usar?

— Não. Juro que não. Conversei com o doutor Arthur algumas coisas íntimas, e ele me orientou para que eu tentasse ser mais saudável. Comecei a praticar exercícios no quintal para ganhar músculos e descarregar adrenalina. Nunca mais usei nada disso, Soninha. Agora, depois dessa confusão toda, não sei se estou louco ou apenas nervoso...

— Por quê?

— Parece que a voz de Macuco está martelando na minha cabeça...

— E essa voz diz o quê?

— Que eu vou ter que servir a ele de qualquer jeito.

— Sou católica, Luiz, mas acredito na influência de algumas energias sobre as pessoas. Já disse antes e vou repetir: não vou perder você para as drogas, menino. Não vou! — exclamou enquanto o abraçava.

— E minha avó? Será que vai acreditar em mim?

— Dona Marlene não está bem, meu filho. Tomou alguns remédios e, certamente, dormirá bastante. Quando ela acordar, conversaremos melhor.

Luiz Cláudio segurou a mão de Sônia e a beijou.

— Posso pedir uma coisa?

— Depende, Luizinho.

— Não conte nada pra Mel, por favor.

— Posso perguntar o porquê desse pedido?

— Melissa acredita em minha recuperação. Ela vai deixar de confiar em mim.

— Vá tomar um banho e deixe Melissa por minha conta. Ela também está dormindo feito uma pedra. Vou recolher essa porcaria espalhada e jogar fora, bem longe daqui.

Ele saiu da cama ainda atordoado e foi em direção ao banheiro. Sônia se abaixou para recolher os saquinhos plásticos com as pedras de *crack* e maconha. Sem entender como, foi lançada contra a parede. Macuco usava todo o conhecimento que havia adquirido para perturbar a ordem energética da casa. Enxergava Sônia, Melissa e Marlene como inimigas a serem combatidas, para que Luiz Cláudio pudesse voltar a ser como era.

Sônia sentiu o coração disparar e uma leve tontura. Lembrou-se da história sobre Macuco e buscou, intuitivamente, reagir.

— Não aceito e nem admito nenhuma energia que não seja a minha! Se há realmente algum irmão perdido por aqui, vai sair pela fé que tenho em Nossa Senhora! — disse energicamente, fazendo uma sincera oração.

Macuco foi perdendo a força para interferir no ambiente e retornou ao espaço astral, próximo à crosta terrestre, que abrigava outros viciados. Retornaria assim que encontrasse outra brecha na casa de Luiz Cláudio.

***

Sônia, determinada, foi para a rua. A noite estava nublada e alguns raios já cortavam o céu, anunciando chuva próxima. Olhou para a comunidade separada do bairro pela avenida movimentada e atravessou as pistas, desviando dos carros. Entrou num botequim onde vários homens mal-encarados bebiam. Bateu no balcão e foi direta:

— Onde encontro o chefe deste lugar?

Um homem careca e barrigudo jogou sobre um dos ombros um pano de prato encardido.

— O dono do bar sou eu, senhora.

— Não estou falando do seu botequim, moço. Estou falando da comunidade. Onde encontro o chefe da boca de fumo aqui?

Os frequentadores do bar se entreolharam assustados.

— A senhora está atrás de confusão ou de alguém? — perguntou um rapaz que carregava uma mochila nas costas.

— Nem uma coisa nem outra. Quero apenas conversar.

— Vamos lá, dona. Levo a senhora até ele. Mas é melhor não facilitar no verbo. Ele costuma respeitar as pessoas, mas não perdoa gente abusada.

Sônia seguiu o jovem pelas ruelas da favela até que ele parou em frente a uma subida íngreme.

— Melhor a senhora esperar aqui.

Vários meninos e meninas, entre doze e quinze anos, ocupavam pontos estratégicos na subida, portando armas pesadas. Carros e motos eram parados antes que eles autorizassem os motoristas a subirem. Uma das meninas, de *shorts* curtos e camiseta amarrada na altura dos seios, para deixar à mostra a barriga, chamou por Sônia.

— Ei, tia! Tá esperando quem?

— O chefe deste lugar.

— Ele não desce assim não, tia. O cara é importante e tem coisa demais pra dar conta. Fala com a gente mesmo!

— Não converso assuntos sérios com crianças!

A garota engatilhou a arma, e Sônia gelou. Um grito vindo do alto do morro fez com que a menina abaixasse a arma. Um rapaz desceu a ladeira na garupa de uma moto. Ostentava relógio, pulseira e cordões de ouro. Nos braços, várias tatuagens, incluindo uma em que se lia "Deus é fiel". Na mão, uma pistola de cano longo, cravejada aparentemente de pedras preciosas. Saltou da moto e, com tranquilidade, se encaminhou na direção de Sônia, tirando o boné para cumprimentá-la.

— Boa noite, senhora. Em que posso ajudar?

— Boa noite, rapaz. Agradeço por ter me atendido. Meu nome é Sônia. Moro também em uma comunidade como essa. Recentemente, perdi minha casa numa enxurrada.

— A senhora quer uma casa por aqui? É isso?

— Não. Vim fazer um pedido muito especial a você. Sou empregada doméstica de uma família há muitos anos e...

— Eles maltratam a senhora? Porque se maltratam, mando tomar providências logo!

— Não, rapaz. Ninguém me maltrata. Eles são a minha família. Minha patroa e o neto são extremamente importantes para mim.

— Então o que que a senhora quer, dona? Não posso dar bobeira aqui embaixo não. Os caras estão oferecendo dinheiro alto pela minha cabeça. E olha que sou da paz: respeito morador, respeito família. Fala logo!

— O neto de minha patroa é viciado. Estamos fazendo o impossível para que ele largue essa droga de vício. Ele estava indo muito bem até que teve uma recaída e veio até aqui. Infelizmente, um dos seus trocou o relógio dele por um envelope com cocaína, *crack* e maconha. Tirando o que ele usou em casa, está tudo aqui. Estou devolvendo essa porcaria.

Ela tirou uma foto de dentro da bolsa e mostrou ao grupo.

— Vejam: este é Luiz Cláudio. Peço que não vendam por dinheiro nenhum droga de espécie alguma a este menino. Se você, que é o dono do morro, diz respeitar as famílias, peço que respeite a minha. Mostre esta foto aos seus comandados e proíba a venda dessas porcarias ao meu menino. Fique com a foto para ninguém esquecer o rosto do Luiz.

O rapaz levantou a arma e apontou para cada uma das pessoas do grupo.

— Estão vendo bem o rosto do moleque? A ordem é minha: não quero que vendam nada a ele. Se ele aparecer por aqui, mandem ele voltar pra casa correndo. Entenderam? Se a tia voltar aqui reclamando, acabo com vocês!

Sônia sacudiu a cabeça num gesto afirmativo e agradeceu.

— Obrigada. Se eu pudesse, tiraria todos vocês dessa vida, mas só posso fazer isso por Luiz Cláudio.

O dono do morro pediu ao rapaz que havia conduzido Sônia até lá para que a deixasse em segurança na avenida, e ela rejeitou.

— Sei o caminho de volta. Retorno com a companhia de Deus. Obrigada.

***

Sônia abriu o portão e ouviu a voz de Melissa conversando com Luiz Cláudio. Procurou não fazer barulho. O rapaz implorava por perdão.

— Mel, acredite em mim. Só usei aquelas porcarias uma única vez. Depois acabei esquecendo lá na caixa. Te amo, Mel. Não vou trair sua confiança, eu juro.

— Também estou apaixonada por você, Luiz. Só não quero conviver com um viciado. Isso eu não vou suportar.

Sônia se esgueirou até o corredor lateral que dava para os fundos da casa e viu os dois se beijarem apaixonadamente. Colocou as mãos na cabeça e sussurrou:

— Que dia, meu Pai... Que dia! Se dona Marlene descobre que esses dois estão juntos, ela vai ter um ataque.

Sônia retornou para a cozinha e procurou fazer barulho com as panelas para alertar os dois. Melissa entrou no cômodo seguida de Luiz Cláudio e olhou pra mãe.

— A senhora já estava aqui? Ouviu nossa conversa?

— Não ouvi conversa de ninguém, Mel. Deixe-me fazer a janta porque estou mais que atrasada. Daqui a pouco, vai cair outro temporal e você sabe que não suporto mexer em talheres quando está chovendo.

Luiz Cláudio tomou a iniciativa e começou a falar.

— Estou apaixonado por sua filha, Soninha, e ela por mim. Quero a sua autorização para namorarmos.

— Vocês ficaram loucos? Sabe quando dona Marlene vai aceitar isso? Nunca! Podem tratar de se "desapaixonarem". A vida não é um conto de fadas, e isso não vai resultar em boa coisa.

— O que é resultar em boa coisa para a senhora, mãe? Sou uma pessoa normal, e Luiz Cláudio também. Por que não podemos estar juntos?

— São duas crianças, isto sim! — Sônia retrucou.

— Para trabalhar e dividir responsabilidades sou adulta, não é? Para decidir com quem devo me relacionar, não sou?

Sônia olhou para Luiz Cláudio e se deu conta de que um sentimento estranho acendia dentro dela uma espécie de repulsa pelo rapaz. Fechou os olhos e começou a chorar.

— Vocês não podem ficar juntos. Não podem...

Luiz Cláudio se colocou à frente de Sônia e segurou as mãos dela.

— Soninha, olha pra mim. Contei toda a verdade pra Mel. A mesma verdade que contei para você e para minha avó. Ao contrário de vocês, ela acreditou em mim. Nunca mais vou usar droga nenhuma. Por Deus, acredite! Não vou estragar a vida de sua filha!

Marlene, que estava parada no corredor, soltou um grito.

— Pois quem não quer vocês dois juntos sou eu! Pode arrumar suas trouxas e sumir daqui, Sônia! Leve com você essa perdida da sua filha! Ela só se infiltrou aqui para dar o golpe do baú! Fora de minha casa!

— É melhor a senhora não fazer isso, vó! Se a senhora me ama, peça desculpas às duas e volte atrás nessa maluquice!

— Por amar você, estou fazendo isso, Luizinho. Vou te livrar desses dois urubus carniceiros. A loba mais nova no cio e a velha cafetina.

Sônia arremessou uma panela contra a parede.

— Venha, Melissa! Vamos arrumar nossas coisas. É muito desrespeito.

Melissa seguiu a mãe, e Luiz Cláudio tentava argumentar com Marlene sem êxito.

— Por que a senhora é assim, vó? Por quê? — perguntou chorando.

Marlene deus as costas e foi para a sala. Ligou a tevê e se manteve em silêncio, com o semblante tranquilo, como se nada tivesse acontecido. Luiz Cláudio ainda tentou ir junto com Sônia e Melissa.

— Eu vou com vocês, Soninha. Vou conseguir um emprego e vou com vocês.

— Seu lugar é aqui, Luiz. Tome conta de sua avó. Se a vida permitir, nos veremos outra vez. Largue esse vício infernal, para que isso possa acontecer.

183

CAPÍTULO 17

Arthur chegou ao apartamento e procurou por Silvana.
— Estou bastante preocupado. Meu advogado ligou logo pela manhã.
— Conseguiram localizar Carlos?
— Esta seria uma notícia excelente, se o boletim de ocorrência e o processo aberto contra ele não tivessem misteriosamente sumido, e você não estivesse sendo acusada de ter sequestrado seu próprio filho.

Silvana torceu as mãos com nervosismo.
— Vou à delegacia novamente! Aquela delegada registrou tudo. Assinei o que ela me pediu. E o laudo do IML? Onde isso tudo foi parar?
— Você não vai a lugar nenhum. Doutor Aldo já está tomando as providências necessárias. Ele ficou com cópia de todos os procedimentos. Não sei se atribuo este acontecimento à imperícia do serviço público no Brasil ou às artimanhas de Carlos. Vamos nos concentrar na cirurgia de Rafael. A equipe já marcou a data. Faremos os exames necessários. Até amanhã conseguirei todos os laudos. O hospital também já foi contatado: Rafael terá um excelente atendimento.
— E quando ele será internado?
— Amanhã na parte da tarde. A cirurgia ocorrerá no dia seguinte pela manhã.
— Tenho medo de perder meu filho, Arthur.

— Não há esta possibilidade, meu amor. O problema cardíaco está estável. O cardiologista participará da cirurgia. É preciso que Rafael passe por este procedimento logo. Ele está crescendo e a fenda do palato também. Se adiarmos a cirurgia, as infecções respiratórias serão mais frequentes. Ele precisa também frequentar a escola e eu, como pediatra há tantos anos, guardo minhas dúvidas sobre ele se sentir acolhido com o rosto marcado pela deformação do lábio leporino.

Silvana abaixou a cabeça. Sentia-se culpada por não ter sido mais eficaz no tratamento do filho. Adiou o quanto pôde a cirurgia definitiva com receio de complicações cardíacas. Arthur percebeu o abatimento da companheira.

— O que houve, Silvana? Me parece que você está mais uma vez experimentando um episódio de culpa. Modifique este estado do seu espírito e o transforme em otimismo. Estarei junto à equipe médica observando cada detalhe. São profissionais sérios e farão um excelente trabalho. Rafael poderá se alimentar normalmente. Terá uma vida normal como os outros meninos da idade dele. Se o pequeno já fala com clareza com todas as disfunções anatômicas, imagina com a correção que será realizada!

Ela sorriu, tentando demonstrar confiança. Em seu íntimo, entretanto, guardava o receio de perder o filho. Resolveu ligar para Rosário.

— Arthur, quero falar com Rosário. Pedirei a ela para incluir o nome de Rafael nas orações do centro.

Ele tirou do bolso o celular e entregou a ela.

— Você ainda acha isto necessário?

— Mais necessário do que nunca. Carlos quer encontrar você de qualquer jeito. Cautela e ponderação sempre evitam problemas.

Rosário atendeu e identificou a voz de Silvana.

— Que saudades, minha querida! Precisamos marcar um encontro. Você sumiu.

— Foi necessário este meu afastamento. Carlos enlouqueceu de vez e tenho medo de encontrá-lo. Mas não é este o motivo de minha ligação, minha querida amiga. Rafael fará a tão aguardada cirurgia depois de amanhã, e gostaria que você incluísse o nome dele na mesa de orações do centro.

Rosário ficou em silêncio por alguns segundos, e Silvana percebeu.

185

— O que houve? Por que essa demora em responder?
— Não estou frequentando mais o centro. Me afastei há algum tempo.
— Mas por quê? Você sempre foi tão dedicada. Com você aprendi que a disciplina envolve sempre a lealdade a uma casa espírita e à doutrina.
— Nesse tempo de afastamento, também descobri algumas coisas, Silvana. Descobri que religião nenhuma pode nos ligar ao universo se for conduzida por irmãos equivocados pelo preconceito e pela arrogância. Tive sérios aborrecimentos com Tereza e não aguentei. Preferi me afastar a experimentar sentimentos de raiva e repulsa pela maneira como ela conduz as coisas. Acredito na espiritualidade e creio na manifestação e intercessão dos espíritos em nossas vidas, mas não quero estar ligada a nenhum espaço físico onde os interesses pessoais se sobreponham aos espirituais. Tenho visitado algumas casas de umbanda. Em algumas, encontro os mesmos valores que me afastaram do centro: vaidade, arrogância, mistificação; em outras, consegui perceber justamente o inverso. Entreguei minha atuação espiritual à própria espiritualidade. Mas tenha certeza de que vou intensificar minhas orações por vocês, a partir de hoje. A falange do doutor Bezerra de Menezes estará presente no momento da cirurgia, e Benedito também. Tenho certeza.
— Posso fazer uma pergunta?
— Claro, Silvana.
— Carlos procurou você?
— Sim. Falou comigo e com Tereza.
— E o que ele disse?
— Isso não vem ao caso agora. Vamos concentrar nossas forças em Rafael. Por favor, me mande notícias assim que a cirurgia terminar.

***

Carlos viu quando um carro da cor prata estacionou à porta do luxuoso hospital. Trincou os dentes ao identificar Silvana com Rafael no colo, seguida pela mãe. Abriu o porta-luvas e acariciou a arma.

— Minha vontade é terminar com tudo agora. Mas vou esperar. Tenho certeza de que esse moleque fracote não vai suportar a cirurgia.

Ao avistar o carro entrando no estacionamento do hospital, não teve dúvidas.

— Esse cara aí deve ser o amante dela. Vai ter um final merecido também! — disse enquanto fechava o porta-luvas.

Estava decidido a aguardar pelo momento mais propício..

***

Rafael olhava para o quarto do hospital desconfiado.

— O que vai acontecer, mamãe? — perguntou com a voz entrecortada pelo medo.

— Tio Arthur já vai chegar e explicar tudo a você.

— Eu vou morrer de novo?

As duas se chocaram com a pergunta chorosa do menino. Arthur estava entrando e resolveu interferir.

— Que história é essa de morrer de novo, Rafael? Você ainda será um grande jogador de futebol!

O menino insistiu na pergunta.

— Mas eu vou morrer de novo?

— Já disse que não, Rafael. Não tenha medo. Tudo correrá bem. Os médicos vão colocar algumas coisinhas no lugar, e você poderá se alimentar melhor e respirar também. Tudo ficará bem, e eu lhe prometo um sorvete enorme depois disso tudo.

O menino sorriu e se acalmou. Arthur olhou para Silvana e fez sinal com os olhos para que ela o acompanhasse. A médica, curiosa, saiu com ele do quarto.

— O que aconteceu?

— A equipe resolveu antecipar a cirurgia para hoje à noite. Rafael entrará em jejum a partir de agora. Após a cirurgia, ele ficará no CTI por 24 horas, como de praxe. Você enfrentará alguns longos momentos de nervosismo e apreensão. Lembre-se de que estarei lá, ao lado do seu filho.

***

Quando anoiteceu, Rafael já estava pré-sedado, foi colocado na maca e levado para o centro cirúrgico. Arthur o acompanhava no caminho e recitava em pensamento o *daimoku* — a oração budista para atrair iluminação para a equipe. Silvana, com os olhos marejados e de mãos dadas com a mãe, pediu auxílio a Benedito.

— Meu amigo Benedito, esteja com meu filho. Oriente as mãos de todos os médicos, por favor.

Um aroma de rosas invadiu o ambiente de forma repentina. Benedito se materializou para Silvana pela primeira vez. Com surpresa, ela percebeu à sua frente um negro de carapinha branca, calças dobradas na altura dos joelhos e camisa de algodão muito alva. Com os olhos fixados naquele instante, constatou o sorriso largo do companheiro de mediunidade. Benedito se dirigiu a ela com extremo amor.

— Filha minha. Irmã dessa caminhada. É preciso não abandonar a certeza de que todos os nossos momentos, perfeitos ou imperfeitos, são amparados pelas forças crísticas. O Universo nunca falha. Tudo é correto e perfeito sempre. O que acontece é o que precisa acontecer para o amadurecimento de cada um. Estou e estarei sempre com você nesta empreitada. O amor do Cristo transborda em todos os seres, mesmo quando este mesmo amor parece nos abandonar. Busque o equilíbrio para que seu pequeno filho possa receber a energia do seu amor materno.

Silvana viu Benedito sumir repentinamente. Mais tranquila, pensou: "Ele estará junto com meu filho!".

A cirurgia transcorria dentro dos parâmetros da normalidade. As hábeis mãos da cirurgiã plástica conduziam os instrumentos, reconstruindo a fenda do palato e a úvula, que era dividida em duas partes. Arthur acompanhava o procedimento orando. Finalizada a primeira etapa, outro cirurgião assumiu para a reparação da face de Rafael: o nariz e o lábio superior ganhariam, finalmente, nova aparência. O médico estava entusiasmado.

— Só uma quase invisível cicatriz poderá ser notada no futuro. Esse menino é lindo demais!

Arthur sorriu com o prognóstico. Uma leve alteração dos batimentos cardíacos de Rafael foi notada pelo anestesista.

— Parece que o moleque ouviu o que o senhor falou, doutor. O coração chegou a acelerar.

Arthur se aproximou da maca.

— Isso pode ser normal?

— Estou acompanhando, doutor. Fique tranquilo.

Repentinamente, os aparelhos que monitoravam as funções vitais do menino começaram a apresentar alterações. O cirurgião fechou o último ponto externo e afastou-se da mesa de cirurgia.

— Trabalho concluído. Agora, verifiquem rapidamente a razão dessas alterações, por favor!

Arthur apontou para o monitor desesperado.

— O coração dele parou!

Imediatamente, foram iniciados os procedimentos para fazê-lo voltar à vida. Por mais de quinze minutos, massagens cardíacas e choques foram aplicados, alternadamente, pela equipe, até que uma breve ondulação foi notada na máquina.

— Ele está voltando! Vamos levá-lo para a unidade de tratamento intensivo agora!

Após algumas horas, o cardiologista da equipe constatou:

— Ele está em coma. Precisaremos entubá-lo ou ele não resistirá!

A cirurgiã plástica interferiu.

— O tubo irá ferir gravemente a região da cirurgia. É melhor a traqueostomia.

Assim foi feito. O corpo inerte de Rafael receberia oxigênio através de um tubo colocado numa pequena abertura feita na garganta. Arthur, desolado, entrou no quarto onde Sílvia e Silvana aguardavam.

— E então, Arthur? Como está meu filho?

CAPÍTULO 18

Carlos viu quando Silvana, Sílvia e Arthur entraram no carro e saíram do estacionamento. Hesitou entre segui-los ou saber do estado de Rafael.

— Pela cara dos três, algo deu errado. Vou até lá conferir.

Entrou no hospital e se apresentou como pai do menino. Arthur estava certo de que Carlos não descobriria nada sobre a cirurgia, por isso, não tomou providências para a segurança de Silvana e do menino. A recepcionista indicou o setor, onde ele teria informações detalhadas. Conduzido até o andar onde estava Rafael, esboçou um sorriso discreto ao saber do coma do filho.

— O senhor pode ver seu filho, se assim desejar. Sua esposa acabou de sair com a mãe e um dos médicos que acompanhou a cirurgia.

Ele aquiesceu balançando a cabeça e foi conduzido até a UTI. Aproximou-se do leito de Rafael e murmurou:

— Até que teu rosto ficou menos asqueroso, moleque. Pena que você não sobreviverá para se ver no espelho.

A enfermeira se aproximou e para dar esperanças ao pai, comentou ingenuamente:

— Veja como os aparelhos indicam que seu filho identifica sua presença.

— Mas ele não está em coma profundo? Como iria captar minha presença?

— Ele está em coma, mas o espírito dele compreende todas as manifestações de carinho, senhor.

Carlos teve vontade de soltar uma gargalhada, mas se conteve.

— Já vi meu filho. Agora vou embora. Estou satisfeito com o que presenciei.

— Imagino, senhor. Imagino. Todos nós estamos orando pela recuperação dele.

— É possível esta recuperação? — ele perguntou intrigado.

— Tudo é possível para Deus, senhor.

Novo riso contido antes de responder.

— Ah! Se depende de Deus, tudo correrá conforme meu desejo.

A enfermeira levou Carlos até o elevador e sentiu os pelos do braço eriçados ao retornar para a UTI. No ambiente astral, o corpo espiritual de Rafael se encontrava afastado do corpo material cerca de dois metros. Benedito embalava o menino no colo, transmitindo-lhe forças. Um caboclo logo se apresentou como protetor de Rafael e espargiu microscópicas centelhas de ervas que penetravam pelos poros do menino e caminhavam pela corrente sanguínea, reavivando as funções do músculo cardíaco. A enfermeira sentiu um forte cheiro de uma erva que ela conhecia muito bem, o macassá, e suspirou aliviada.

— Meus amigos devem estar por aqui certamente. Seja bem-vindo o auxílio do Alto!

***

Silvana estava inconsolável. Arthur tentava encontrar justificativas que pudessem amenizar a dor que pairava no ambiente, porém, nada falou. O celular dele tocou, e ele visualizou o número da casa de Marlene.

— Não! Desta vez não vou atender! — exclamou, desligando o telefone.

Silvana o repreendeu com o olhar.

— Quem você rejeitou no telefone? Espero que não tenha sido nenhum paciente ou nenhuma mãe aflita.

Ele admitiu envergonhado.

— Era da casa de Luiz Cláudio, meu amor.

— Somos médicos, Arthur! Firmamos um compromisso com aquela família.

— Mas não podemos simplesmente colocar nossa dor no bolso ou esconder em algum canto da casa e sair por aí como se nada estivesse acontecendo.

— Meu filho corre risco de morte. Mas existe algo dentro de meu peito que me dá a certeza de que ele irá se recuperar.

— Não posso negar sua fé, Silvana. Mas também não devo negar minhas constatações como médico: a situação de Rafael é extremamente delicada.

Silvana segurou as mãos de Sílvia, que não conseguia conter as lágrimas, e voltou o olhar para Arthur.

— Antes da cirurgia de Rafael começar, recebi a visita de Benedito. Ele se materializou à minha frente. De forma clara, afirmou que meu equilíbrio seria essencial para que tudo corresse bem com meu filho. Creio que seja esta a postura a ser assumida por todos nós. Equilíbrio conquistado através da oração e da ação. Por favor, Arthur, retorne à ligação de Luiz Cláudio. Tomarei um banho, enquanto você faz isso. Se for necessário, iremos até lá. Meu menino está bem amparado.

Arthur se posicionou em uma cadeira à frente de um oratório de madeira. Abriu duas portinholas, acendeu um incenso, tocou um bastão num pequeno sino dourado e começou a recitar o *daimoku*, que consistia na repetição da frase *"Nam Myoho rengue kyo"*. Com as mãos unidas aos moldes de oração, tendo em meio aos dedos uma espécie de rosário de pedras azuis e feito de cordas desfiadas, deixou-se permanecer imerso em sua fé durante mais de uma hora. Ao terminar, fechou as portinholas, calçou os sapatos e suspirou profundamente. Silvana e Sílvia admiravam o médico em silêncio.

— Estou pronto! Ligarei para Luiz Cláudio.

Sílvia experimentou grande alívio ao ouvir a oração de Arthur. Parecia que sua alma havia se identificado com aquele mantra cadenciado e tão positivamente recitado.

Na varanda, abraçado a Silvana, ele digitou os números da casa de Marlene.

Luiz Cláudio atendeu o telefone com voz de choro.

— Luiz Cláudio, é Arthur. O que houve, meu rapaz?

— Por favor, doutor. Preciso muito conversar com o senhor.

— Você pode passar o telefone para Sônia. Você está muito nervoso.

— Soninha foi embora, doutor. Minha avó escorraçou ela e agora está andando de um lado pro outro feito doida e sem falar coisa com coisa. Minha vontade é sair correndo, doutor, e não voltar mais.

Marlene estancou os passos, quando ouviu o neto falar.

— Se você sair de casa e me abandonar como sua mãe fez, juro que me mato, Luizinho!

Arthur pediu que o rapaz procurasse manter a calma e esperasse por ele. Encerrando a ligação, olhou para Silvana, interrogando-a com os olhos.

— Não há o que esperar, Arthur. Vou apanhar minha bolsa e vamos direto pra lá.

Ele ainda tentou impedi-la.

— Você teve um dia exaustivo e...

— Você também teve. Devemos proceder da mesma forma que os médicos e enfermeiros abnegados, que estão cuidando de meu filho. No caminho, ligo para o hospital. Vamos!

Sílvia olhou para a filha com admiração e se despediu dos dois.

— Vão com Deus!

— Tente descansar um pouco, mamãe. Amanhã, iremos cedo para o hospital — Silvana pediu, antes de fechar a porta.

Arthur acariciou o rosto de Silvana.

— Tem certeza de que deseja mesmo ir?

— Tenho. Você me ensinou a transformar o veneno em remédio. É isso que vou procurar fazer.

Durante o percurso, os dois não perceberam que estavam sendo seguidos. Estacionaram no mesmo lugar de sempre e chamaram por Luiz Cláudio. Carlos parou o carro e manteve os vidros fechados. Socou o volante com fúria ao ver que Arthur passava as mãos pelos cabelos de Silvana. Abriu o porta-luvas e colocou a pistola prateada no colo.

Luiz Cláudio abriu o portão esfregando os olhos. Quando viu Silvana, abraçou-a com carinho.

— Que saudades, doutora! Pensei que tinha sido abandonado por vocês também. Venham. Acho que preciso da ajuda de vocês. Minha avó está querendo me enlouquecer. Quando eu estava falando com o senhor no telefone e disse que tinha vontade de sumir, ela gritou dizendo que iria se matar, se eu fizesse isso.

— Onde está dona Marlene agora?

— Na cozinha, doutora Silvana. Acho que ela faz isso pra confundir minha cabeça. Está lá sentada como se nada tivesse acontecido.

— Podemos falar com ela, Luiz? — perguntou Silvana.

— Podem sim. Não sei qual vai ser a reação dela. É melhor chegarem com calma. Tenho medo que de ela fique mais enraivecida.

Luiz Cláudio chamou por Marlene com carinho.

— Vó! Tem visita pra gente.

Ela virou a cabeça e sorriu.

— Que bom! Adoro receber visitas! Quem são essas pessoas, Luizinho? Seus professores?

Arthur e Silvana se entreolharam. Foi a médica que tomou a iniciativa de cumprimentá-la, estendendo a mão.

— Muito prazer, dona Marlene. Meu nome é Silvana e sou médica.

— O prazer é todo meu, doutora. Mas quem está precisando de médicos? Temos alguém doente? Luizinho está novamente com febre?

Luiz Cláudio expressou cansaço.

— Não vou segurar esta onda não. Não tenho cabeça pra isso.

Silvana voltou a se dirigir a Marlene.

— A senhora se incomoda que eu e o doutor Arthur conversemos com seu neto?

— Fiquem à vontade. Estou ouvindo um bom programa.

— E que programa é esse, dona Marlene?

— Corrida de cavalos. Sempre gostei de corrida de cavalos.

No quarto, Silvana olhou para Luiz Cláudio. Embora o rapaz estivesse abatido, estava mais forte e sem o ar de criança de quando o conhecera.

— Você mudou bastante, Luiz.

— Mudei por fora, doutora. Acho que mudei um pouquinho por dentro também. Mas justo agora acontece um monte de coisas ruins.

— Que coisas? — perguntou Arthur.

Luiz Cláudio detalhou os últimos acontecimentos. Em vários momentos, foi obrigado a parar de falar e dar vazão ao choro.

— Você e a filha de Sônia estão apaixonados? É isso?

— É isso sim, doutora Silvana. Mas minha avó colocou as duas pra correr. Não faço a mínima ideia de onde possam estar.

Arthur afagou a cabeça do rapaz com piedade.

— E as drogas, Luiz? Tem usado?

— Minha vontade é me perder no mundo de novo, doutor. Como vou aguentar isso?

— Aguentando. Sendo forte. Sua avó precisa muito de você neste momento.

— Sozinho? O senhor quer me convencer de que tenho capacidade de aguentar isso tudo sozinho? Impossível!

Silvana lembrou-se de Rosário. A amiga já havia trabalhado como cuidadora de idosos e era bastante dedicada.

— Me empreste seu telefone, Arthur. Acho que Rosário poderá ajudar.

Uma breve conversa com a amiga e, algumas horas depois, Rosário já tocava a campainha da casa. Atendida por Silvana, abraçou-a demoradamente.

— E nosso pequeno Rafael?

— Ele está em coma, minha querida. Mas conto com a intercessão de nossos amigos espirituais. Tenho certeza de que ele logo estará de volta ao meu colo de mãe.

Rosário abaixou a cabeça para esconder as lágrimas.

— Vamos entrar. Lá dentro apresentarei você à dona Marlene e Luiz Cláudio. Eles precisam de cuidados neste momento, e sei que você é abnegada o suficiente para enfrentar esta batalha. A avó do menino chegou a procurar o centro pedindo ajuda para encontrar o neto. O rapaz retornou para casa, mas carrega com ele a bagagem pesada do vício. Ela está passando por uma fase de equívoco mental. Acho que é uma espécie de fuga de tantos problemas vividos e o resultado de querer controlar tudo e todos. Os dois contavam com o auxílio de uma servidora fiel da família, mas Luiz Cláudio acabou se envolvendo emocionalmente com a filha dessa pessoa, e dona Marlene as expulsou. Resumindo, você terá um trabalho danado, tanto material quanto espiritual.

— Vamos, Silvana. Seu exemplo me incentiva. Farei o possível para cuidar dos dois.

Elas entraram na casa, e Arthur saudou Rosário.

— Obrigada por ter vindo, dona Rosário. Luiz Cláudio também agradece, não é mesmo?

— Pelo menos não ficarei sozinho com minha avó.

— Melhor colocarmos uma cama extra no quarto de dona Marlene. Temo que ela levante durante a madrugada e precise de ajuda — Silvana ponderou.

— Tem a cama de Sônia, doutora. Posso colocá-la lá. Se minha avó não implicar, é claro.

Arthur chamou por Luiz Cláudio.

— Vamos. Ajudarei você.

Marlene recebeu Rosário com indiferença. Também não se opôs ao fato de dividir o quarto com ela.

— Gosto mesmo de conversar de madrugada. Nunca tenho sono.

Arthur apanhou um receituário na pasta e prescreveu alguns medicamentos.

— Além dos remédios que ela está tomando, compre estes, Luiz. Peça a Rosário para fazer isso.

— Posso fazer isso, doutor. Não precisa se preocupar que não vou dar trabalho a ninguém.

Rosário viu um vulto escuro transitar entre os quartos de Marlene e de Luiz Cláudio. Macuco novamente se fazia presente na casa.

***

Carlos despertou, quando os primeiros raios de sol anunciaram o início do dia. Olhou para a rua e gritou.

— Que ódio! Acabei pegando no sono e aqueles lerdos saíram sem que eu notasse Preciso descansar um pouco ou não darei conta de realizar o meu propósito. Por falar em propósito, será que meu amado filhinho ainda está vivo? Se esse tal de Deus, no qual não acredito, agir certinho, ele já deve estar tocando flautas com os anjinhos.

Deu a marcha ré no carro e saiu cantando pneus. Luiz Cláudio estava abrindo o portão para ir até a farmácia e estranhou o barulho. A rua era sem saída e calma. Nenhum dos moradores tinha hábitos daquele tipo.

Pouco depois, Luiz Cláudio estava de volta com os novos medicamentos da avó. Entregou a sacola a Rosário e foi para o quarto. Sua mente estava voltada apenas para Melissa. Tentava descobrir como achá-las.

Macuco, ao lado do rapaz, experimentava grande alegria com o desespero de Luiz Cláudio. Sabia melhor que qualquer ser humano vivo na matéria sobre o alívio que uma pedra de *crack* poderia trazer. Ele mesmo já estava entrando em crise. Por ordens do chefe da organização trevosa, da qual fazia parte, Luiz Cláudio seria sua única chance de absorver as substâncias tóxicas. Apesar do embotamento da mente, Macuco tinha especial interesse em induzir novamente o rapaz ao vício. Resolveu parar de pensar e agir, pois todas as vezes que ficava muito tempo fora da organização, o ferimento provocado pelo tiro voltava a sangrar e a doer. Soprou-lhe, então, no ouvido: "Procure primeiro na favela onde elas moravam. Procure lá. Alguém vai dizer onde elas estão".

Luiz Cláudio esboçou um sorriso e saltou da cama.

— Como não pensei nisso antes? É lógico que elas passaram por lá.

Abriu a tela do computador e procurou por notícias da enchente que atingiu a comunidade. Achou várias fotos e procurou memorizá-las para conseguir se localizar. Anotou o nome das ruas próximas num pedaço de papel, colocou a carteira com os documentos no bolso da calça e foi até a cozinha.

— Dona Rosário, minha avó ainda não acordou? Preciso falar com ela.

— Ela já acordou sim, mas disse que ficaria deitada mais um pouco. Você vai sair, Luiz?

— Quero dar apenas uma volta, dona Rosário. Aproveitar que o tempo está bem fresquinho. Fico muito entediado aqui dentro. Mas não se preocupe: vou falar com minha avó antes, para não arranjar problemas para a senhora. — respondeu, encaminhando-se para o quarto da avó.

Abriu a porta com cuidado. Marlene estava sentada na cama, olhando para a tevê sem interesse. Luiz Cláudio observou as profundas olheiras e o abatimento no rosto da avó, antes tão carregado de firmeza e austeridade. Parecia desprotegida e alheia ao mundo. Aproximou-se e sentou-se ao lado dela, acariciando os cabelos grisalhos.

— A senhora não acha que está na hora de colocar uma cor nesses cabelos, vó? Tão ficando branquinhos demais.

Marlene olhou para o neto com lágrimas nos olhos.

— Me dá um abraço, Luizinho?

Luiz Cláudio a abraçou num misto de vigor e ternura.

— Sinto tanto medo, meu filho...

— Medo do quê, vó?

— Não sei. É um aperto no peito constante. Uma agonia que não para. Tento me lembrar de algumas coisas e não consigo. A Sônia está até dormindo comigo agora por causa desse medo.

O rapaz se assustou. Rosário em nada se parecia com Sônia.

— Esta que está trabalhando aqui é a dona Rosário. Não é a Sônia.

Marlene apanhou um travesseiro e jogou longe.

— Está me chamando de maluca, Luiz? Tá igualzinho ao seu pai! Esta é a Sônia sim!

Ele não discutiu. Percebeu naquele instante que talvez o estado da avó pudesse ser irreversível e se sentiu culpado. Estava quase desistindo de sair, quando Macuco lhe soprou novamente ao ouvido: "Vá logo procurar a menina, parceiro! Outro cara pode pegar ela de tão bonita que é".

Luiz Cláudio sacudiu a cabeça e resolveu arriscar. Não permitiria que outro homem se aproximasse de Melissa. A avó ficaria bem sob os cuidados de Rosário. Marlene afagou a cabeça do neto.

— Ali na gaveta tem uns trocadinhos. Vá passear um pouco, meu filho.

CAPÍTULO 19

Silvana entrou na UTI acompanhada pela mãe e por Arthur. O pequeno Rafael continuava amparado por Benedito, que sorriu ao ver sua companheira dos trabalhos espirituais. O menino, percebendo a aproximação energética daquelas três pessoas que ele tanto amava, esboçou também leve sorriso. O médico responsável pela unidade se apresentou e passou a dar as informações requeridas por Arthur.

— Sei que o quadro é muito delicado. Tenho à minha frente dois médicos habituados a lidar com essas situações. Mas sei também que o conhecimento, algumas vezes, faz aumentar a dor e o sentimento de impotência.

— Há alguma evolução no quadro de Rafael, doutor?

O médico leu o prontuário.

— Os pulmões estão preservados e a atividade cerebral também. Apenas o coração se apresenta instável.

— Isso poderá ser revertido? — Silvana perguntou com os olhos marejados de lágrimas.

— Nada é impossível para a vida, doutora Silvana. Já vi quadros irreversíveis serem alterados em segundos. Estamos fazendo o melhor para o seu filho. Se a senhora tem o costume de orar, ore. Se tem alguma fé, é hora de colocá-la em prática. Peço licença agora. Tenho outros pacientes para acompanhar.

A enfermeira que havia acompanhado Carlos até o leito de Rafael chegou perto deles.

— Bom dia. Não sei qual é a crença de vocês, mas, ontem à noite, tive a certeza de que o pequeno está sendo muito bem atendido, não apenas pela medicina material.

Silvana olhou para a jovem com esperança.

— Por que está nos dizendo isso?

A enfermeira colocou ambas as mãos nos bolsos do jaleco.

— Ontem senti um forte aroma de ervas que conheço muito bem, e das quais faço uso constante. Tenho certeza de que Rafael está sendo atendido por amigos espirituais que manipulam essas ervas em favor da saúde. Sei que posso parecer ignorante e, em tempos de preconceito e intolerância religiosa, corro sérios riscos, quando menciono tais fatos. Há pessoas que repudiam e rejeitam minha religião. Mas me senti à vontade com vocês. Por isso, falei.

Arthur se dirigiu a ela com respeito.

— Não se preocupe. Você tem à sua frente um grupo ecumênico. A avó de Arthur é católica; eu sou budista, e Silvana é espírita.

— Que bom! — respondeu ela. Realmente tenho certeza de que, apesar das poucas respostas orgânicas do menino, ele em breve sairá do coma, sem nenhum tipo de sequela. Façam uma oração juntos. Essa oração certamente será percebida por ele, e criará um vínculo maior entre vocês. Um espírito desprendido do corpo não pode nunca se sentir abandonado pelos amigos e familiares queridos. Quando isso acontece, a alma se sente desestimulada e acaba buscando o desligamento precoce do corpo. Ontem, presenciei uma reação discreta no coraçãozinho dele no momento que o pai se aproximou do leito.

Os três se entreolharam, e Silvana se dirigiu para a enfermeira com súplica.

— Por favor, o pai do Rafael é um psicopata. Não deixe ele se aproximar do meu filho de jeito nenhum! Não sei nem como ele conseguiu descobrir sobre a cirurgia.

— Por favor, me perdoem! Ele mostrou documentos na recepção. Por isso, conseguiu chegar até aqui. É melhor alguém solicitar na administração providências para que ele não entre mais no hospital.

Arthur procurou acalmar a moça.

— Quando terminarmos aqui, vou pessoalmente fazer isso.

A enfermeira saiu, e Silvana demonstrou pânico.

— Ele já me descobriu, Arthur! Ele já me descobriu!

— É hora de manifestar seu equilíbrio e sua fé, Silvana. Lembre-se de que Rafael não está morto e pode, sim, captar estas energias.

No colo de Benedito, o menino experimentou extrema agitação. Novamente o mentor de Rafael se fez presente, trazendo mais ervas e uma água de extremo brilho. Manipulou-as no ar, espargindo-as pelo ambiente e nas garrafas de soro de onde gotejavam os medicamentos necessários para a manutenção da vida. Silvana imediatamente se acalmou. Os três deram as mãos e, cada um deles, segundo as próprias crenças, entrou em conexão com o sagrado, pedindo pela cura de Rafael, e ele se acalmou.

Benedito olhou para o caboclo com gratidão.

— Obrigado, meu amigo, por seu trabalho incansável. Você tem conseguido trazer substâncias preciosas para organizar o perispírito do menino e, consequentemente, o corpo.

O espírito que se apresentava com a roupagem fluídica de um índio brasileiro sorriu.

— Logo meu amiguinho retornará à vida. No momento, este estado é necessário para limpar a aura dele de alguns acontecimentos do passado.

— De onde você traz estas substâncias tão valiosas? Apesar dos seres humanos acharem que os desencarnados sabem de tudo, confesso que sou ainda um aprendiz na espiritualidade — inquiriu Benedito com o bom humor de sempre.

— Do espaço astral, localizado sobre a Mata Atlântica. Há muitas colônias de espíritos de índios que auxiliam na preservação desta reserva florestal tão importante. Gente que, como eu, escolheu buscar o progresso no contato constante com a natureza. É lá que vou buscar os medicamentos de Rafael.

Benedito brincou.

— E há os que pensam que todos os trabalhadores de Jesus Cristo são necessariamente lordes europeus.

O caboclo acariciou a cabeça do menino e se despediu.

— Volto mais tarde, irmão. Cuide dele.

***

Luiz Cláudio chegou à comunidade procurando por Sônia. Um comerciante apontou para a Associação de Moradores.

— Dona Sônia e Melissa estão lá. Alguns moradores estão tentando reconstruir a casa delas. São pessoas de bem. Merecem o bem.

O rapaz comprou uma garrafa de água mineral e subiu a ladeira até chegar à Associação. Entrou e logo avistou Sônia e Melissa. Respirou fundo, tomou coragem e se aproximou.

— Mel... Soninha...

Sônia olhou para o rapaz com raiva.

— O que faz aqui? Veio trazer mais confusão? Não está satisfeito com o que nos aconteceu?

Melissa interferiu.

— Pare com isso, mãe! A senhora sempre lidou com sabedoria com os rompantes de dona Marlene. Só reagiu daquela forma quando descobriu que eu e Luiz estávamos juntos. Ele foi decente. Falou a verdade. Não acredito que o amor que a senhora dizia ter por ele tenha acabado. Não posso acreditar nisso!

— Amo sua filha, Soninha. Não vou me perder mais na vida. Andei pesquisando alguns lugares onde posso ser internado e fazer um tratamento sério. Quero ter direito a um futuro digno.

— Não acredito em uma só palavra do que você está falando, Luiz! — Sônia respondeu grosseiramente.

Luiz Cláudio enxugou as lágrimas e voltou o olhar para Melissa.

— Acredite em mim, Mel.

— Eu acredito em você, Luiz. Eu amo você.

— Então venha comigo. Minha avó vai receber você bem.

Sônia novamente reagiu.

— Você acha que criei minha filha para isso? Para viver na casa dos outros? Na casa de namorado, cuja dona a chamou de loba no cio e a mim de cafetina?

— Perdoe minha avó, Soninha. Ela está doente.

— Tão doente quanto você, menino. Suma daqui ou vou chamar alguns amigos para tirar você na marra.

— Está me ameaçando, Soninha? Logo você...

— Sim! Isto é uma ameaça! Deixe minha filha em paz!

O rapaz ainda tentou insistir:

— Venha comigo, Melissa...

A menina colocou as mãos no rosto.

— Não posso, Luiz. Me perdoe, mas não posso. Dessa forma não...

Luiz Cláudio desceu correndo a pequena ladeira que o separava do início da favela e entrou num beco. Tirou o dinheiro da carteira e contou. Separou o da passagem de volta e começou a caminhar, procurando um ponto de venda de drogas. Logo encontrou um movimento típico das bocas de fumo. Comprou o que queria, guardando a mercadoria no fundo do tênis. Sem medo, apanhou um ônibus e voltou para casa. Rosário o recebeu preocupada.

— Aonde você foi, Luiz?

— Fui tentar me reaproximar de minha namorada.

Ela verificou o olhar desanimado do rapaz.

— Conseguiu?

— Infelizmente não, dona Rosário. Vida que segue. Eu não poderia esperar outra coisa mesmo. Para mim, tudo sempre dá muito errado. E minha avó? Está calma?

— Ela está dormindo. Deve ser efeito dos remédios.

— Também vou para o meu quarto descansar. Preciso dormir e muito.

Luiz Cláudio trancou a porta do quarto, ligou o ar-condicionado e tirou os papelotes de cocaína e as pedras de *crack* do tênis. Retirou uma pedra e guardou o restante das drogas na gaveta da cômoda, trancando-a com uma chave, colocada, em seguida, dentro de umas das caixas de som do computador. Retirou uma tira de metal que estava solta no pé da cama e, com agilidade, confeccionou um pequeno cachimbo. No fundo do armário, apanhou um isqueiro e acendeu algumas varetas de incenso e espalhou-as pelo quarto. Em seguida, acendeu a pedra de *crack* e aspirou a fumaça, num misto de melancolia e vingança. Macuco, ao lado dele, se aproveitava da energia desprendida do cachimbo e dos poros do rapaz.

***

Melissa estava parada num canto. Arrependia-se por não ter ido embora com Luiz Cláudio. Experimentava grande tristeza

203

e agonia. Tinha receio de que ele, decepcionado com os acontecimentos, julgasse que ela não o amava verdadeiramente. Sabia que isso poderia funcionar como um trampolim para o rapaz voltar às drogas. Tentou por vários dias argumentar com a mãe de que tudo poderia mudar se elas, pelo menos, tentassem, mas Sônia se mostrava irredutível, expressando sentimentos contraditórios em relação a Luiz Cláudio.

A mãe a chamou para tomar café, e ela respondeu que estava indisposta.

— Mas você vai faltar ao trabalho mais uma vez, Mel?

— Mãe, as coisas podem parecer fáceis para a senhora, mas para mim não são. Estou cansada de dormir neste ambiente abafado, sobressaltada o tempo todo.

— É o único lugar que temos para ficar, por enquanto, Melissa. Trate de se acostumar. Nossos amigos estão reconstruindo nossa casa. Em breve, voltaremos para lá. Seja grata.

Melissa colocou a mão na boca e correu para o banheiro para vomitar. Sônia foi atrás dela preocupada.

— O que está havendo, Mel? Seu nervosismo está descontrolando seu organismo!

— Me deixe em paz, mãe! Já liguei para o trabalho. Mais tarde vou ao posto de saúde.

Sônia sentiu o coração apertado: "Será que eles foram mais longe do que eu pensei?", indagou-se intimamente.

***

Mais tarde, no posto médico, após examinar Melissa, a médica foi direta.

— Há alguma possibilidade de você estar grávida?

— Há sim, doutora.

— Quanto tempo de atraso?

— Uns dez dias.

— Vou pedir um exame específico. O laboratório fica aqui ao lado. Com sorte, o resultado sai hoje mesmo.

Melissa esticou o braço com medo da agulha e do futuro. Não saberia o que fazer caso o resultado fosse positivo.

Na sala de espera, aguardava ansiosa pelo resultado do exame. Quando a atendente chamou seu nome, Melissa se sobressaltou. Apanhou o envelope e se encaminhou para a rua. Sob a sombra de uma mangueira, constatou a gravidez. Guardou o resultado do exame e começou a caminhar pela comunidade. Crianças descalças brincavam sobre o esgoto a céu aberto, disputando o espaço com pombos e moscas. Mulheres com marcas visíveis de sofrimento arrastavam os filhos pelas ruelas imundas em direção à escola. Outras faziam o caminho inverso, retornando com as crianças e gritando todo tipo de impropérios pela falta de professores. Resoluta, retornou à Associação, tomou banho e avisou à mãe que iria para o trabalho. Sônia ficou surpresa.

— O que o médico disse?

— Que estou ótima. Apenas um pouco nervosa. Vou trabalhar, mãe. Precisamos trabalhar! Vi um anúncio de uma vaga num supermercado. Estão precisando de operadoras de caixa. A senhora poderia tentar, porque emprego não cai do céu não. Precisamos correr atrás!

***

Luiz Cláudio passou a se drogar diariamente. Juntou-se a um grupo que transitava pelas ruas do bairro, conseguindo pedras de *crack* com facilidade.

Rosário observava e estranhava o comportamento do rapaz e, por saber das dificuldades vividas por Silvana com Rafael ainda internado, relutou em fazer contato com a amiga. Marlene apresentava um quadro de evolução da demência muito rápido. Negava-se a se alimentar adequadamente, inventava compromissos com a filha e o genro falecidos, tratava o neto como se ele fosse uma criança, tinha dificuldades sérias com a memória. A cuidadora se desdobrava em orações, mas percebia claramente o estado energético negativo de Luiz Cláudio, quando ele voltava da rua. Por mais que ela tentasse impedir, Marlene dava a ele razoáveis quantias de dinheiro, diariamente.

Numa tarde, algumas horas depois de Luiz Cláudio ter saído, a campainha tocou. Rosário estava dando banho em Marlene e gritou para que esperassem. A insistência do visitante fez com que ela deixasse a patroa sentada em uma cadeira, vestida apenas com um roupão. Saiu às pressas para atender a porta. Luiz Cláudio estava imobilizado por um homem alto e bem vestido. Ele se debatia e xingava o homem. Rosário se aproximou do portão com o coração apertado.

— A senhora é a responsável por este rapaz?

Ela gaguejou antes de responder:

— A avó dele não está bem de saúde, senhor. No momento, creio ser a responsável por ele sim. O que aconteceu?

— Esse moleque roubou o celular de minha esposa. Corri atrás dele e consegui pegá-lo. Estava prontinho para trocar o celular por drogas. Só não o levei para a delegacia porque sei que ele é do bairro. Mas não quero mais encontrar esse traste rondando por aí ou ele vai parar na cadeia.

Rosário abriu o portão, e o homem jogou Luiz Cláudio no jardim.

— Ouça bem, moleque! Vê se consegue um tratamento por aí. Perdi meu filho mais velho para as drogas. Ele foi assassinado junto com mais dois da sua idade. Acho que foi até melhor para minha família enterrar o corpo dele que conviver com roubos e sujeira de toda espécie. No dia em que recebi a notícia, me dei conta do quanto eu havia sido relapso. Amarguei durante algum tempo o peso de minha falta, de pulso como pai. Até hoje, rapaz, carrego essa culpa insuportável.

Luiz Cláudio notou lágrimas nos olhos do homem. Envergonhou-se.

— A culpa não foi e nunca será sua, senhor. A culpa do vício pertence ao viciado. Somos fracos, entende? Seu filho era fraco como eu. Ando me aproveitando da demência de minha avó para conseguir dinheiro. Vou seguir o seu conselho. Pode deixar — disse levantando-se do chão e entrando sem mais nada falar.

Rosário agradeceu e se despediu do homem:

— Agradeço, senhor. Muito obrigada. Hoje mesmo vou fazer contato com os médicos dele.

— Não o deixe sair, senhora! Mesmo que seja acusada de cárcere privado por essas instituições que não sabem a metade do que passamos com nossos familiares drogados. Tranque portas e janelas. Não deixe esse rapaz sair. Há algo nele de diferente. Tentem aproveitar isso para curá-lo dessa maldição.

Dentro de casa, Luiz Cláudio levou a avó para o quarto para trocar sua roupa. Chorava copiosamente.

— Por que está chorando, Luizinho? Apanhou na rua de algum coleguinha?

Rosário entrou no cômodo e se comoveu. Luiz dirigiu-se a ela.

— Posso pedir um favor, dona Rosário?

— Claro que sim.

— Faça o que aquele senhor pediu. Não me deixe mais sair.

Ele voltou a cuidar de Marlene.

— A senhora prefere perfume ou talco?

Ela deu uma gargalhada.

— Que pergunta engraçada, Luizinho. Nunca ninguém se preocupou se eu preferia uma coisa a outra. Nem sei o que responder.

— Então, vamos usar esta lavanda aqui. É bem cheirosa. Quero a senhora bem vestida e cheirosa como sempre foi.

— Isto que você está passando em mim é o que mesmo?

— Uma lavanda, vó.

Ela tornou a rir.

— Deve ser uma coisa muito nova, meu neto. Não sei o que é isso.

***

Silvana e Arthur aguardavam o médico de Rafael. O prognóstico não era bom, já que o menino não reagia ao tratamento. Uma pneumonia havia se instalado no pulmão direito, e o estado do pequeno se agravava a cada dia. A enfermeira de sempre chegou perto dos dois.

— Pode parecer loucura o que vou falar, mas Rafael vai sair desse coma e se recuperar.

Silvana abaixou a cabeça.

— O otimismo nem sempre traz a cura, minha querida. Não tenho mais como ser otimista. Não como médica.

— Mas eu, mesmo sendo enfermeira, mesmo conhecendo o desfecho cruel de alguns casos como o do seu filho, afirmo sem medo de errar: ele sairá do coma.

Arthur olhou para ela com curiosidade.

— Seu nome é Marta, não é?

— Sim, doutor — ela respondeu sorridente, mostrando o crachá.
— Há quantos dias você está aqui, Marta? Sempre nos encontramos.
— Desde que Rafael veio para cá.
— Está se desdobrando nos plantões para conseguir dinheiro extra, não é mesmo? Vocês são muito mal pagos — ele concluiu.

Marta esboçou um discreto sorriso.
— Não, doutor. Não estou aqui por dinheiro. Venho de uma família privilegiada em relação à situação financeira. Estou aqui por Rafael. Porque preciso manter o equilíbrio dele com minhas orações e meu discernimento do que está acontecendo de verdade.

O telefone de Arthur vibrou e ele, delicadamente, pediu licença para atender. Marta acariciou a fronte do menino e sussurrou.
— Mantenha-se firme, rapazinho. Tudo vai passar.

Arthur desligou o telefone e olhou para Silvana.
— Era Melissa. Parece que temos mais um problema para enfrentar.

Silvana se espantou.
— Sônia voltou para a casa de dona Marlene?
— Não. Melissa está grávida.
— E o pai é...
— O pai é Luiz Cláudio, Silvana. Sônia descobriu e quer obrigar a filha a abortar. Melissa nos pediu ajuda. Assim que conversarmos com o médico, vamos encontrá-la.
— Luiz Cláudio já sabe?
— Ainda não.

CAPÍTULO 20

Luiz Cláudio andava de um lado para o outro dentro do quarto. Macuco não lhe deixava em paz, atordoando-o de todas as formas. Conseguiu sair daquele transe de loucura, quando ouviu a campainha tocar. Abriu as cortinas e avistou Silvana e Arthur.

— Tomara que eles consigam me ajudar de verdade.

Chamou por Rosário.

— Doutor Arthur e doutora Silvana estão lá no portão, Rosário!

O garoto saiu correndo e estancou, quando viu o mesmo carro prata, que arrancou cantando pneus, estacionado na esquina da rua. Sentiu o coração disparar e um grande medo.

Rosário estava descendo os poucos degraus da varanda para abrir a porta, quando Carlos saiu do carro gritando.

— Chegou seu dia, sua vadia! Chegou seu dia!

Silvana, Arthur, Luiz Cláudio e Rosário ficaram paralisados. Carlos chegava cada vez mais perto deles com a arma em punho. Alguns vizinhos olhavam pela janela assustados, embora nenhum deles tivesse algum tipo de reação.

— Esperei esses dias todos na esperança daquele infeliz morrer, e até agora nada. Não vou deixar você transitar por aí com seu amante, Silvana.

Arthur tentou acalmá-lo.

— Carlos, se acalme. Vamos conversar...

— Cale a boca, seu velho asqueroso, ou você também vai experimentar o calibre do meu ódio!

Silvana se pôs a chorar.

— Pare com isso, Carlos. Nosso filho está em estado grave. Por ele, pare com isso e guarde esta arma.

— Quero que seu filho se dane! Aliás, espero que ele piore a cada dia! Mas já que você ama tanto aquela anomalia, vai junto com ele para o inferno!

Luiz Cláudio pulou pelo canto do muro sem que ninguém percebesse. Carlos engatilhou a arma e apontou para Silvana. A rasteira desferida por Luiz Cláudio fez com que ele se desequilibrasse, ao atirar. Silvana foi atingida no ombro e logo o sangue tingiu sua blusa de seda branca. Ela desmaiou com a dor. Carlos, paralisado, mantinha a arma apontada para os demais.

— Você conseguiu me enlouquecer, Silvana! Por que diabos quis parir aquele garoto? Ele é o culpado de tudo isso. Vocês dois vão arder no fogo do inferno!

Luiz Cláudio, ignorando a fúria de Carlos, perguntou chorando a Arthur.

— Ela está morta, doutor?

Receoso de que o marido de Silvana voltasse a atirar nela, mesmo observando a respiração da amada, respondeu.

— Está, Luiz. Silvana está morta!

Carlos se ajoelhou no asfalto e olhou com ternura para a mulher.

— Eu amava você, Silvana. Me perdoe.

Num gesto rápido, apontou a arma para o próprio peito e atirou, tombando para trás com as pernas semiflexionadas.

Arthur verificou os sinais vitais de Silvana e, em seguida, constatou que Carlos também estava vivo. Apanhou o celular do bolso e ligou para a emergência.

— Aqui é o doutor Arthur Moreira. Preciso de duas ambulâncias imediatamente, com aparato para sobrevida!

Em seguida, passou o telefone para Luiz Cláudio.

— Dê o endereço daqui, Luiz.

A polícia chegou em poucos minutos, e Arthur narrou os acontecimentos. Toda a vizinhança se encontrava em volta de Silvana e Carlos. Luiz Cláudio gritou, enxotando a pequena multidão.

— Saiam daqui, urubus! Estavam todos escondidos atrás das cortinas sem tomar a atitude correta, que seria avisar a polícia, e agora querem circo? Por alguns dias, vocês terão assunto suficiente para conversar. Saiam daqui!

Marlene estava parada na varanda da casa. Em seu rosto apático, uma discreta lágrima percorria os sulcos das rugas.

***

Carlos experimentava o transe entre a vida material e a morte. Diferente do filho, vivia a doída consciência extrafísica do coma. Via seu próprio corpo ligado a aparelhos, enquanto, em espírito, respirava com dificuldade. Dor incomum o massacrava, quando rememorava o momento em que atirou na esposa. Apavorado, tentava retornar ao corpo, sem sucesso. Ouviu uma voz masculina o chamar pelo nome. Ao lado de seu corpo inerte, um homem com o semblante sério, olhava-o fixamente.

— É melhor você me acompanhar, Carlos. Temos que rever alguns conceitos.

Ele reagiu com pavor.

— Tire-me desse pesadelo, por favor! Um médico afirmou que eu vou morrer! Quero me livrar desse sonho ruim!

— Falaremos sobre a morte em outro momento. Estou aqui para tentar ajudar você. Feche seus olhos.

— Nem o conheço! Por que vou obedecer a uma ordem sua? — perguntou pondo a mão no peito, evidenciando dor.

— Se é por conta de meu nome, o problema está resolvido. Meu nome é Igor. Agora obedeça e feche os olhos.

***

Carlos estava no pátio da Fazenda Boaventura. Observava de longe um escravo ser castigado pelo feitor. Contrariou-se, quando ouviu Silvana tornar a gritar do alpendre.

— Pare com isso! Pelo amor de Deus, Carlos! Ordene que Rafael pare de chicotear aquele pobre homem. Ele vai matá-lo.

Ele reagiu como sempre. Mandou Silvana calar a boca e se encaminhou até o tronco estrategicamente posicionado ao lado da senzala.

— Me dê o chicote, Rafael.

O jovem tocou na aba do chapéu de couro, em respeito ao patrão, e tirou do cinto um chicote novo.

— Tome esse, senhor. O meu já está encharcado com o sangue desse negro.

Carlos apanhou o chicote, examinado as pontas de onde pendiam pequenas bolas de ferro. Levou o braço esquerdo para trás e desferiu um golpe certeiro, deixando três rasgos simétricos nas costas do escravo, que desmaiou de imediato. Devolveu o chicote e ordenou.

— Chame dois escravos para colocá-lo na senzala.

— Parece que esse não vai aguentar, senhor — Rafael afirmou, notando a quantidade de sangue que escorria pelo dorso nu do escravo.

— As negras velhas da senzala vão tratar de cuidar dele. Logo o teremos de volta à exploração do ouro.

Rafael saiu e, logo depois, retornou com dois jovens negros.

— Levem Benedito para a senzala e cuidem dele. Avisem às negras velhas que o patrão o quer curado o mais rápido possível.

Um dos escravos trincou os dentes, tentando se manter calado. Antônio havia nascido na Boaventura e vira o pai e a mãe apodrecerem em meio à lama da mineração. Nutria por Benedito grande estima. Ele era um dos mais velhos escravos da fazenda e, apesar do trabalho pesado, mantinha sempre um sorriso emoldurando o rosto. Ganhara a fama de curandeiro ao cuidar de outros irmãos de cor com rezas e benzeduras. Ao avistar o corpo de Benedito no chão, Antônio olhou para Rafael com ódio.

— Se o sinhô quer escravos para achar ouro no vale do rio, por que mata os que trabalham? Olha só o estado do velho Benedito!

Rafael reagiu.

— Não mato ninguém, e você sabe bem disso. É o meu trabalho, e se você olhar minha capanga vai ver que não carrego nenhuma pataca ou pepita de ouro. A razão para eu estar aqui é bem diferente da que vocês imaginam. O patrão é desconfiado e tem ouvido treinado no silêncio da casa-grande.

Antônio segurou Benedito pelos ombros, enquanto o outro escravo o levantava pelas pernas.

— Levem o negro para a senzala e usem o remédio que deixei lá para esses casos.

Antônio sinalizou com os olhos e sussurrou.

— Não sei se odeio vosmicê ou se agradeço...

Rafael respondeu em voz baixa.

— Escolha o que quer sentir por mim. Faço o que posso para manter todos vocês vivos.

— Faz o que pode, mas não deixa de dar o chicote com os guizos de chumbo para o sinhô dar a última chibatada.

— Vá, Antônio! Faça o que mandei! Sumirei com esse chicote e arrumarei outro bem mais leve — prometeu Rafael.

Ele esperou que os dois escravos entrassem com Benedito na senzala. Tirou o chapéu de couro e o colocou junto ao peito. Os olhos claros contrastavam com a pele castigada pelo sol. Era relativamente jovem e poderia seguir outros caminhos, se quisesse. Havia chegado à Fazenda Boaventura como um especialista em ferramentas para a extração de ouro nas minas existentes no entorno do Vale do Jequitinhonha. De educação refinada e extrema inteligência, acabou se compadecendo com o tratamento dado aos escravos durante o trabalho exaustivo em busca do ouro. O antigo feitor da Boaventura era extremamente cruel, e muitos negros encontravam a morte à beira do rio. Com jeito, passou a administrar a extração aurífica, impedindo o castigos desmedidos.

Tempos atrás, numa ronda diária nas minas de propriedade do patrão, o feitor começou a provocar uma discussão.

— Olha, os pretos são um problema meu. Não se meta no meu trabalho!

— Por acaso, seu trabalho é assassinar quem encontra o ouro de seu patrão? Esta semana perdemos três escravos.

— Não assassino ninguém! Essas criaturas não são gente e só sabem render na lida quando o chicote canta.

— Não sabe o que fala, homem. Você é um ignorante!

O feitor puxou Rafael do cavalo, jogando-o no chão. Com agilidade, colocou um facão no pescoço do rapaz.

— Vou rasgar sua garganta, desgraçado! Depois, coloco a culpa em um desses pretos! Sinhô Carlos nunca vai desconfiar de nada!

Um grupo de escravos viu que Rafael estava em situação de risco. Em segundos, três negros liderados por Antônio levantavam o feitor no ar como se ele fosse um boneco de palha.

Antônio ajudou Rafael a se levantar.

— Obrigado. Vocês me salvaram a vida. Esse louco iria me matar!

O escravo olhou-o com seriedade.

— Agora é ele que vai morrer, sinhô.

— Nada disso! Vamos levá-lo para a Boaventura. Lá, o senhor Carlos decidirá o destino deste homem.

— Para deixar ele solto? Não! Ele já matou muitos dos meus irmãos. Se ficar solto por aí, vai se vingar! E quem pode garantir que o sinhô Carlos vai gostar dessa história? — Antônio interrogou e determinou que os outros negros afogassem o feitor na parte mais funda do rio.

Rafael viu Antônio apanhar um molho com as chaves das duas senzalas, do depósito de ferramentas e uma única chave que abria todas as correntes que deixavam os negros com mobilidade apenas para trabalhar. Apanhou a chave que abria as algemas de ferro e soltou os três negros. Em seguida, ordenou que eles acorrentassem o feitor, colocando pesadas pedras entre o corpo do homem e as correntes.

— Levem o miserável para o fundo do rio. Não quero que ele boie.

Rafael ainda tentou persuadi-lo.

— Não faça isso. Seu Carlos vai acabar descobrindo.

— Ele só vai descobrir se o sinhô contar.

O feitor tentou se livrar das correntes. De olhos esbugalhados, gritava, pedindo piedade. Rafael montou o cavalo e continuou a ronda. Estava, entretanto, impressionado com o que ocorrera. Não lidava bem com a violência. Escolhera viver da mineração, mas não se encontrava preparado para conviver com a dor que rondava a atividade de extração do ouro. Resolveu se manter no vale até o início da noite. Recolheria os escravos e diria a Carlos que o feitor havia desaparecido. Assim fez. A um sinal dele, Antônio comandou o grupo de volta à senzala. No caminho, Rafael voltou o olhar para o grupo silencioso que o seguia. Percebeu que os negros olhavam, famintos, para as frutas.

— Antônio, temos ainda algum tempo até a noite cair. Se livre dessas correntes e apanhe frutas para seu povo. A fome é uma doença incurável.

O jovem escravo sorriu agradecido. Com agilidade, subiu na copa das árvores, distribuindo o alimento para todos.

Ao chegar à Boaventura, Rafael reuniu os negros em frente à casa-grande e chamou por Carlos. Ele desceu as escadas da espaçosa varanda procurando pelo feitor.

— Onde está Manoel? Por que trouxe estes negros para a frente de minha casa? Eles deveriam estar na senzala! O que pretende, Rafael? Uma rebelião? Tomar minha fazenda e meus escravos? — perguntou com a espingarda engatilhada.

Rafael levantou ambas as mãos com tranquilidade.

— Calma, senhor. Nenhuma dessas possibilidades está nos meus planos. Sou um especialista em ferramentas de mineração. Não sou um rebelde e muito menos um ladrão. Sinto-me ofendido.

— Como me explica, então, todos esses negros parados aqui? E onde diabos está o meu feitor?

— Parece que seu capataz tomou outros rumos, senhor. Procurei-o por todos os cantos do vale. Resolvi reunir seus escravos e trazê-los de volta à fazenda. Pode fazer a contagem. Todos estão aqui. Só não sei o que fazer com eles.

Carlos abaixou a arma e passou a mão pelos cabelos castanhos. O movimento contínuo das mandíbulas denunciava sua insatisfação.

Silvana ouviu o burburinho do lado de fora e afastou as cortinas da janela. Um resto de luz do sol iluminou o rosto da jovem esposa de Carlos. Rafael avistou a moça de relance e ficou inebriado com tamanha beleza. Carlos falava com ele em vão. Todos os sentidos do rapaz estavam voltados para a cena presenciada apenas por ele.

Carlos irritou-se.

— O que há, senhor Rafael? Parece que não me escuta!

Ele sacudiu a cabeça e se desculpou.

— Perdoe-me, senhor. Talvez seja o resultado do cansaço. Estou cansado da montaria e preocupado com o sumiço de seu feitor. Vou me recolher.

— Nada disso! Vamos conduzir os escravos até a senzala. Manoel era meu homem de confiança. Custo a acreditar que tenha sumido do nada.

— Ele talvez tenha debandado para outra fazenda, senhor. Empregados fiéis valem ouro nas regiões de extração de minérios.

— Vamos colocar os negros nas senzalas. Mais um pouco, esse bando pode nos atacar. O senhor teve sorte de não sofrer nenhum tipo de prejuízo físico ao trazê-los de volta.

— Seus escravos são pacíficos, senhor Carlos. Vou ajudá-lo e depois irei para o meu quarto.

— Segure minha arma e me espere aqui. Além de Manoel, apenas eu tenho as chaves para trancá-los. Já perdi meu feitor. Não quero perder mais nada por hoje.

Rafael segurou a arma com um sorriso de ironia e pensou: "uma mulher tão bela em casa, e este homem exalando amargura e preocupado em trancafiar negros!".

Após contarem os escravos, os dois retornaram à casa-grande. Carlos resolveu convidar Rafael para jantar.

— Venha jantar comigo e com minha esposa. Sou grato pelo que fez por mim hoje. Se não fosse sua intervenção, não sei o que poderia ter acontecido.

— Acho que seus escravos voltariam para cá de qualquer jeito. É uma gente muito sofrida. Muitos deles nasceram aqui. Não sabem o que significa a palavra liberdade a não ser pela boca dos mais velhos.

— Pois é justamente isso que me preocupa. Uma história de liberdade bem contada pode transformar servos pacíficos em guerreiros sanguinários. Vá trocar de roupa e depois nos encontre na sala de refeições. O senhor merece todo meu respeito e minha consideração. Jantará comigo e com minha esposa.

Rafael desceu os degraus que o conduziam para os fundos do imóvel, ode estava localizado seu pequeno quarto e, após fazer sua higiene pessoal, encaminhou-se para a sala de jantar. Embora a construção fosse feita aos moldes dos engenhos, havia um capricho incomum na casa. Castiçais iluminavam o ambiente de forma a não se notar a presença da noite. Carlos já o esperava.

— Venha, senhor Rafael. Sei que deve estar faminto.

Rafael corou ao ver Silvana. Pediu licença e se acomodou numa cadeira de madeira maciça.

— Vejo que seu bom gosto caminha junto com o conforto. A fazenda Boaventura é bem diferente de outras que conheci.

Carlos se sentiu lisonjeado.

— Não nasci neste ambiente quase selvagem. Estou aqui para fazer dinheiro. Cresci em Portugal, e lá tudo é bem diferente. Vim para o Brasil com meus pais. A notícia de que a Família Real se instalaria aqui nos deu a certeza de que poderíamos nos manter de forma adequada. Minha esposa também é portuguesa. Como eu, foi acostumada à boa vida. Herdei esta propriedade de meu pai. E aí, tivemos que nos acostumar à vida dura e solitária, quando ele faleceu, logo depois de minha mãe. Os dois morreram por conta de uma dessas febres tropicais. Em breve, terei condições de me estabelecer de vez na corte.

Ele ouvia Carlos com desinteresse. Silvana abaixava os olhos todas as vezes que se via admirada por Rafael. Com as mãos frias, ela se dava conta, naquele instante, de que não amava o marido, e que o casamento arranjado só lhe trouxe infelicidade.

O jantar terminou, e Carlos firmou um acordo com Rafael: ele passaria a tomar conta dos escravos e da extração do ouro até que ele conseguisse outro capataz ou tivesse notícias de Manoel. Rafael passou a desfrutar da companhia do casal mais vezes, e o contato com Silvana aumentou. Os escravos haviam se tornado mais produtivos, e a Boaventura passou a fazer história e fortuna na rota da mineração. Carlos, por conseguinte, ganhou o respeito de vários superintendentes do entorno do Jequitinhonha, e os convites para festejos fora da fazenda se tornaram constantes. Num dia de temporal, Silvana se negou a sair.

— Não vou! Já disse que guardo um pavor imenso desses temporais, meu marido.

— Preciso ir a este encontro, Silvana. Estou negociando ouro diretamente com alguns nobres. Se eu faltar a esse compromisso, perderei dinheiro.

— Não, Carlos! Tenho medo, e o senhor sabe bem como me comporto fora de casa nessas situações.

— Você ficará, então. Não há risco nenhum. Rafael tem conduzido bem a situação com os escravos. Poucos necessitam de castigo e, quando isso acontece, ele mesmo dá conta disso. Irei pernoitar na residência do superintendente. Amanhã cedo, estarei de volta. Espero que sua ausência não seja encarada como uma afronta.

Ele beijou a esposa e saiu. Rafael estava saindo com os escravos em direção ao vale, e Carlos chamou por ele.

— Meu caro, ficarei ausente por todo o dia e à noite de hoje. Tenho um compromisso de negócios na superintendência, e Silvana está temendo o temporal. Cuide de tudo para mim. Se algum escravo causar problemas, corrija-o imediatamente.

Rafael ajeitou a aba do chapéu de couro e saltou do cavalo.

— Não se preocupe, senhor. O dia hoje será improdutivo no rio. A chuva traz muita lama para a superfície, e isso diminui bastante a possibilidade de exploração. É melhor deixarmos os escravos fazerem os reparos necessários na casa e no terreno.

— Faça o que achar melhor. Confio em você.

— Sou grato por sua confiança, senhor. Vá em paz. É melhor, entretanto, levar ao menos dois escravos que possam garantir vossa segurança. Há muitos salteadores e vagabundos pelo caminho.

— Escolha os escravos e arrume roupas mais adequadas. Não quero chegar com esfarrapados.

Carlos saiu escoltado por dois negros, e Rafael comandou um pequeno grupo de escravos mais jovens nos reparos da casa e na capina do terreno. Determinou que os mais velhos procurassem descansar. Na cozinha, convenceu duas escravas domésticas a prepararem comida suficientemente nutritiva para os demais.

— Espero que nada chegue aos ouvidos do senhor Carlos. Estou fazendo isso para fortalecê-los. A ração diária que os negros da senzala recebem é muito pouca para o tanto que trabalham. Pelo menos hoje, hão de se alimentar direito.

Silvana chegava à cozinha e ouviu a ordem dada por Rafael. Sabia que, ao sair dali, ele passaria pela varanda, e para lá ela se dirigiu. Ao avistá-lo, sorriu.

— Vejo que se preocupa com os negros.

— A senhora ouviu o que pedi às escravas, é isso?

— Ouvi e gostei muito de sua providência. Sempre que Carlos se ausentar, faça isso, por favor. Agora, se se preocupa tanto com eles, por que razão os castiga com tanta fúria?

— Posso confiar na senhora?

— Tenha certeza de que sim! — ela respondeu.

Rafael tirou dois chicotes da cinta e os entregou a ela.

— Examine como os ferimentos causados são mínimos. Não passam de tiras de couro amolecidas. Faço alguns lanhos com a ponta do chicote e depois o que eles recebem é carinho.

Silvana deu uma gargalhada.

— E Carlos acredita que o senhor é severo!

— Mas eu sou severo, senhora! Severo e disciplinado. Só trato os negros como merecem ser tratados todos os seres humanos.

Silvana lembrou-se do episódio do negro açoitado até desmaiar.

— Mas por que o castigo dado para aquele negro velho foi diferente? Carlos me disse que usava um chicote com bolas de chumbo.

— Me arrependo daquela situação até hoje. Benedito é um homem sábio e me perdoou. Foi quando decidi trocar os chicotes. Nas minhas andanças pelo vale, conheci um velho índio catequisado. Conversamos muito, e ele me presenteou com esses dois chicotes. São de couro de coelho.

Silvana devolveu os chicotes a ele. As mãos dos dois se tocaram. Os olhos de Rafael brilharam de paixão. Ele não se conteve.

— A senhora é muito bela. Senhor Carlos vive a procurar ouro nos rios quando há ouro em casa. É uma preciosidade.

Silvana fechou os olhos por segundos. Nunca ouvia elogios do marido. Haviam se casado muito jovens por um arranjo entre as famílias.

Rafael se deu conta de que havia ido longe demais.

— Por favor, senhora. Não quis ofendê-la.

— Não me ofende. Nunca recebi um elogio que me deixasse tão feliz.

— Posso tocar seu rosto? Sua pele parece ser feita da mais pura seda.

Ela segurou a mão dele com delicadeza, encostando-a no próprio rosto. Naquele momento, um vendaval sacudiu todas as árvores da Boaventura. Parado à porta da senzala, os olhos miúdos de Benedito enxergaram o mau agouro que aquele contato traria para todos. O velho escravo entrou na senzala, ajoelhou-se em frente a um pequeno altar e rezou diante de uma imagem de Nossa Senhora de Fátima. Antônio entrou na senzala e perguntou:

— Por quem reza, meu velho pai?

— Pelos filhos que esta vida tem me dado, Antônio. Peço a Nossa Senhora que interceda por todos nós e não permita que o pior aconteça.

***

Rafael seguia, em êxtase, Silvana pelo imenso corredor que separava a sala dos aposentos íntimos. Quando ela parou à frente do quarto do casal, ele estancou.

— Melhor não, senhora Silvana. Sinto isso como desrespeito extremo a seu marido.

— Mas é isso que ele tem feito todo o tempo comigo. Escolhe as negras jovens e deita-se com elas como fazem os animais. Temos por aqui vários mulatinhos correndo no entorno da senzala. No futuro, irão para as margens do rio e servirão ao pai como escravos. Isso sim é falta de respeito, Rafael. Venha comigo. Carlos não retornará hoje.

Inebriado, ele acabou cedendo. Estavam os dois cobertos pelo véu do desejo e da paixão repentina. Rafael mostrou-se um amante sensível, e Silvana se deixou explorar sem pudores, experimentando, pela primeira vez, o real sentido da palavra amor.

A chuva havia aumentado de intensidade. Os negros buscavam a autorização de Rafael para se recolherem na senzala. Antônio procurou por ele por todos os recantos da fazenda e, sem encontrá-lo, conduziu os demais escravos para o recolhimento. Os raios precediam o estrondo dos trovões que atingiam árvores e o solo da Boaventura. Um dos escravos que acompanhava Carlos saltou do cavalo e se dirigiu à charrete.

— Vamos voltá, sinhô! Tem um tronco pesado fechando a picada da mata. É perigoso pro sinhô.

Carlos já estava encharcado. A cobertura da charrete dava sinais de que não resistiria por muito tempo à tromba d'água. Apanhou uma pequena caderneta e, esquivando-se da chuva, escreveu um bilhete justificando sua ausência no encontro marcado na superintendência. Colocou o papel dentro da bainha de couro de sua adaga e entregou ao escravo.

— Vá, entregue ao superintendente e retorne no mesmo trote. Deixe-me ver seu braço.

O negro arregaçou a manga curta, deixando à mostra a marca da Fazenda Boaventura no braço.

— Vá. Se abordarem você no caminho, mostre a quem você pertence.

No retorno, rezava para que os cavalos não escorregassem. Ao ver a cerca de bambu, que delimitava o início de sua propriedade, sentiu-se aliviado. Logo estava em frente de casa. Saltou da charrete e liberou o negro.

— Seque e alimente os cavalos. Eles estão exaustos, e não gosto de perder nada em minha fazenda!

Entrou, sentou-se na sala e retirou com dificuldade as botas ensopadas de água. Apanhou uma garrafa de aguardente e bebeu dois grandes goles pelo gargalo.

— Silvana deve estar dormindo. Como é preguiçosa esta mulher. Vou tratar de acordá-la para que cumpra seu papel de esposa. Por isso, prefiro as negras. Estão sempre dispostas — resmungou, encaminhando-se para o quarto.

Silvana dormia profundamente, aconchegada nos braços de Rafael. Um fino lençol marcava as curvas perfeitas de seu corpo nu. Carlos parou à porta do quarto, arrancou o cinturão de onde pendiam um pequeno revólver e a adaga e abriu a porta de madeira com firmeza. Seus olhos ficaram vidrados com a cena. Sentiu a cabeça tontear e a saliva se tornar grossa, formando um bolo na garganta. Esfregou os olhos mais de uma vez para se certificar de que aquilo não era uma alucinação. Por fim, percebeu a ira crescer.

— Acordem, vadios! Traidores!

Silvana e Rafael despertaram num sobressalto, buscando esconder os próprios corpos com o lençol. Ela tentou falar quando viu o marido empunhar em cada uma das mãos a arma de fogo e a adaga.

— Por favor, meu marido! Se acalme... Não nos mate! Deixe-nos ir embora, e esta vergonha não será conhecida por ninguém!

— Acha que me importo com vergonha, vagabunda? Vergonha é o que os dois irão enfrentar antes de morrer!

— Imploro, Carlos! Não cometa essa loucura!

— Loucura foi o que vocês fizeram! Fui traído justamente pelas duas pessoas nas quais depositei toda a minha confiança!

Rafael se mantinha em silêncio. Sabia que a paixão despertada em sua alma era uma terrível traição. Carlos havia confiado cegamente nele. O peito explodia pela culpa, e ele se julgava indigno de perdão.

— Pode acabar com minha vida, Carlos. Não mereço seu perdão. Carregarei este peso pela eternidade. Poupe a vida de sua esposa. Eu a seduzi.

— Ela cedeu à sedução, seu porco! Os dois são culpados! Venham comigo! Não quero manchar meu quarto com o sangue impuro de infiéis!

Silvana e Rafael tentaram se vestir, mas foram impedidos.

— Sairão daqui com os corpos nus da traição! Quero que todos os escravos saibam o que sou capaz de fazer com os que traem minha confiança!

Com o pavor evidenciado nos olhos, os dois caminharam por todo pátio da fazenda até a entrada da senzala. Uma mulatinha correu para o pátio lamacento ao ouvir os gritos de seu senhor. Ela havia sido batizada por Silvana com o nome de Sílvia e era filha da relação do marido com uma escrava. Ao ver a madrinha e Rafael, despidos, gritou por Benedito.

— Pai velho, venha! Por amor de Nossa Senhora, o sinhô vai matar a sinhazinha! Vai matar minha madrinha!

Benedito e Antônio chegaram à porta da senzala e se entreolharam. Previam as atrocidades que iriam presenciar. O velho escravo fez o sinal da cruz.

— Vou rezar, menino Antônio. Os olhos do velho já estão cansados de tanta violência. Vou rezar para que Nossa Senhora tenha piedade dessas almas, filho.

Antônio trincou os dentes ao ouvir Carlos gritar por ele. Sentiu os músculos se retesarem de imediato.

— Venha logo, negro! Traga os outros escravos para o pátio!

Ele permaneceu parado à entrada da senzala.

— Cumpra minhas ordens ou muitos dos seus terão o mesmo fim!

Temendo pela vida dos outros irmãos de cárcere e cor, colocou todos os escravos enfileirados à frente dos troncos de punição. Tentou, entretanto, resguardar as crianças da cena grotesca. Isso aumentou a fúria de Carlos.

— Quero as crianças também! Todas elas!

Benedito olhou para os pequeninos com pena. Reuniu as crianças e saiu. A pequena Sílvia não parava de chorar.

— O sinhô vai matar minha madrinha! Não deixa não...

Antônio amarrou Silvana e Rafael no mesmo tronco, conforme ordenara seu senhor. A chuva já estava mais fraca, mas o vento e os raios não cessavam. Carlos se aproximou dos dois. Colocou a ponta da adaga na altura da boca de Rafael e o revólver encostado no peito de Silvana.

— Eu poderia castigá-los e deixar o corpo dos dois entregue aos abutres. Fui covardemente traído e tive minha honra ultrajada, mas sou um homem temente a Deus. Vou marcá-los, para que o demônio os reconheça no inferno, antes de acabar com vocês.

Ele fez um pequeno corte na altura da narina direita de Rafael. O rapaz sentiu o sangue escorrer por seu corpo. Respirou e olhou com arrependimento para o patrão.

— Peço à frente de todos os escravos seu perdão. Imploro, senhor Carlos, que um dia consiga perdoar minha traição. Pela eternidade vou buscar por isso. Mereço morrer, mas, como um último pedido, rogo a Deus que um dia eu me torne merecedor de sua confiança novamente...

Carlos segurou com firmeza a adaga.

— Não coloque o nome de Deus nessa imundície! Nunca vou perdoar nenhum dos dois! Nunca!

Rafael sentiu o fio da adaga destruir seus lábios, rasgando-lhe o céu da boca até atingir a garganta. Sua cabeça pendeu e o sangue que escorreu se misturou ao barro. Silvana soltou um grito de horror, e a pequena Sílvia escapou das mãos de Benedito, agarrando-a pelas pernas.

— Sinhô! Não mata a madrinha, sinhô!

Carlos se enfureceu e mudou a mira do revólver, atingindo a menina na cabeça. Em seguida, voltou a arma para Silvana. Uma lágrima escorreu pelo rosto de sua jovem esposa, e ele riu.

— Acho que seu castigo já foi dado. Viverá com o peso dessa culpa, prostituta!

Silvana estava com uma das mãos livres. Segurou com força a mão de Carlos e apertou o gatilho, terminando com a própria vida. Antônio voltou o olhar para Benedito e apontou para o corpo da pequena Sílvia.

— Onde estão nossos orixás? Onde eles estão que nada fazem por nosso povo, meu velho?

Benedito olhou para ele com piedade.

— Se não estiverem na sua alma, vosmicê não os encontrará em lugar nenhum, filho meu.

CAPÍTULO 21

Carlos despertou do transe de enfrentamento com o pretérito e observou o próprio corpo. Igor se mantinha ao lado dele.

— Vivi mesmo tudo isso? É por esse motivo que sempre repudiei meu filho?

— Sim, Carlos. Viveu e pode transformar todos esses acontecimentos agora. Rafael reencarnou como seu filho. Recebeu esta oportunidade para encontrar seu perdão. Nasceu marcado pelas cicatrizes da própria alma, para não esquecer o equívoco cometido, reconquistar sua confiança e ser perdoado.

Carlos chorou sentidamente.

— Eu estraguei tudo. Sempre nutri por ele e por Silvana uma grande raiva, mesmo que inconsciente. Nunca consegui amá-lo como filho.

As máquinas que monitoravam a vida de Carlos começaram a apresentar alterações significativas. Igor resolveu intervir.

— Você conseguiria perdoá-lo sinceramente?

A resposta foi firme.

— Sim. Também errei.

Em segundos, Carlos se viu ao lado do leito do filho. Olhou para o lado e reconheceu o espírito de Benedito embalando o pequeno Rafael.

Igor apontou para o menino, e Carlos se emocionou ao vê-lo com o rosto reconstruído.

— Faça o que seu coração mandar.

Carlos chegou perto do pequenino corpo e soprou no ouvido de Rafael.

— Obrigado pela oportunidade de reconciliação. Obrigado, meu filho. Volte à vida e cumpra seu papel nesse mundo. Me perdoe. O passado não mais existe em nossas vidas. Vou continuar a partir deste momento. Continue você também, por favor. Eu te amo!

Abrupta alteração dos computadores conectados a Rafael foi ouvida na central de monitoramento. Marta se dirigiu até o leito do menino e murmurou.

— Seja bem-vindo de volta, meu pequeno. Sou grata pelo auxílio do Alto!

No mesmo instante, Carlos foi reconduzido ao próprio corpo por Igor. Recuperou brevemente a consciência e sentiu fortes dores no peito. Uma equipe de médicos e enfermeiros buscou com agilidade reanimá-lo. Uma linha reta no monitor cardíaco determinou o fim da vida material de Carlos.

***

Luiz Cláudio andava de um lado para outro à espera de notícias. Rosário tentava tranquilizá-lo e suplicava para que ele procurasse manter o equilíbrio.

— Luiz, o doutor Arthur já ligou e disse que a bala estava alojada no ombro de Silvana e que ela não corre risco de morte. Procure ficar calmo. Sua avó está em choque. Não pronuncia uma só palavra e está com o olhar fixo. Não consigo dar conta dos dois se você não colaborar! Nem água ela quer beber. Por favor, se acalme!

— Foi por minha causa que aquele louco chegou até aqui. Como vou ficar calmo?

— Onde estão seus remédios?

— Essas porcarias não adiantam nada! Não resolvem nada! Quero notícias da doutora Silvana pra poder seguir minha vida. Sou um viciado! Vou me juntar aos que são iguais a mim!

— Você não vai fazer nada disso, menino! Está sob minha responsabilidade!

Rosário ouviu nitidamente uma risada entrecortada por deboche.

— Deus, me ajude porque sozinha não consigo!

Percebeu a aproximação de seu mentor. Antônio lhe intuiu em pensamento: "A vida é perfeita e se encarregará de tudo. Ore e faça a sua parte. Apenas isso. Não escravize Deus. Apenas entre em sintonia com Ele".

Ela se deu conta de que o desespero daquelas horas estava também desequilibrando sua própria essência. Buscou reorganizar-se conforme a orientação de Antônio e encaminhou-se ao quarto de Marlene para tentar alimentá-la.

O telefone tocou, e Luiz Cláudio, num salto, atendeu.

— Doutor Arthur! E a doutora? Como ela está?

— Acalme-se, Luiz. Silvana já está fora de perigo. Está ainda sob o efeito da anestesia. A bala foi retirada com sucesso, e ela não corre risco nenhum.

— Que bom, doutor. Assim fico mais tranquilo para seguir minha vida. Não quero atrapalhar mais ninguém não.

— Não fale besteira, rapaz. Sua vida precisará tomar outro rumo e rápido. Fique por aí e me espere. Vou verificar como está Carlos e depois vou visitar Rafael. Há várias ligações perdidas da mãe de Silvana. Tenho receio de que essa história toda tenha aparecido em alguma tevê. Preciso tranquilizá-la. Me espere, rapaz! Quero conversar com você, e o assunto é sério.

Arthur desligou o telefone, e Luiz Cláudio examinou cada um dos cantos da casa e parou em frente ao retrato dos pais. Beijou as fotos e apertou-as contra o peito.

— Como amo vocês! Pena que tenham colocado no mundo um filho tão torto como eu.

Apanhou a mochila no armário, guardou as fotos e algumas roupas. Da gaveta da cômoda, pegou o pacote com drogas e o resto do dinheiro dado pela avó. Respirou fundo, jogou a mochila pela janela do quarto e foi ao encontro de Marlene. Abraçou-a com extremo carinho.

— Amo demais você, vó. Obrigada por tudo — balbuciou, enquanto sentia as lágrimas descerem sem trégua por seu rosto.

Passou pela cozinha e pediu para Rosário abrir a porta que dava para o quintal.

— Rosário, preciso tomar um ar.

Ela abriu a porta e viu quando Luiz Cláudio se acomodou na rede.

"Ele precisa descansar", pensou.

Luiz Cláudio viu Rosário se afastar da cozinha e aproveitou para fugir. Com a mochila nas costas, pulou o muro da casa com facilidade e ganhou as ruas. Andou por horas seguidas até a exaustão. Parou numa lanchonete e comprou uma garrafa de água mineral, indo se abrigar sob a sombra de uma amendoeira. Logo foi abordado por uma menina que aparentava uns 12 anos, trajava um *shorts* minúsculo e uma camiseta rasgada.

— Me dá um gole da tua água?

Ele a examinou com pena, entregando-lhe a garrafa.

— Você tem família, menina?

Ela riu, mostrando grave estado de confusão mental.

— Que família?

Ele insistiu.

— Pai, mãe, avó, irmãos. Você tem?

A garota sentou-se ao lado dele.

— Nunca tive. Acho que nunca tive. Sei lá. Por que tá me perguntando isso? Só pedi água, parceiro.

— Te dei a água. Agora quero a resposta.

— Já tive. Mas minha mãe arrumou um cara pra ser meu padrasto. Ele fazia coisas horríveis comigo. Falei com ela, mas não adiantou. Minha mãe acreditou no safado. Daí, eu fugi.

— E você usa drogas? — perguntou Luiz Cláudio.

— Que jeito eu tenho pra enfrentar a rua? Só usando as coisas, né?

Luiz Cláudio olhou para a jovem compadecido. Passou as mãos pela cabeça e respirou profundamente.

— Você está estragando sua vida, menina.

— Minha vida já nasceu estragada, parceiro — ela respondeu com tristeza.

— E você não pensa em sair dessa situação?

— Que situação, cara?

— Essa aí que você vive. De ficar vagando pelas ruas sem rumo, sem futuro.

— Futuro é coisa pra quem tem família e escola. Pra quem tem casa. Eu não tenho nada disso. Você pode me dar algum dinheiro? Uma moeda qualquer...

Ele levantou-se abruptamente.

— Pra quê? Pra você gastar com pedras de *crack*?

A menina dissimulou.

— Estou com fome. É pra comprar um pão.

— Conheço bem isso, garota! Se está com fome, vou até ali comprar comida para você. Dinheiro não tenho e, se tivesse, não lhe daria.

Luiz Cláudio saiu e retornou com uma quentinha e um refrigerante. A menina estava deitada na calçada sem se importar com o calor do sol.

— Ei! Trouxe comida para você.

Ela tentou se acomodar, encostando-se no tronco da árvore. Luiz tentou ajudá-la.

— Encoste aqui e se alimente. A comida vai tirar um pouco a vontade de usar drogas. Qual é seu nome?

Apanhando porções de comida com a mão, ela respondeu rindo.

— Acho que não tenho nem mais nome, parceiro. O grupo da pista me chama de caolha. Eu tenho o olho meio torto mesmo. Nem ligo.

— Não vou chamar você por este apelido! Qual é seu nome? — o garoto insistiu.

— Mariana. Minha madrinha me chamava de Mari.

Ele notou certa emoção naquela resposta. Resolveu continuar insistindo.

— E sua madrinha? Por onde anda sua madrinha? Você sabe onde ela mora?

— Isso eu nunca vou esquecer. Foi a única pessoa que me tratou como gente até hoje.

— Vamos até lá comigo? Tenho certeza de que ela ficará muito feliz em reencontrar você.

Mariana abriu um sorriso largo, deixando à mostra os dentes escurecidos e cariados.

— Você parece um anjo... Posso terminar de comer primeiro?

Luiz Cláudio sentou-se na calçada e abriu a mochila. O pacote de drogas estava entre as roupas e, pela primeira vez, sentiu raiva por ter perdido um pouco da própria vida com o vício. Amassou com força o envelope e olhou decidido para Mariana.

— Beba o seu refrigerante que vou levar você até sua madrinha.

229

Luiz Cláudio, após muitas tentativas, conseguiu parar um táxi e entrou com a menina. O motorista olhou para ele desconfiado.

— Está querendo me assaltar, rapaz? Se está, faça logo isso. Paro e entrego o que tenho aqui! — disse girando a chave na ignição para desligar o carro.

Luiz Cláudio procurou acalmá-lo.

— Fica tranquilo, senhor. Não sou assaltante. Estou levando a mocinha aqui de volta para casa. Só isso.

O cheiro fétido emanado do corpo de Mariana tomou conta do carro. O próprio Luiz Cláudio se sentiu nauseado.

— Senhor, melhor abrir os vidros para entrar um pouco de ar.

O homem baixou os vidros, e seguiram viagem até que a menina apontou para um prédio de dois andares.

— É aqui! Minha madrinha mora aqui!

Luiz Cláudio pagou a corrida e saltou atrás dela.

— Você tem certeza de que sua madrinha mora aqui mesmo?

— Tenho sim. Carinho a gente nunca esquece.

Mariana tocou o interfone e ouviu emocionada a voz da madrinha. Ficou alguns segundos em silêncio, tapou com a mão a entrada de som e olhou para Luiz Cláudio.

— Olha o meu estado... E se ela não quiser me aceitar?

— Ela vai te aceitar e te ajudar a sair dessa — ele respondeu, tirando o interfone das mãos da menina.

— Quem é?

— Meu nome é Luiz Cláudio e encontrei uma menina que diz ser sua afilhada, senhora.

Em segundos, Mariana apontou para a portaria.

— Minha dinda! Minha dinda, me ajuda!

A mulher, que aparentava ter pouco mais de 40 anos, olhou para o portão sem acreditar.

— Mari, é você mesmo?

Mariana começou a soluçar.

— Sou eu, dinda. Sou eu. Me ajuda, por favor... Me ajuda!

A menina, ao notar a aproximação da madrinha, sentou-se no chão e agarrou os joelhos que estavam flexionados. Luiz Cláudio estendeu a mão e se apresentou à senhora.

— Encontrei Mariana na rua. Conversamos um pouco e resolvi vir até aqui. Ela precisa de socorro urgente. Pelas histórias que me contou, tem sofrido bastante.

— Obrigada, rapaz. Que Deus o abençoe. Meu nome é...

Luiz Cláudio não deixou que ela concluísse. Colocou a mochila nas costas e falou.

— Seu nome só vai ser importante para mim se a senhora ajudar Mariana. Até logo. Se eu conseguir vencer algumas batalhas, voltarei para visitar vocês.

CAPÍTULO 22

Luiz Cláudio caminhou pelas ruas durante horas seguidas. Ao passar por um valão, abriu a mochila e apanhou o pacote com as drogas.

— Espero nunca mais usar essas porcarias! — sussurrou, lançando com força o embrulho na água cheia de detritos. Tornou a colocar a mochila nas costas e seguiu seu caminho.

Já estava anoitecendo quando o rapaz entrou numa rua sem saída. Observou algumas crianças brincando, divididas por uma rede de vôlei e resolveu se aproximar. As lembranças da infância imediatamente vieram à tona, oprimindo-lhe o coração. Notou um movimento incomum à frente da última casa da rua. Algumas pessoas de trajes brancos desciam dos carros e se abraçavam. Instintivamente, buscou se aproximar para saber do que se tratava. Um rapaz negro, de óculos e sorriso largo chamou por ele.

— Ei! O centro é aqui! Pode entrar!

Luiz Cláudio tentou dizer que só estava de passagem, mas foi conduzido até o portão, que dava para um corredor estreito. O rapaz tornou a se dirigir a ele.

— Venha! A reunião já vai começar! Sente-se num daqueles bancos de madeira.

Ele, sem saber o porquê, obedeceu ao rapaz. Acomodou-se no banco desconfortável, colocou a mochila sobre o colo e notou o coração descompassado. Diante de um altar simples, com imagens de santos católicos, um castiçal com duas velas acesas e um copo com água, se deu conta de que estava bastante emocionado. Após algumas preces e cantigas, viu algumas das pessoas que estavam de roupas brancas assumirem posturas diferentes ao serem acomodadas em pequenas banquetas. Uma jovem começou a chamar pelas pessoas que estavam, como ele, no corredor. Luiz Cláudio permaneceu sentado. Não tinha a intenção de entrar. Sentiu seu coração se aquietar aos poucos e, durante um tempo, o qual não conseguiu mensurar, fez uma reflexão da própria vida. O rosto da avó lhe veio à mente.

— Como pude ser tão insensível com ela e com todos que procuraram me ajudar? — perguntou-se, em voz baixa, com as mãos na cabeça.

Sentiu alguém tocar em seu ombro. Levantou os olhos e viu a jovem que conduziu as demais pessoas do corredor para dentro. Ela o encarou com firmeza, perguntando com um sorriso terno.

— Você não vai entrar mesmo?
— Acho que não.

Ela, se aproveitando da insegurança demonstrada por ele, determinou.

— Quem acha, não tem certeza! E onde existe dúvida, é melhor escolhermos o enfrentamento. Venha comigo. Não há o que temer.

Luiz Cláudio levantou-se e foi colocado à frente de uma senhora que estava sentada num banquinho. Abaixou-se e notou que a mulher permanecia com os olhos fechados. Por um momento, teve a nítida impressão de que a conhecia de algum lugar. Ela pediu que ele se sentasse no chão. As mãos enrugadas da médium dispersavam energias densas acopladas na alma e no corpo do rapaz, com movimentos cadenciados, embora firmes. Terminados os passes, ela começou a falar.

— Filho de minha vida. Meu grande amigo e irmão de tantas caminhadas, é chegada a hora de assumir a responsabilidade sobre sua vida. Você é muito jovem ainda e há muitas lições que precisará aprender, porém, não será mais preciso sofrer tanto.

— Como a senhora pode saber de meus sofrimentos? — ele perguntou incrédulo.

A mulher segurou as mãos dele, aconchegando-as perto do peito.

— Saber é uma coisa muito relativa. Nem sempre o conhecimento de algo nos torna satisfeitos. O melhor mesmo é sentir. É através do sentimento que percebemos tristeza ou felicidade, vazio ou plenitude, erro ou acerto.

A dor do arrependimento fez com que ele chorasse.

— Suas lágrimas, meu filho, também correm pelo meu rosto. Sinto a sua dor como se fosse a minha dor.

Soluçando, ele tomou coragem para falar.

— Estou diante de uma desconhecida, mas percebo que posso abrir meu coração. Estraguei minha vida e a vida de outras pessoas que eu tanto amo. Preciso arrumar um caminho para que ninguém me ache. Um lugar bem distante para que eu não machuque mais ninguém.

— Não existe esse lugar, filho. Para onde você for, longe ou perto, estará muito bem guardado no coração dos que lhe querem realmente bem. Essas pessoas, que você diz ter estragado a vida, sofrerão mais ainda com sua ausência. Não fuja mais de suas responsabilidades. Não se esconda mais de sua vida e de sua verdadeira essência. O passado deve ser olhado com os olhos do coração e o futuro com os olhos da razão. Volte e cumpra a missão que sua alma traçou. Pare de se fazer de vítima dos acontecimentos. Tudo o que aconteceu foi necessário para seu amadurecimento. Enfrente a vida e tire do sofrimento as lições necessárias. Volte! Há muito mais gente esperando por você do que pode imaginar.

— Sei que minha avó precisa muito de mim, mas tenho medo de não conseguir vencer os obstáculos.

— O passo que você deu hoje foi muito importante. Se quisermos ajudar alguém, precisamos ser espelho inteiro e não espelho quebrado.

— Do que a senhora está falando?

— Você ajudou uma menina hoje, meu filho. Seja para ela um espelho inteiro!

— Como a senhora sabe disso?

— Por que me é permitido saber. Apenas isso!

— Será que ela ficará bem?

— O futuro depende dos passos que cada um dá diariamente. Só posso garantir que perder tempo com lamentações sobre equívocos e pedras encontradas no caminho só atrasam o viajante.

Em vez de se lamentar e chorar o tempo todo, aja! No lugar de se reconhecer como alguém que só cometeu erros, tente fazer o certo para sua vida.

Decidido, ele enxugou as lágrimas.

— Prometo que tentarei! Por Deus, prometo que tentarei modificar a minha vida para não fazer mais ninguém sofrer!

A mulher semicerrou os olhos, acariciando-o no rosto.

— Você não entendeu ainda. Não prometa nada para Deus. É por você, apenas por você, que seu caminho precisa se iluminar. Os benefícios atingirão outras pessoas, mas isso só irá acontecer, se o primeiro beneficiado por suas ações for o seu espírito imortal. Muito se fala em transformação do mundo e ninguém, na verdade, percebe que o mundo é a soma de todos os seres que nele vivem. Escolha um caminho sem tantas pedras. Enfrente a vida com coragem e discernimento. Seja corajoso, meu filho! Seja corajoso!

Ela beijou as mãos de Luiz Cláudio e determinou:

— Agora você pode ir. Já deixei em sua alma a orientação que veio buscar.

— Parei aqui ao acaso. Não vim com a intenção de buscar nada. Não sei como essas coisas funcionam.

— Não existe acaso. Sua alma estava aflita e conduziu seus pés até aqui. A alma sempre escolhe o melhor caminho a ser percorrido. Guarde essa certeza, e que todos os irmãos de luz possam amparar sua nova caminhada. Vá em paz!

Ele olhou para a mulher e balbuciou.

— Estou um pouco confuso ainda, mas também muito agradecido por tudo o que ouvi. Gostaria de saber seu nome.

— Para que você quer saber meu nome? Quando estiver pronto realmente para se cuidar com carinho e responsabilidade, volte aqui que lhe direi como me chamo.

Luiz Cláudio lembrou-se do que disse à madrinha de Mariana. Levantou-se e olhou ao redor. Apenas ele ainda permanecia dentro do pequeno salão. Sem graça, apressou os passos em direção ao corredor. Ao ajeitar a mochila nas costas, ouviu nitidamente alguém se dirigir à senhora com a qual havia conversado, chamando-a de vovó Maria Antônia. Sorriu e, com passos firmes em direção ao portão, pensou: "Não demorei tanto assim para descobrir o nome dessa senhora".

Quando o rapaz chegou à rua, os dirigentes do centro deram continuidade à sessão. Arminda, a médium que atendeu Luiz Cláudio através do espírito de Maria Antônia, mais uma vez se fazia presente no auxílio prestado a ele, abraçou um membro do corpo mediúnico, que chorava de forma convulsiva. Solicitando o auxílio dos mentores e guias da casa, ela conseguiu afastar Macuco da teia de escuridão no qual se encontrava envolvido desde o desencarne violento. Arminda sorriu e agradeceu o socorro recebido naquele dia, rememorando a própria trajetória de superação e vitórias. Em nada se parecia com a catadora de latas de antes: cabelos arrumados, unhas limpas e dentição recuperada. Como agradecimento, passara a se dedicar as causas espirituais, sempre buscando usar a razão e a emoção em doses equilibradas.

CAPÍTULO 23

Luiz Cláudio chegou em casa e chamou por Rosário. Pensou em pular o muro, porém, estava disposto a abandonar todos os seus velhos hábitos. Ela chegou à varanda e correu para abrir o portão. Estava pálida e assustada.

— Menino! Por onde você andou? Sua avó não para de chamar por você! Por que fez isso? Pelo amor de Deus! Quando vai crescer e se tornar mais responsável? Doutor Arthur está vindo para cá. Fui obrigada a ligar para ele.

— Dona Rosário, acabei de crescer. Acho que faz poucas horas que isso aconteceu em minha vida e, posso afirmar que ocorreu da maneira mais surpreendente possível. Mas isso é história para mais tarde ou para outro dia. Onde está minha avó?

— No quarto, Luiz. Mas me responda uma coisa: que cheiro é esse?

Ele puxou a gola da camiseta, cheirou e riu.

— De cachimbo e incenso, dona Rosário.

***

Marlene andava de um lado para outro do quarto, evidenciando grande sofrimento. Luiz Cláudio chamou por ela mais de uma vez, percebendo que a avó estava alheia a tudo. Aproximou-se em silêncio, envolvendo-a pela cintura.

— Vó, fique tranquila. Estou de volta e, desta vez, trouxe comigo muita paz e tranquilidade. Sinta, vó... sinta como meu abraço está diferente.

Marlene voltou o rosto para o neto. Estava com o semblante pesado e os olhos sem brilho.

— Sinto muito medo, Luizinho. Muito medo.

— Medo de que, vó? Estou aqui e nada de mal pode acontecer à senhora.

— Medo de que nunca mais me libertem. Estou presa. Amarrada. Me leve embora daqui.

Luiz lembrou-se da conversa com Maria Antônia. Precisaria ser forte e determinado. Precisaria ser bom para ele mesmo. Só assim conseguiria auxiliar a avó.

— Estou com muita fome, vó. E a senhora? Se alimentou bem?

— Não lembro, Luizinho. Essa Sônia não me trata bem.

— O nome dela é Rosário, vó.

— Não é Sônia? Pensei que fosse.

— Vamos. Vou pedir a Rosário para fazer um lanche reforçado para mim. A senhora vai se alimentar também.

— Prefiro sopa. É mais fácil para engolir. Me engasgo muito.

Na copa, Luiz Cláudio ajeitou Marlene na cadeira e sentou-se.

— Rosário, o doutor Arthur está vindo?

— Já deve estar chegando. Trará ótimas notícias, segundo ele.

— Então, enquanto você prepara meu lanche e serve a minha avó, vou tomar um banho. Confesso que a fome é grande, mas não posso receber ninguém com tanta poeira no corpo.

Arthur chegou logo depois que Luiz Cláudio entrou no banho. Cumprimentou Rosário e se encaminhou para a cozinha. Observou a dificuldade com que Marlene levava a colher até a boca e o constrangimento que isso causava a ela. Precisaria interferir no tratamento médico dispensado. Os sinais de demência eram claros. O que ele julgara, inicialmente, ser parte de um transtorno psiquiátrico, parecia transcender este diagnóstico.

Luiz Cláudio chegou caprichosamente arrumado e perfumado à cozinha e cumprimentou Arthur com alegria.

— Que bom ver o senhor, doutor Arthur! E a doutora Silvana? Como ela está? E Rafael?

— Você me parece ótimo, Luiz. Depois de tantos acontecimentos tristes, acho que precisaremos mesmo de uma trégua.

Então lanche comigo! Preciso saciar a fome de cem dinossauros obrigados a uma dieta vegetariana.

O médico riu.

— Prefiro um café, se Rosário não se importar. Eu tomo meu café, você mata todos esses dinossauros aí e vamos conversando.

Arthur narrou com detalhes os últimos acontecimentos. Luiz Cláudio exultou quando soube que Rafael havia saído do coma e estava bem, mas mostrou tristeza ao saber da morte de Carlos.

— Ele poderia receber outra chance da vida, doutor. Acho que todos têm esse direito. Recebi mais uma chance hoje. Fico triste por ele.

— Quem pode garantir que esta chance não tenha sido dada a ele, Luiz? Tenho quase certeza de que Carlos partiu em paz.

— Tomara, doutor.

— Agora que já coloquei você a par dos acontecimentos que nos afligiam, gostaria que pudéssemos conversar com calma em seu quarto. Pode ser?

— Claro, doutor! Minha avó está bem alimentada e mais calma.

Rosário se antecipou.

— Dona Marlene vai descansar um pouco. Foram dias muito agitados.

Marlene balançou a cabeça afirmativamente.

— Quero descansar sim, Sônia. Preciso muito dormir um pouco pra ver se esse medo vai embora. Você pode ficar no quarto comigo, Soninha?

Rosário puxou a cadeira para que ela saísse e respondeu:

— Ficarei no quarto com a senhora. Poderá dormir tranquila.

— Jura por Deus? — Marlene perguntou fazendo o sinal da cruz com os dedos indicadores.

— Juro sim. Se Deus quiser, a senhora vai dormir bem!

Marlene olhou para Rosário com ar de riso.

— Tire Deus dessa história, Soninha! Você vive dizendo para não escravizar Deus!

Rosário soltou uma gargalhada.

— A senhora está certa! Muito certa!

***

Arthur esperou Rosário levar Marlene para o quarto e bebeu um gole do café. Luiz Cláudio percebeu o rosto enigmático do médico.

— O senhor está diferente, doutor. Está acontecendo algo de errado, além de tudo que já sei? É com a doutora Silvana?

— Não há nada de errado, Luiz. Silvana está bem. Acho que sua intuição inicial está se concretizando.

— Que intuição, doutor?

O médico sorriu ao responder.

— Sobre mim e Silvana. Em breve, vamos nos casar.

— Sempre soube que vocês ficariam juntos. Estou muito feliz com esta notícia. Mas parece que tem outra história nos seus olhos. O que é?

— Vamos até a varanda, Luiz. Conversaremos melhor lá.

Arthur acomodou-se em uma das cadeiras de palha, e Luiz Cláudio sentou-se no chão, encostando-se na parede.

— Fale, doutor. Estou curioso.

Arthur pigarreou e o rapaz insistiu.

— O senhor parece nervoso. O que está havendo?

— Vou ser direto, Luiz. Você se sente pronto para assumir uma grande responsabilidade?

— Não sei se meu corpo está pronto, doutor. Mas minha alma está. Meu organismo poderá ainda exigir que eu faça uso das drogas. Minha alma, porém, nunca mais vai precisar de nenhuma substância que me afaste da realidade. Acho que para a dependência química existem remédios e tratamento, e sei que vou precisar disso. Se for sobre os cuidados com minha avó, tenha certeza de que farei o possível para ela ficar bem e equilibrada.

— Fico feliz em encontrar tanta segurança em você. No Budismo, chamamos isso de "estado de céu".

Luiz Cláudio riu.

— Acho que é isso mesmo, doutor. Minha alma está nesse tal estado de céu. Estou em paz.

Arthur estendeu a mão e acariciou a cabeça do rapaz.

— Você precisará procurar por Melissa, Luiz. Ela está grávida, e Sônia queria induzi-la a um aborto.

Luiz Cláudio arregalou os olhos e passou as mãos nervosamente nos cabelos.

— Por que a Mel não me procurou logo, doutor? Por que Soninha quer que ela aborte?

— Você deverá procurar essas respostas pessoalmente. Está preparado?

Ele respirou profundamente, recordando-se das palavras de Maria Antônia.

— Estou preparado, doutor. Vou ao encontro de Sônia e Melissa.

***

Luiz Cláudio conversou com Rosário antes de sair. Não queria que ela se preocupasse.

— Fique tranquila, dona Rosário. Voltarei logo. Não me perderei mais de meu caminho. Cuide de minha avó, por favor — disse antes de entrar no táxi que já o aguardava na porta.

Em pouco mais de meia hora, chegou à comunidade onde Sônia e Melissa moravam. Pagou a corrida ao taxista e desceu do veículo. A passos rápidos chegou à Associação de Moradores e logo avistou Sônia. Preferiu, entretanto, esperar por Melissa. Pela hora, ela já deveria estar retornando do trabalho. Atravessou a rua e entrou num pequeno armazém para passar o tempo. Sentiu o coração disparar quando a avistou entrando no galpão. Num salto, parou ao lado dela, tocando-a levemente no braço.

— Mel... que saudade...

Surpresa, ela virou o rosto.

— Luiz! É melhor você voltar para casa. Não quero confusão com minha mãe...

Ele olhou-a com firmeza.

— Não haverá confusão nenhuma, Mel. Precisamos conversar, você não acha?

— Conversar? Só tenho minha mãe no mundo. Não vou enfrentá-la por nada!

— Mas eu vou enfrentar sua mãe! — exclamou, chamando por Sônia insistentemente.

Sônia apareceu à entrada do galpão.

— Luiz Cláudio, pare de gritar! Já disse que não quero você por aqui! Vá embora!

Ele se colocou à frente dela, com o olhar fixo.

— Não vou embora, Soninha. Sei da gravidez de Melissa. Sei também que você não quer que essa criança nasça. Estou aqui porque quero mostrar que sou uma pessoa íntegra.

— Você precisará provar isso a muita gente, menino! — ela respondeu indignada.

Luiz Cláudio retrucou com firmeza.

— A única pessoa a quem preciso provar alguma coisa é a mim mesmo. Os outros irão apenas constatar. Agora vamos entrar. Só sairei daqui com as duas.

EPÍLOGO

Marlene esperava ansiosa na varanda ao lado de Sônia.
— Ah, Sônia! Como é bom ter você comigo! Às vezes, me esqueço de algumas coisas, mas o meu coração não se esquece de nada. Aqui dentro do meu peito, ele sempre se lembra do carinho e do amor das pessoas. Posso confundir os nomes, mas o que sentem por mim, nunca!

Sônia apontou para o final da rua:
— Olha! Acho que são eles!

Marlene apoiou-se na bengala e se levantou, ajeitando os cabelos.
— Estou bem arrumada? Não quero que me encontrem feia.
— A senhora está ótima! Melhor não poderia estar!

Luiz Cláudio desceu do carro luxuoso e abriu a porta do carona para Melissa sair. Nada nele fazia lembrar o rapaz do passado. *Flashes* do pretérito tomaram conta da mente dele.

Ele havia sofrido muitas modificações desde o dia em que conseguira convencer Sônia e Melissa a retornarem à casa de Marlene. Após uma longa internação providenciada por Arthur e Silvana, se emocionou ao encontrar Melissa prestes a dar à luz o filho deles. Agradecido, entrou acompanhado pelo casal de médicos, examinando cada detalhe da casa. Beijou Melissa apaixonadamente e descobriu um brilho diferente nos olhos da avó. Tudo parecia ter mudado: a casa, as pessoas, a energia. Colocou as malas sobre o sofá e entrou no antigo quarto, já preparado para receber o bebê.

A atmosfera pesada do pretérito havia sido transmutada pela decoração caprichosa e pela existência do berço ao lado da cama de casal. O rapaz sentou-se na cama e chorou.

— Por que esse choro, meu amor? Sua avó tem sido generosa conosco. Ela alterna alguns estados de esquecimento com a plena lucidez do presente. Doutor Arthur vem cuidando muito bem dela.

— Meu choro é o agradecimento por tudo o que vivi e por tudo o que ainda vamos viver. Aprendi muita coisa com o sofrimento. Agora quero aprender com a plenitude e a felicidade — ele falou, acariciando a enorme barriga da esposa.

— Sinta, Luiz, como nosso bebê está feliz também! Está se contorcendo aqui dentro!

Ele soltou uma gargalhada e beijou-a ternamente.

— Tenho planos, Mel. Durante esse tempo de internação, consegui vencer alguns fantasmas. Ficar sem ver você durante esses meses me auxiliou a ganhar confiança. Foi uma sugestão da doutora Silvana, e eu acatei.

— Não entendi até hoje essa decisão. Senti muito sua falta.

— Eu sou dependente de drogas. Serei sempre e precisarei viver um dia de cada vez. Sempre me apoiei emocionalmente nas pessoas e, quando não era correspondido, me frustrava. Se eu continuasse a ver você, não me libertaria dessa dependência emocional, e isso seria muito negativo para o meu tratamento. Aproveitei o tempo livre para repensar minha vida e para estudar. Sempre que via suas fotos ao lado de Sônia e de minha avó, ganhava mais força e determinação.

Melissa olhou para ele com admiração.

— Você sempre me surpreendendo, Luiz. O que você estudou?

— Consegui ser inserido num programa de inclusão para concluir meus estudos. Fiz isso em regime de supletivo e consegui meu certificado. E tem mais...

— O quê? — ela perguntou curiosa.

— Prestei vestibular para Psicologia e fui aprovado. Você está na frente de um futuro psicólogo!

Melissa abraçou-o com entusiasmo, e ele correspondeu.

— Tem mais... — disse com um sorriso no canto dos lábios.

— Mais novidades e boas notícias? Nosso bebê está feliz também! Não para de pular!

— Você se lembra da história do centro que visitei antes de voltar para casa e resolver me tratar? Então. Pedi ao doutor Arthur que fosse até lá contar minha história. A médium que me atendeu foi até a clínica. Para minha surpresa, era a mesma pessoa que havia me socorrido na rua, uma catadora de latinhas. Cheguei a encontrá-la uma outra vez, pedindo comida à porta de minha casa. Fiquei impressionado com a transformação dela. Fisicamente, era outra pessoa, mas com a mesma bondade e disposição para ajudar. Contou-me a própria história. Havia sido contratada por uma família umbandista para auxiliar nos serviços da casa. Com eles, aprendera a ler e a escrever em pouquíssimo tempo. Aos poucos, abandonou os hábitos antigos e passou a se dedicar aos estudos espiritualistas. Aprendi muito com ela. Tenho certeza de que muitas das mensagens que me foram passadas guardavam a interferência de Maria Antônia, a mentora de dona Arminda. Pretendo frequentar o grupo a partir de agora e aprender mais.

— Estranho, Luiz. Você nunca falou sobre fé comigo — interferiu Melissa.

— Porque eu não sabia do que se tratava. Julgava que as religiões serviam apenas para punir, castigar, assombrar. Minha avó falava de Deus, céu e inferno como quem fala das determinações de um gerente autoritário. Descobri que nada disso é verdadeiro e que a fé transcende todas as religiões. Ela nasce com o ser humano. Daí sermos empreendedores por natureza. É uma característica até dos desvalidos, uma espécie de mola que nos impulsiona, como aconteceu com dona Arminda. Este desejo de progredir pode ser encontrado no coração de um ateu e torná-lo instrumento eficaz da espiritualidade. Mais eficaz até do que alguém que teoricamente respire o ar dos templos e repita orações decoradas.

Melissa ficou levemente confusa.

— E, mesmo diante dessa constatação, você manifesta o desejo de fazer parte de um espaço religioso?

Luiz sorriu.

— Sim, meu amor. Preciso aprender, estudar. O conhecimento nos livra dos dogmas equivocados. Esta tal de mola da qual eu falei me impulsiona para este lugar. Acredito ser o desejo de minha alma. Agora, vamos seguir nossas vidas. Quero conversar um pouco com minha avó e com Soninha.

Os dois se dirigiram à cozinha onde Arthur, Silvana, Sônia e Marlene estavam reunidos. Luiz puxou a cadeira para Melissa se sentar e se acomodou ao lado de Silvana.

— Estou muito feliz por recomeçar. Acredito que, a partir de agora, estou traçando meu destino. Sou muito grato a todos vocês.

— Todos nós sempre acreditamos em você, Luiz Cláudio — disse Silvana.

Ele partiu um pedaço do bolo de chocolate feito por Sônia e voltou os olhos para o casal de médicos.

— O passado sempre vai me acompanhar. Não posso apagar a construção da minha história. Sempre vou me lembrar do meu sofrimento e do sofrimento causado a vocês. Mas, foi através desse passado equivocado, que coisas boas aconteceram. Conheci a doutora Silvana por causa de meu vício e, naquela época, afirmei que vocês formavam um bonito casal e seriam felizes. Soninha veio para cá por conta dos meus erros. Melissa chegou por conta de um temporal e da destruição da casa em que moravam. Como veem, tudo na vida muda muito rapidamente.

Arthur se dirigiu a ele emocionado.

— Você está certo, meu rapaz. Vivemos pesadelos terríveis, duras lições e provas. Mas parece que esses elos, na verdade, não nos aprisionaram. Muito pelo contrário. Através de correntes pesadas, encontramos a felicidade.

Silvana tomou a palavra.

— Temos almas afins. Hoje, eu e Rosário fazemos parte do grupo onde Arminda foi acolhida, e isso aconteceu por conta de uma fuga sua, Luiz. Tudo está correto diante do movimento universal.

Marlene mostrava grande alegria.

— Soninha, veja como nosso Luizinho cresceu! Fiquei até na dúvida se ele já tinha ou não essa barba toda. Como esqueço as coisas, você poderia me responder baixinho isso...

Sônia cochichou-lhe no ouvido a resposta, e Marlene sacudiu a cabeça afirmativamente.

— Não ligue para essas minhas coisas, Luizinho. A Sônia é a minha memória. Sempre que esqueço alguma coisa, ela lembra em meu lugar. Fico muito feliz com isso! Acho que todas as pessoas de minha idade deveriam ter ao seu lado uma memória chamada Sônia...

Todos riram carinhosamente da constatação de Marlene. A campainha tocou, e Sônia foi atender a porta: era Sílvia acompanhada de Rafael.

Já na cozinha, ela bateu palmas para chamar a atenção do grupo.

— Vejam quem veio provar do meu bolo.

Rafael correu para abraçar a mãe e Arthur, e Sílvia se desculpou.

— Desculpem-me vir sem avisar, mas meu neto não estava aguentando de tanta ansiedade. Sonhou com um menino chamado Antônio e disse que ele chegaria hoje aqui na casa do tio Luiz Cláudio. Praticamente me obrigou a vir.

O menino parou em frente a Melissa e acariciou a barriga da jovem.

— Meu amigo chegará hoje.

— Faltam alguns dias ainda, Rafael — Silvana afirmou.

O menino insistiu.

— Não, mamãe. Ele me avisou que chegaria hoje. Somos muito amigos, e eu sei que ele não mente.

Melissa sentiu algo e ficou pálida.

— O que houve, Mel? — Luiz perguntou.

— Não sei direito. Mas começaram as contrações. Estou com dor.

Silvana olhou para o filho meio incrédula e levantou-se para examinar a jovem. Arthur levou-a para o quarto, enquanto a esposa apanhava, no carro, a maleta com alguns aparelhos. Outra contração surgiu, e Sônia notou que os lençóis que forravam a cama estavam molhados. Cutucou o braço do médico, apontando para o local. Silvana retornou com o estetoscópio e um aparelho de pressão nas mãos. Arthur deu passagem para que ela verificasse a pressão da jovem.

— E então, Silvana? — Arthur indagou.

Silvana sinalizou um sim com a cabeça e perguntou:

— A mala de Melissa está pronta? E as coisas do bebê?

Sônia abriu o armário e mostrou para a médica.

— Está tudo aqui, doutora.

— Ajude sua filha a trocar de roupa. Acho que Rafael está certo: o bebê nascerá hoje. Vamos com ela para o hospital.

Marlene evidenciou certo nervosismo e pediu para Sônia segurar a mão dela.

— Estou com medo de novo, Soninha. Fique de mãos dadas comigo, por favor.

— Ficarei sim, dona Marlene. Procure respirar direitinho como ensinei à senhora. Daqui a pouco, teremos meu neto por aqui.

Uma lágrima saltou dos olhos de Marlene.

— Seu neto, Soninha, e meu bisneto... Não tem como meu coração esquecer isso. Mesmo uma cabeça ruim como a minha não consegue esquecer um presente desses.

O menino nasceu de parto normal. O obstetra olhou para o relógio do centro cirúrgico e anunciou:

— Meio-dia em ponto do dia 13 de maio: nasceu, e é um menino!

Luiz Cláudio cortou o cordão umbilical e segurou o filho no colo, colocando-o, em seguida, sobre o corpo de Melissa. Os dois choravam emocionados. Arthur aproximou-se do casal.

— Agora é a minha vez. Sou o pediatra de seu filho, Luiz, como, um dia, fui o seu. Vou fazer os exames de rotina, mas só de olhar já tenho certeza de que ele é muito saudável. Qual será o nome do meu pequenino?

Luiz Cláudio e Melissa olharam para Silvana e, sem hesitar, responderam ao mesmo tempo:

— Antônio!

Silvana lembrou-se das palavras do filho e agradeceu mentalmente. Com a voz embargada pela emoção, falou:

— Seja bem-vindo, Antônio! Que você e Rafael continuem a amizade já existente. Que seja de muita luz sua caminhada terrena!

***

O pequeno Antônio batia insistentemente no vidro do carro, pedindo para sair. Ele deu a mão ao pai e, ao avistar Marlene, saiu correndo para abraçá-la.

— Bisa, bisa! — o menino repetia eufórico.

Sônia olhou para o neto sorridente. Luiz Cláudio olhava orgulhoso para o filho. Já haviam se passado sete anos do nascimento de Antônio, e muita coisa havia se modificado. Luiz Cláudio viajara com a família para fazer um curso de especialização na Europa e conquistara um emprego no qual unia o exercício da Psicologia com a ciência e a espiritualidade. Ganhara fama e uma posição econômica privilegiada. Embora viessem regularmente ao Brasil, aquele dia marcava seu retorno definitivo. Arthur, Silvana, Sílvia e Rafael chegaram em seguida. Os dois meninos se abraçaram com saudades. Antônio perguntou.

— Rafa, agora vamos ficar juntos de novo! Não vou mais voltar lá pra longe!

Rafael pegou a mão do amigo.

— Vamos jogar bola? Não existe ninguém melhor que você para jogar futebol, Antônio!

Silvana apontou para a esquina da rua.

— Vejam! Olhem quem está chegando para a festa ser completa! Dona Arminda e Rosário!

— Ainda bem que você deixou arrumada aquela mesa maior no quintal, Soninha. Veja quanta gente!

Luiz Cláudio olhou para o Alto.

— Não há no mundo um céu como o do Brasil! Amanhã, protegida por este azul infinito, será inaugurada a Clínica de Recuperação. Mariana será a gerente administrativa. Ela tem um grande talento e uma história de superação. Foi um dos melhores encontros de minha vida.

Rafael fixou os olhos na direção da mangueira, enquanto Antônio gritava para ele jogar a bola. O menino sorriu ao enxergar, também em festa, aqueles que sempre estiveram presentes: Benedito, Maria Antônia, Felipe, Lucio, Igor, Fábio e seu velho companheiro sempre usando trajes indígenas. Benedito saudou-o.

— Louvado seja sempre o nome de Nosso Senhor Jesus Cristo!

O menino sinalizou positivamente com o polegar em direção à mangueira, e Antônio resmungou.

— De novo isso, Rafa! De novo com os invisíveis?!

Luiz Cláudio sorriu e beijou levemente os lábios de Melissa. Arthur e Silvana levantaram as taças de vinho para um brinde. Marlene levantou seu copo de suco e exclamou.

— Um brinde aos invisíveis, sim, meu bisneto! Ah! Se não fosse por eles...

Fim

GRANDES SUCESSOS DE
ZIBIA GASPARETTO

Com 18 milhões de títulos vendidos, a autora tem contribuído para o fortalecimento da literatura espiritualista no mercado editorial e para a popularização da espiritualidade. Conheça os sucessos da escritora.

Romances
pelo espírito Lucius

- A verdade de cada um
- A vida sabe o que faz
- Ela confiou na vida
- Entre o amor e a guerra
- Esmeralda
- Espinhos do tempo
- Laços eternos
- Nada é por acaso
- Ninguém é de ninguém
- O advogado de Deus
- O amanhã a Deus pertence
- O amor venceu
- O encontro inesperado
- O fio do destino
- O poder da escolha
- O matuto
- O morro das ilusões
- Onde está Teresa?
- Pelas portas do coração
- Quando a vida escolhe
- Quando chega a hora
- Quando é preciso voltar
- Se abrindo pra vida
- Sem medo de viver
- Só o amor consegue
- Somos todos inocentes
- Tudo tem seu preço
- Tudo valeu a pena
- Um amor de verdade
- Vencendo o passado

Crônicas

A hora é agora!
Bate-papo com o Além
Contos do dia a dia
Pare de sofrer
Pedaços do cotidiano

O mundo em que eu vivo
O repórter do outro mundo
Voltas que a vida dá
Você sempre ganha!

Coleção – Zibia Gasparetto no teatro

Esmeralda
Laços eternos
Ninguém é de ninguém

O advogado de Deus
O amor venceu
O matuto

Outras categorias

Conversando Contigo!
Eles continuam entre nós vol. 1
Eles continuam entre nós vol. 2
Eu comigo!
Em busca de respostas
Pensamentos vol. 1
Pensamentos vol. 2

Momentos de inspiração
Recados de Zibia Gasparetto
Reflexões diárias
Vá em frente!
Grandes frases

Sucessos
Editora Vida & Consciência

Amadeu Ribeiro

A herança
A visita da verdade
Juntos na eternidade
O amor não tem limites
O amor nunca diz adeus

O preço da conquista
Reencontros
Segredos que a vida oculta vol.1
A beleza e seus mistérios vol.2
Amores escondidos vol. 3

Ana Cristina Vargas
pelos espíritos Layla e José Antônio

A morte é uma farsa
Além das palavras
Almas de aço
Em busca de uma nova vida
Em tempos de liberdade
Encontrando a paz
Escravo da ilusão

Ídolos de barro
Intensa como o mar
Loucuras da alma
O bispo
O quarto crescente
Sinfonia da alma

André Ariel

Além do proibido
Em um mar de emoções
Eu sou assim
Surpresas da vida

Carlos Henrique de Oliveira

Ninguém foge da vida
Tudo é possível

Carlos Torres

A mão amiga
Querido Joseph (pelos espírito Jon)
Uma razão para viver

Cristina Cimminiello
As joias de Rovena
O segredo do anjo de pedra

Eduardo França
A escolha
A força do perdão
Do fundo do coração
Enfim, a felicidade
Vestindo a verdade
Vidas entrelaçadas

Evaldo Ribeiro
Aprendendo a receber
Eu creio em mim
O amor abre todas as portas (pelo espírito Maruna Martins)

Flávio Lopes
A vida em duas cores
Uma outra história de amor

Floriano Serra
A grande mudança
A outra face
Amar é para sempre
Ninguém tira o que é seu
Nunca é tarde
O mistério do reencontro
Quando menos se espera...

Gilvanize Balbino
De volta pra vida (pelo espírito Saul)
Horizonte das cotovias (pelo espírito Ferdinando)
O homem que viveu demais (pelo espírito Pedro)
O símbolo da vida (pelos espíritos Ferdinando e Bernard)
Salmos de redenção (pelo espírito Ferdinando)

Lucimara Gallicia
pelo espírito Moacyr

O que faço de mim?
Sem medo do amanhã

Lúcio Morigi

O cientista de hoje

Marcelo Cezar
pelo espírito Marco Aurélio

Acorde pra vida!
A última chance
A vida sempre vence
Coragem para viver
Ela só queria casar...
Medo de amar
Nada é como parece
Nunca estamos sós
O amor é para os fortes

O preço da paz
O próximo passo
O que importa é o amor
Para sempre comigo
Só Deus sabe
Treze almas
Tudo tem um porquê
Um sopro de ternura
Você faz o amanhã

Márcio Fiorillo

Lições do coração
Nas esquinas da vida

Maura de Albanesi
pelo espírito Joseph

O guardião do Sétimo Portal
Coleção Tô a fim

Meire Campezzi Marques
pelo espírito Thomas

A felicidade é uma escolha
Cada um é o que é
Na vida ninguém perde

Mônica de Castro
pelo espírito Leonel

A força do destino
A atriz
Apesar de tudo...
Até que a vida os separe
Com o amor não se brinca
De bem com a vida
De frente com a verdade
De todo o meu ser
Desejo – Até onde ele pode te levar? (pelos espíritos Daniela e Leonel)
Gêmeas
Giselle – A amante do inquisidor
Greta
Impulsos do coração
Jurema das matas
Lembranças que o vento traz
O preço de ser diferente
Segredos da alma
Sentindo na própria pele
Só por amor
Uma história de ontem
Virando o jogo

Rose Elizabeth Mello

Como esquecer
Desafiando o destino
Os amores de uma vida
Verdadeiros Laços

Sérgio Chimatti
pelo espírito Anele

Ecos do passado
Lado a lado
Os protegidos
Um amor de quatro patas

Conheça mais sobre espiritualidade com outros sucessos.

vidaeconsciencia.com.br   /vidaeconsciencia   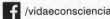@vidaeconsciencia

Rua Agostinho Gomes, 2.312 – SP
55 11 3577-3200

contato@vidaeconsciencia.com.br
www.vidaeconsciencia.com.br